U0030210

百鬼夜行
狼人
百鬼夜行—卷8—
笭菁 著

百鬼夜行──卷8──狼人

（※本故事內容純屬虛構，如有雷同，純屬巧合。）

目次

楔子

隨著玻璃碎裂音起，她就知道出事了。

女孩從床上抬起頭，驚慌的轉向隔壁床的男孩，兩張床相距僅一人寬，男孩也仰頭望著上方的窗戶，今晚一輪明月，月亮的光暈照亮著整間冰冷的房間。

孩子們開始交頭接耳，紛紛從睡夢中甦醒，不僅僅是剛剛的碎裂音，還有老師們的慌亂聲，聽著足音紛沓，感覺是出了大事！

兩個孩子對望，緊張的同時嚥了口口水，他們……可能知道發生了什麼事。

磅！門突然被推開，孩子們有人嚇傻，有人趕緊鑽進被窩裡裝睡。

「幹什麼！睡覺！」高大的老師吼叫著，「誰准你們起床的！躺下去！」

孩子們嚇得趕緊躲進被窩中，人高馬大但帶著酒氣的老師手拿棍棒，開始在狹窄的走道中巡查，偌大的房間裡，整齊排列了數十張小床，所有的孩子都聚集在這兒睡覺，無父無母無家可歸的他們，不可能擁有自己的房間。

老師打人很凶狠的，每個孩子都怕他……不，應該說他們怕所有的老師，乖乖的躺好，不要亂動就好了。

「Hey－！」門口傳來氣音，老師回頭，匆匆的離開房間，離開前不忘好好的關上門。

孩子們都很精，一確定老師離開後，紛紛就又起床了，只是沒有膽子到窗邊偷看，聽見樓下如此騷動，究竟發生了什麼事。

在地窖裡，爲首的唐老師抓起槍就往外傳，他身後排了一串人，武器一個傳著一個，或槍枝或斧頭，務必讓每個人都能有把武器防身。

「就這樣了！大家都拿到武器了嗎？」唐老師快步的走向門口，「確定他跑進森林裡了，大家要分頭去追，不能讓他跑了。」

「可以……盡量不要傷害他嗎？」一個乾瘦的女人緊張的追上前。

幾個人冷冷望著她，「妳有沒有搞清楚？他是個怪物！」

「他才不是！」女人緊張的揪著衣服，「他就只是個孩子！」

「孩子？妳管能掙開這個東西的叫孩子？」男人舉起手裡握著的鐵項圈，逼

近了女人眼前。

那是個鐵製的項圈，生鐵打造，上頭還繫著粗粗的鐵鍊，但現下頸圈變形，

硬生生被扳扭開，也正是「孩子」逃走的主因。

女人眼鏡下的汪眼含著淚水，她瑟瑟顫抖的想說些什麼，但最終沒敢開口。

有老師牽了幾隻狼犬走出，唐老師將手上的項圈湊進牠們鼻尖，讓牠們記住

這個味道後，狗兒們立即激動的想要衝出去。

「大家小心自己的安全。」另一個男人沉穩的說道，「如果他還能控制，也是不要失手殺了他。」

「說什麼傻話？能受控制我們需要找他嗎？」話說著，男子喀喀兩聲上了膛。出了大門，除了一條黃土路外，便是一大片的森林，在這夜半時分顯得格外陰森，所以平時晚上他們是不會出門的……若非今晚狀況特別，誰要晚上出來，還得往林子裡去。

男子鬆手，狼犬們如箭矢般衝了出去。

「走！跟上！」

男人們一喝，紛紛持著武器追上前去，提著油燈與火把，一同衝進了森林裡；門口一眾女人眉頭深鎖，擔心的看著森林裡漸而遠去的火光，但她們也只能轉身回去，先將大門關起，靜待著能有好的回音。

而那個乾瘦的老師就站在鐵門邊，遲遲不想進屋，她暗自默默祈禱著。

三樓大房間裡的孩子們，終於有幾個鼓起勇氣到窗邊偷看，並回報給全部的孩子知道，說著老師們帶著槍或斧頭，都跑進森林裡了！

現在他們發現有一批老師們走回來，紛紛嚇得離開窗邊，跑回自己床上準備裝睡了。

男孩與女孩始終沒下床，他們心跳得比誰都快，也在默默的祈禱。

逃吧逃吧！拜託上天讓他自由，不要再被抓回來了！

離開吧！

第一章 憂心的老師

夜晚十一點，女孩端著一托盤的點心，笑著送進了九號包廂，夜店裡熱鬧非凡，她不用吼的很難讓客人聽見她說話。

「歡迎來到百鬼夜行！喲！剛進來的美女——」隨著震耳欲聾的音樂聲，台上的ＤＪ帥氣的指著剛從金屏風後走入店的新客人。

一行六、七個辣妹驚喜的被指著，舞池裡所有人都望向她們，她們在簇擁下來到舞台中央，開始隨著音樂扭動曼妙的身體，高舉的右手上有著金色的手環，閃閃發光。

氣氛high到高點，女孩們勁歌熱舞的獨領風騷，其餘客人們跟著歡呼尖叫，一曲舞畢，ＤＪ再度帶著熱列的氣氛。

「帥氣的Bartender，給這幾位辣妹一輪酒，我請客！」低沉富有野性的聲調讓現場客人們尖叫不已，幾個辣妹更是喜出望外。

厲心棠已經到她們身後，「這邊請，六位嗎？」

「對！」音樂不曾中斷，辣妹們邊走還邊擺動著身體。

「現在包廂沒有位子，只能安排你們在圓桌邊喔！」厲心棠盡量附耳說著，「如果要排包廂的話，也要等！」

「沒關係！我們要跳舞！」女孩們回應著，厲心棠即刻帶他們到舞池中間偏左的一張圓桌邊。

「好棒喔！這就是百鬼夜行裡有名的狼人嗎？」

「對啊，他超會帶的！只要有他在時那天都會特別熱鬧！」

「百鬼夜行兩大鎮店之寶啊，一個就是狼人DJ，另一個是帥呆的Bartender德古拉！」領頭的女孩一看就知道是熟客，厲心棠見過幾次，「不過德古拉好像請假，網站還得爲他公告！」

別的女孩努力往吧台邊瞥去，看見另一個性格的男人也正與吧台邊的女孩們談笑風生。

「但那個也不錯啊！」

「哎唷，百鬼夜行的妖魔鬼怪怎麼會差！剛剛門口那兩個小鮮肉不是也超好看的嗎！」女孩們伸長頸子一同看過去，「等等我要親自去那邊叫酒，看看新的Bartender怎麼樣！」

「先點吃的先點吃的，我還要再下去跳個幾輪！」

女孩們興奮的互相嘶吼著說話，厲心棠將菜單遞上圓桌，這時某包廂裡突然呼喚，她便先行去包廂詢問，就這麼在整間夜店裡忙碌，沒有一刻得閒。

「百鬼夜行」就是寧靜街上最火的夜店，如城堡般的建築物本身，加上扮裝成妖魔鬼怪的服務生，名聲遠播！身處首都R區最繁華的地帶，寧靜街上全是酒吧夜店，總是白天寂寥，夜晚聲色犬馬。

整棟「百鬼夜行」閃爍著陰森的光芒，大門還是張血盆大口的形狀，上方是染血的尖牙，而這大嘴上頭，掛著的卻是中國風的破敗牌匾，清楚的寫著「百鬼夜行」四個大字，預約永遠客滿，外頭永遠都排成長長人龍等待入場。

午夜，當感受不到自己的腳時，厲心棠發現已經凌晨兩點了。

夜店自然還是燈紅酒綠，但客人會明顯得減少，不會像午夜時那樣的擁擠爆滿，店經理拉彌亞叫她休息一會兒，因爲老實說，這間店裡唯一會累的員工，只怕就只有她了。

累、死、了。她一句話都說不出來，人直接鑽進吧台裡，吧台右下方有個空間，可以讓她鑽進去席地而坐，而且不會被坐在吧台邊的人們發現。

「想喝點什麼嗎？」替班的Bartender尼歐在彎身舀冰塊時問道。

「水……」她有氣無力的說著，「我還想吃點東西，我去拿好了……」

「妳別動了，我來。」尼歐直接從櫃檯下方拿了瓶礦泉水給她，接著抬頭，又對著女士們拋以微笑。

ＤＪ休息，現場改以播放音樂爲主，今日值班的ＤＪ活力十足的下台，第一件事就是來到吧台邊。

「嘿嘿！Wolf！」一路上客人都喚著他的名字，他的確是店裡最知名ＤＪ。外形身高超過兩百公分，而且體形異常魁梧，又打扮成一副狼人模樣，完全狼首，野性又性感的，自然收獲了一批不少的粉絲。

「喂，死吸血鬼，給我杯龍舌蘭。」他一到吧台邊，便不客氣的跳上邊角的椅子，他揮手時會有細微的鈴聲，因爲他的左手有兩圈繩圈，一紅一籃纏繞著，上頭有兩個陳舊、且已經很不響亮的鈴鐺。

尼歐望著他，歛起笑容，「沒禮貌的狼人，沒人教你教養嗎？」

「沒！狼人要什麼教養！」狼人冷笑著，咧開嘴，露出了尖牙。

吧台邊的客人發出驚呼聲，原本以爲這個ＤＪ只是戴了狼頭面具，沒想到這麼近一瞧——居然是化妝術呢！

尼歐眞的沒打算理他，殷勤的與眼前的客人聊天，露出親切迷人的笑容，寧可與女客人調情，也懶得理狼人點的一杯酒。

唉……桌底下的小手伸出來，拉了拉尼歐的褲角。

「規矩。」

削瘦的女人走了過來，中性打扮，一身黑西裝，及地長髮簡單束了馬尾在後，她是「百鬼夜行」的店經理，拉彌亞。

拉彌亞一走來，狼人勉強的坐正，用很痛苦的語調對著尼歐說：「請給我一杯Taquila，謝謝。」

「好的，馬上來。」尼歐一秒回以微笑，「辛苦了。」

……假不假啊……坐在櫃檯底下的厲心棠全身都要起雞皮疙瘩了，狼人跟吸血鬼眞的是永遠都和解不了，不是「人」的問題，是族類的問題吧！老實說，她是覺得這未免太既定觀念了吧？

「出來，到後面去休息。」拉彌亞敲了敲桌子，躲在吧台下像話嗎？

尼歐往下朝她使了眼色，拉彌亞扳起臉來很嚴肅，還是乖乖聽話比較好。

厲心棠聽話的從下方爬出，累得從舞池邊的小徑走去，那兒在營業時間會加裝一塊布簾，事實上布簾後是條甬道，通往店裡的後門……說是後門了，也不過就在大門旁幾公尺而已。

她走到甬道那兒，卻發現早有椅子擺在那兒了！

「辛苦了！」隨著香味傳來，拉彌亞端著炸雞走來。

「拉彌亞對我最好了！」厲心棠即刻張開雙臂，環住拉彌亞就掛在她身上，「我的腰啊，都快斷了！」

拉彌亞寵溺的笑笑，讓她坐下，先補充點食物。

「我們倒沒想過有人會累呢！畢店裡除了客人外，眞的沒有人類！」拉彌亞也是剛剛才意識到這一點，「這不會就是妳不想在店裡工作的原因吧。」

「拜託！拉彌亞，大夜班進再多貨，都沒店裡累！」厲心棠塞著一塊雞塊，說話語焉不詳的，「我好想念便利商店的工作喔……」

她打小就生活在「百鬼夜行」裡，這裡從員工到老闆都不是人類，像小狼、阿天、拉彌亞這些她都還知道是什麼，因爲他們都是妖魔精怪，吸血鬼之屬更熟悉，一般員工就是有緣分的死靈，也就是一般人俗稱的鬼，所以她從來就不怕鬼。

她一直都是在家自學，叔叔不讓她去學校唸書，她也就沒有朋友跟同儕……她不是說店裡的鬼不好，大家都對她很好，但她還是需要同齡朋友啊！好不容易年滿二十歲，她堅持要外出打工，體驗「人生」，人類的生活。

這種情況下，她決計不可能在店裡打工好嗎！這樣永遠都不開這個環境啊！所以她跟一般人一樣，上網找工作，而且還爲了徹底避開店裡的營業時間，選擇了在便利商店值起大夜班！

所以店裡開業她値班，店裡休息時她下班，非常完美，她不必在店裡幫忙或工作了。

直到，她便利商店的老闆趁著店面重新裝修，搞了一個「員工旅行」，以爲了增進團結爲目的，結果幾乎搞到團滅的下場……在山裡的同事們，只怕是再也回不來了。

他們遇到了黃色小飛俠，連老闆都沒有回來，所有店面停擺，便利商店也已經由其他人接手，她就這樣莫名其妙失業了。

「過一陣子再去找工作吧，妳這些日子以來都太累了，我都怕妳休息不夠。」拉彌亞溫柔的說。

厲心棠擠出笑容，「拉彌亞，我現在在這裡就快累死了。」

「呵呵，是我疏忽，妳知道我是連覺都不睡的人，外面一堆死靈也不曾喊過累啊！」拉彌亞摸摸她的頭，「明天起減少上班時間，或是中間會安排休息時段的。」

厲心棠再咬下一口炸雞，她也沒這麼弱啦，但真的最近腰酸背痛，身體也沒休息夠，只是要她鎮日躺在床上又很痛苦，才會硬要來店裡幫忙的。

「小德還不能上班喔？」厲心棠有點擔心，「我以爲他回來後快點吃個十個八個人的血就好了。」

「沒那麼容易，他傷得很重，飲食上的調養外，他需要的是充足的休息……妳別忘了，短期內吸取大量人類的鮮血，怕會像下一個克洛伊。」拉彌亞幽幽的提起一個名字。

一個看上去清新脫俗的女子，嫻靜而美好，曾在六百年前奪去德古拉的心，也狠狠傷透了他的心，後來她成爲吸血鬼，爲了擁有強大的力量，肆無忌彈的吸食人血，變得格外嗜血與殘暴，也因此與德古拉間有著糾纏不清的孽緣。

每隔一段時間，德古拉都會回家鄉去「探望」這位前女友，但這次回去後卻突然斷訊，由於小德與店裡有著約定，每天一定會傳訊報平安的，當失聯超過二十四小時後，拉彌亞就知道出事了——然後，她就緊急把厲心棠丟上飛機，要她去接德古拉回來。

「提到她，我全身都痛。」厲心棠有些不痛快，「欸，她很厲害耶，妳怎麼敢把我跟闕擎就這樣送過去啊？我們只是普通人類，連鬼都不算是！」

拉彌亞面有難色，「那是因爲我們不能去啊！這有地盤限制的！像我這種有點名氣的，一踏上那片土地就會被盯上了，妳叔叔跟雅姐更不用說，人類反而會無傷大雅。」

「但也沒有什麼用啊，要不是遇到姐姐的學姐，我跟闕擎都不一定能全身而退！」厲心棠下意識看向自己右手上的蕾絲戒，「應該說戒指或許能保護我，但是很難救下德古拉啊！」

「我是沒想到那群吸血鬼這麼沒道義！他們眞的袖手旁觀！」提到這點，拉彌亞口吻冷了幾分。

讓棠棠他們去找德古拉，本來以爲當地的吸血鬼會出手相助，棠棠只是一個代表而已，但萬萬沒想到情況比想像的更加危險，而當地吸血鬼居然全部無視，讓棠棠涉險。

「就喬治一個幫忙……但那個小靜學姐眞的厲害，還有毛哥哥的沒路用言靈也幫了大忙。」厲心棠仰頭嘆了口氣，「就連闞擎也都能做點什麼，反倒是我……眞的沒什麼用。」

『沒什麼用……沒什麼用……』

甬道天花板道都是，一堆亡者模仿著她說話，在那兒訕笑著。

「怎麼會？人類是很厲害的。」拉彌亞摟過了她，「因爲妳，大家生活才有動力，我們都很幸福。」

厲心棠撒嬌般的任拉彌亞抱著，她知道百鬼夜行從上到下都很疼她，她是這個店裡的寶貝，但是……這不是能力。

那個晚上，她坐在屋頂上護著虛弱的德古拉，看著闞擎他們以脆弱的人類之軀對抗狂暴的吸血鬼時、看著小靜學姐帥氣的迴旋踢時，她不禁在心中想著：爲什麼她只能坐在這裡？

「那小德還在地下室的棺木裡嗎？叔叔不准我下去找他。」厲心棠悶悶的問，「好幾天了，我會擔心。」

「呵，吸血鬼沒什麼好擔心的！他沒在棺材裡，老大安排了一間很舒服的房間，讓他好好睡上一覺，妳放心，睡飽了他就會起來了。」

只是睡多久，沒人知道。

兩百多年前有一次，德古拉回來後睡了整整十三年才起來，但那時的傷勢還沒有這次的嚴重；不過拉彌亞沒跟厲心棠提起這些，省得她難受，這些不屬於人類的事情，慢慢讓她適應就好。

「拉彌亞。」

外頭傳來了謹慎的聲音，是門口的小淘，這腦內傳音厲心棠聽不見，但她看得出拉彌亞的反應。

「我就來……妳休息完再出來。」拉彌亞起身，揭開暗簾走了出去。

掀開簾子時，厲心棠才會聽見外頭的音樂聲，這簾子阻隔了一切；拉彌亞職業微笑的對著路過的每個客人，逕直朝門口的金色屏風走去，小淘果然已經在那兒等她。

「有個……客人。」小淘有點遲疑，「他來問事，但我不知道他算不算客人。」

拉彌亞頷首，繞出了屏風外，在「百鬼夜行」的大門邊看見了一個衣衫襤褸的男人，頭髮略亂，看上去很疲憊也很憔悴，臉上身上都帶著髒汙，看起來像是在外行走很久的人……是鬼。

「您好。」拉彌亞禮貌的看著對方。

「您好……我在找幾個孩子，年紀從五、六歲到十三歲不等，可能有十個左右，最高孩子叫小風，是個很瘦高的男孩。」男子焦急的往前，「最小的可能只有五六歲、如果沒意外的話，帶頭的是個女孩，臉上有很多雀斑，眼睛小小的，但說起話來非常有條理……個子很小但有十歲了……」

「慢點……您慢點。」拉彌亞制止了他打算一個個介紹孩子的衝動，「請問孩子在哪裡失蹤的？失蹤多久了？」

男子急著要回答，張大著嘴卻幾度說不出話……在哪裡失蹤的？失蹤多久了？他……男子蹙起眉，他想不起來！

「他們應該在我身邊的，但就是不見了，這麼多孩子不可能走丟！」男子顯得非常焦急，「我一定得快點找到他們，他們這麼小，沒辦法在外面撐太久……我想說你們有沒有看到他們，或許妮妮會帶他們來要東西吃！」

「我們這裡……孩子不太可能過來要東西吃。」拉彌亞尷尬的笑了一下，「倒是您？餓了嗎？要不要進來坐一下，或許我們能幫到你？」

我……男子還想說些什麼，低首撫著肚子，餓與不餓他實在沒什麼感覺，而且他還得快點找到孩子們。

「不行，我得再去找他們，孩子們會很害怕的……」男子喃喃唸著，一臉焦急的轉身要走。

拉彌亞不動聲色，看來這不是「百鬼夜行」的客人，他有他的執著要完成，誰也都不需要去阻止他。

「你找多久了？」冷不防的，屏風後傳來低沉粗啞的聲音，「一口氣十個小孩，都你的喔？」

男子愣住了，他回頭看向屏風，嚇得退後數步，狼？

「面具，這是面具！」拉彌亞趕緊解釋，「我們店裡大家都是裝扮成妖魔鬼怪的！」

她不可思議的看向突然走出的狼人，這傢伙什麼時候跑出來的？

「喔，嚇、嚇死我！」男子緊張的發抖。

「喂，你的小孩嗎？一口氣不見十個你不知道？」狼人繼續問著，口吻可一點都不客氣。

「是……算是我孩子！育幼院裡每個都是我的孩子！」男子說得有點生氣又有點嚴厲，「我知道我失職了，但我真的不記得他們是在哪裡不見的，我就……我就是得快點找到他們。」

狼人嚴肅的瞪著男子，突然嘖了一聲，「進來先休息啦，看看有什麼能幫你的，搞不好我們可以幫你找！」

什麼？拉彌亞瞪圓雙眼，誰幫他找啊？「百鬼夜行」是夜店，不是尋人偵探社好嗎！這一個月只出現幾天的約聘ＤＪ是在鬧哪齣的？

「真的嗎？」男子眼中燃起了一絲希望，如果有人能幫忙找，說不定可以事半功倍！

狼人說完就帥氣的轉身進店，拉彌亞趕緊追了進去，誰許他攬活的？

「先生等等。」男子要奔著進店時，立即被門口的美少年攔了下來，「進店裡要配戴身分示別，在離店前都不能將這個取下喔！」

咦？男子錯愕的望著小淘，看著他手上拿著的銀色手環，朝他的左腕上輕輕一扣，喀。

「不能取下……」他有點遲疑了，「我、我沒有錢……」

摸了摸全身上下，他身上好像眞的沒有錢。

「不必錢的。」小淘再三說明，「這個手環，絕對不能拿下來喔！」

男子不太明白，但還是遵照店家的規定，接著由小淘親自帶領，帶著他繞過了金色屛風，走進了熱鬧非凡的店裡；一轉進去，他就對上了厲心棠的雙眼，她剛剛就察覺到不對勁了，因爲才吃完炸雞出來，就看見拉彌亞在叨唸著小狼。

「歡迎光臨百鬼夜行！」她端出燦爛的笑容，第一時間也注意到了男子手上的銀色手環。

在「百鬼夜行」裡，人類帶著的金色手環扣於右腕，非人類則是銀色手環於左手——這位看起來完全像人類的男子，是亡者。

好乾淨的亡者。厲心棠快速打量了一下，眞不知道是怎麼死的，至少看起來非常正常，並不是呈現死亡時的模樣。

男子斯文有禮的向厲心棠打招呼，對於裡頭昏暗閃爍的燈光與震耳欲聾的音樂一時有點無法適應，緊皺著眉環顧四周。

「別緊張，跟我來。」厲心棠看出他的侷促不安，趕緊溫聲的說著，「現在包廂是全滿的狀態，我盡量為您安排一個寬敞的角落。」

男子點點頭，轉頭看著圍繞在店裡牆邊的一排包廂，簾子都是拉起的，偶爾看到有服務生出入，裡頭坐滿了許多客人；正好奇的觀望時，有位穿著白色和服的女人走了出來，蒼白的臉龐，鮮豔的紅唇，紅色眼影下的媚眼瞥了他一眼。

「唷，歡迎。」雪女朝他微笑。

「您好。」男子望著雪女有點呆愣，好漂亮的女人喔！

現場音樂突然從搖滾樂轉向了輕音樂，舞池裡的年輕男女也精疲力盡的紛紛回到自己座位上去，時間已晚，體力也差不多耗盡了，不想回家的就坐下來聊天喝酒吃宵夜比較實在。

男子被安排到店內中間的一張圓桌邊，拉彌亞送上了一杯水。

「育幼院嗎？你沒有線索，這簡直是大海撈針！」拉彌亞蹙眉，「你是怎麼到我們這裡來的？」

「我不知道，我就只是……走過來。」男人一臉茫然，「我一直在找孩子，我哪兒都問。」

找多久了也沒人知道，厲心棠打量著這個亡者，簡單的格子襯衫與西裝褲，從外觀看不出來身分或年紀。

他其實什麼都說不出來，只知道在找孩子，在哪兒丟的？走丟多久？什麼都不知道。厲心棠看過這樣的例子，這樣的亡靈便是已經死亡，但不記得死前發生的事，甚至連自己已死都不清楚，只剩下內心執著的事。

「你……只記得十個孩子嗎？」厲心棠小心翼翼的問。

「應該……還有更多，但我手上的就十個！其他孩子有別的老師照顧！」男子很緊張的看著她們，「妳們能幫我怎麼找？我說眞的，孩子們不能放他們在外面這樣久的！」

「能說說你最後的印象嗎？」厲心棠再問，「除了孩子外的事，最後一次跟他們相處是在哪？」

「在……」男子停了一下，很痛苦的回憶著，「我們去野餐，我記得我跟他們去野餐過，那裡滿地都是小白花，非常非常漂亮！還有一棵大樹，我們把野餐墊鋪在樹下……」

孩子們都在草原上奔跑，任他們玩鬧，小可愛會把花摘下，束成一小束花束送給他。

老師！

喝！男子突然站了起來，臉色蒼白的望向某個方向，像是聽見了什麼！

「孩子們在叫我！那是小可愛的聲音！」他急忙的要跑出去，「他們就在附——」

大手攫住了他的上臂，緊扣著他讓他無法移動半步。

「那不是在呼喚你，」狼人皺著眉，「那只是你生前的記憶回音。」

「小狼！」厲心棠低語，現在就要告訴他實情嗎？

這個男子，很明顯的不知道自己已經死了啊！

「生……生前？你在說什麼？」想甩開狼人，卻發現徒勞無功，「放開我，我真的聽見小可愛的聲音了！她在哭！」

「她曾經哭過，那些都是你生前的殘留記憶，只是因爲你不記得你是誰罷了。」狼人毫不猶豫的說出實情。

但男子明顯的沒在聽他說話，或是聽不懂，只是驚愕的看著野狼頭顱的人，搖了搖頭。

「我聽不懂你在說什麼，我要去找小可愛！」男人開始掙扎了，「放開我——」

凡進入店內，無論人鬼大家都是瞧得見的，厲心棠深怕他引起騷動，緊張的趕緊抓住狼人的手。

「小狼！他是客人！」她咬著牙湊前，他是要嚇到其他客人嗎？

狼人目露凶光，眼尾掃了一眼厲心棠後，忿忿的用力鬆開手，力道大到讓男子踉蹌了數步，他緊張的抓著自己的手臂，差點以爲要斷了……但是……不會痛？

「對不起！他今天心情有點不好。」厲心棠胡謅著，「嚇到你了。」

男子蹙眉揮揮手，「所以你們究竟能不能幫我？」

「可以。」厲心棠答應得很爽快，「只是我需要更詳細的資訊。」

吧台邊在招呼客人的拉彌亞略頓了一下，眼尾朝厲心棠瞄去，棠棠又多事了。

「但是我……我眞的很多都想不起來！我這腦子怎麼了？」男子氣急敗壞的用掌根敲著自己腦袋，「我爲什麼會忘記？」

因爲你死了啊！

「不急，我們還有別的方法。」厲心棠握了握男子的手，「你是育幼院的老師吧？那記得育幼院在哪裡？名字？」

男子看向厲心棠，惶恐的雙眼再度告訴她答案：他不記得。

他從頭到尾，心心念念的就只剩那幾個孩子……唉。

所以最後厲心棠給了他一張紙，讓他在上面寫下記得的事，孩子的名字、特徵，但凡他能記起的，都寫下來吧！再破碎，總比完全沒有線索好。

「又來？」拉彌亞無奈著對著她笑。

「一回生二回熟嘛！我又不是沒遇過都不記得的亡者？」厲心棠說得倒很輕鬆，「看他這麼擔心的樣子，不知道死後在外面找了多久，了卻他的執念，也好引導他離開是吧？」

拉彌亞沒說什麼，棠棠之前就喜歡幫助人們，她甚至認為像「百鬼夜行」裡有這麼多厲害的傢伙，爲什麼不出手相助？但事實上人類就要自己去處理自己的事，不該有外力介入，這也是「百鬼夜行」的規定，「百鬼夜行」裡所有的非人類，都禁止插手人類的事務。

但，厲心棠是人類，她想幫，並不違反規矩。

「也是，這麼有愛的育幼院老師，死後還這樣掛念的孩子，或許幫他找到會是好事。」拉彌亞淡淡的說著。

「嗯……如果那些孩子也還活著的話。」厲心棠突然意有所指的說著。

「什麼？」

「我們不知道他死了多久，或是當初發生了什麼事啊！」厲心棠聳了聳肩，對著拉彌亞輕輕一笑，「我現在已經不會輕易憑一面，就判斷事情的眞假，或是一個人的好壞了。」

她第一個幫助的亡者，是個被勒死而且也不記得自己是誰的大姐，她努力的爲她找尋她的身分、她的死因，原本以爲她是個可憐的受害者，結果誰曉得……她才是可怕的加害者，甚至連她自己都差點被殺掉。

更別說，她還遇見過一個可愛天眞的孩子，那個最終想毒死她的孩子。

知人知面不知心，這句話眞的一點都沒錯。

回到圓桌邊，男子看上去絞盡了腦汁，但也只能寫下一面。

「我不記得育幼院在哪裡，但我大概記得樣子……」男人吃力的說，「我用畫的可以嗎？但我不知道我會不會畫畫。」

「沒關係，就儘管畫。」厲心棠撕了第二張紙給他，「大不了我們一間一間找，總會有線索的。」

男子望著厲心棠，感激涕零得眼眶泛淚，「眞的謝謝妳，小姐，謝謝！」

「沒事，快畫吧。」她溫柔以對，「我是有一點門路的！」

「咦？妳……」男子客氣的問著，因爲看這夜店的風格，實在很難想像這個年輕女孩的「門路」會是什麼。

厲心棠瞇起眼，堆上滿滿的笑意。

「我有個在做義工的朋友，對這體系說不定很熟喔！」

第二章
不速之客

「哈啾！」

男人打了個寒顫，莫名的不適感傳來，望著手裡的病歷資料，留意到自己手背上的汗毛根根豎起。

怎麼有不好的預感？

「這是他這個月第四次攻擊人了。」護理長在一旁低語，「雖然沒有成功，但現在已經讓大家人心惶惶了！尤其他說的話……」

闕擎回神，將病歷表交還給護理長，「他現在在個室嗎？」

「是的。」

「我等等下去，記得先把樓層清空，任何人都不要待在地下四樓。」闕擎略嚴肅的交代。

非得逼他走到這一步嗎？

「啊？不需要有人在旁嗎？或是我們先束縛住他？」護理長有點緊張，因為關在個室的患者，手腳目前都是可活動的。

「沒關係，我沒問題的，就是跟他談談。」闕擎安慰著護理長，「我進去後，記得把監控關掉。」

咦？護理長瞪圓雙眼，瞠目結舌的說不出話，闕擎卻朝她肯定的頷首。

她該相信他的判斷。

「我明白了。」她深深吸了口氣，「這件事我親力親爲，以求越少人知道越好。」

「妳最可靠。」闕擎滿意的微笑，所以她才是這間精神病院的護理長。

女人像得到肯定似的抬頭挺胸，就著面前整棟樓的七階階梯走上，進入了精神療養院裡，闕擎則站在樓下，曬曬太陽，呼吸一下新鮮空氣，他不喜歡雜亂吵雜的生活，大家如果都能把這裡當成一個避難所，安生立命那該多好？

爲什麼一定要沒事找事呢？

右下腹的瘀青還隱隱作痛，才剛從國外回來，折騰得他夠嗆的，莫名其妙被丟上飛機，結果一回國那、些、人就來找他麻煩了。

不直接找他，就找這間療養院的碴，幸好他平時準備妥當，不管他們用哪條法來稽查，他都能立即應付，保證安全無事；執法機關跟有牌的流氓一樣，他們要找你麻煩時，都是名正言順的咧。

他爲什麼不能出國？出國還得報備嗎？他又不是通緝犯，平時那些警察跟著他，他已經很忍讓了，現在連出國都要管，就讓他有點忍無可忍。

尤其，他不是自願出國的好嗎！他是被拉彌亞拖去機場，要他陪著厲心棠那傢伙去救德古拉——一個半人半蛇的半神拖他去找個吸血鬼，他眞不知道人類何時這麼威了？

閒步往大門口去，鐵柵門外站著兩位最近剛熟悉的男人，他們是這一輪派來跟監他的，他冷冷的笑著打招呼，有時挺佩服這些不怕死的人，派來跟他的人都第幾批了？前面沒有一批是活著的，怎麼大家還前仆後繼啊？

「闕先生。」腰間無線電傳來聲響，護理長準備好了。

闕擎逕自轉身回到主建物裡，搭乘電梯下到地下四樓時，門口站著等待他的護理長。

「已經清場了，我在門口放了電擊槍，還是您要帶辣椒水進去？」護理長仍舊憂心忡忡。

「不必，只是談談。」闕擎依舊這樣說著。

護理長蹙著眉，再憂心也只能聽話的進入電梯，闕擎等著電梯抵達一樓，確定護理長上去後，再把電梯叫下來，接著拿出鑰匙控制住電梯，將鎖定在B4，沒有他的授權，誰都無法操控電梯。

接著，他走向了雪白長廊的盡頭，一間狹窄的個室。

個室外有監視鏡頭，裡頭不過兩坪大小，中間還有鐵柵欄的牢籠，以隔絕病患與醫護人員，所以護理長擔心過了！或許是因爲這個病患的言語，容易影響到他們吧。

動手拔掉監視器，感應後進入個室裡。

「嘻……嘻嘻……」蹲在角落、背對著門的人嘻嘻的笑了起來。

「為什麼這麼不安分？」闕擎一進入，門便關了上，「我覺得你該惜福，我已經給了你們很大的自由了。」

角落裡的男人倏地轉頭，下一秒飛快的衝到牢籠邊，握著鐵杆大聲咆哮，「自由？你管這個叫自由！我現在在這個鬼地方哪裡自由？」

闕擎自然沒有靠近門口，他默默的望著齜牙裂嘴的男人，這幾年他其實都很安分，一直都是純淨的靈魂，體內邪惡的傢伙一向很少跑出來，可是這半年來已經頻繁到他都不確定原主人的靈魂還在不在了。

「他人呢？你占著人家的身體，他的靈魂還能出來嗎？」闕擎雙手抱胸，不太高興的問。

「他不需要出來！他怕這個世界你懂嗎？他乖乖的睡著就可以了，是我要用這個身體，是我才值得這個身體！」男人發狂的抓著鐵欄杆使勁搖，「放我出去！你這個傢伙，你就只是個人類，不要以為你最近交了新朋友，就可以凌駕於我！」

「看來你是按捺不住了，連讓原主靈魂自在的空間都不給了嗎？……好，那也就別怪我了。」闕擎喃喃唸著，這其實是他很不想做的事。

轉過身，他打算離開個室。

「你以爲你是什麼！不過就是個可憐蟲，我看得見喔……我看得到你！可憐兮兮的小孩子，只會躲在角落哭泣的可憐蟲！」男人狂妄的笑了起來，「噢，那個打你的是誰？他手上拿著的是燒紅的鐵棍嗎？還有鞭子，看起來很痛啊……」

臨要出門的闕擎頓了住，緩緩回頭看著他。

「瞪我做什麼，那是……在哪裡呢？呵呵……」男人露出嘲諷的笑意，「你也有這麼害怕的時候啊？對不起，老師……對不起！」

後面那幾個字，男人是用著哽咽且模仿孩子的語調說著。

「你不要以爲這樣我就會放你自由，這具身體還很年輕，好好保養的話，你還有很長的歲月。」闕擎自負的揚起笑容，「從今以後，你將不能動、不能說話，就乖乖關在這具身體裡度過餘生吧。」

「你少來！你不能拿我怎麼樣的！你不敢！」男人持續咆哮怒吼，但闕擎已經走了出去。

他在門外重新接上監視器，螢幕跳出影像時，那個男人又恢復成平時的模樣，靜靜的坐在地上哼著歌，一副人畜無害的模樣。

這種案例，在醫學上稱爲精神分裂症，但在他的眼裡，這個人有著極單純的靈魂，只是看得見各路鬼魅，而且身上還有惡魔附體；大家認爲的自言自語，其實是他在與鬼交談，靈魂純淨是因爲智力發展低下加上被保護良好，他們只在自己的世界裡，不懂得爾虞我詐，身而爲人，他比誰都快樂。

惡魔被封印在其體內，很遺憾必須等到這個身軀死了，他才能自由，這也算種「投資失敗」，因爲這樣的人靈魂太過純淨，沒有欲望可以誘惑他，使其墮落，這導致惡魔無法獲得軀體，也無法自由。

他不是什麼專家，只是曾經遇過這樣的例子，這種事可能找「百鬼夜行」會有解答，但他目前依舊不認爲需要讓「百鬼夜行」知道他太多的事情……基本上，他們就不該知道他在這間療養院！

都是厲心棠！那天他看見拉彌亞來時，呼吸都快停了！

電梯開啓，護理長大大鬆了口氣。

「我們必須準備S手術。」他一出來，就交代了事項。

護理長是瞬間愣住的，腦袋一片空白，「S……S手術？」

這是療養院裡最機密的手術，除了元老級的護理師外，沒有人知道。

「嗯，很遺憾，已經沒辦法了。」闕擎拍了拍她的肩，「他沒辦法恢復成那個孩子了！」

「天哪……天……只有這個辦法嗎？」護理長如遭雷殛，因爲那孩子正常的時候，多麼天眞可愛啊！「闕先生，我知道我不該過問，但S手術是……」

「那就不要問。」闕擎打斷了她，「有些事不讓你們知道，是爲了你們好。」

護理長望著他，眼裡忍不住淚光閃閃，闕擎告訴她，他會負責麻醉以及運送事宜，接著便給她點空間緩緩。

他也不喜歡動S手術，讓一個人如同植物人般活著是很殘忍的事，但如果原主靈魂已經不復存在，那也就沒有太多同情的必要了！他推門而出，說歸說，他自己也需要一點新鮮空氣！

走出主建物，飛快的走下階梯，他要到療養院的花園區，餵餵兔子總能讓他心情好很多！他隻身鑽進兔籠裡，開始餵食牠們蔬果，園區裡養了許多動物，他最喜歡跟動物相處，與人類比起來，每個動物都可愛許多。

「哇！這裡每一隻看起來都很肥美耶！」

喝！闕擎嚇得回頭，在圓柱形的鐵網籠外，站著一個陌生的男人，他有著近兩百公分的身高，極度壯碩的身軀，說是虎背熊腰一點都不為過，一臉的性格落腮鬍，極為粗獷有型。

一件T恤加上工裝褲，看起來就不像是本國人，深棕色的亂髮紮在後頭，形成一個小馬尾，還有雙淺棕的眼珠。

他有幾秒說不出話來，他沒見過這個陌生人，但剛剛那個聲音他發誓他聽過！

「訪客應該要先登記。」他趕緊平復精神，「這裡該是……你怎麼進來的？」

療養院那鐵製大門，向來是深鎖的啊。

「拜託，那多高？我隨便翻就跳過來了啊！」男人繼續用粗嘎的聲音說著，「喂，小子！這裡不錯嘛，看不出來你會是個當義工的人！」

等等！闞擎瞪圓雙眼，狠狠倒抽一口氣，他想起來這個聲音在哪裡聽過了！在「百鬼夜行」裡，那個知名的DJ，唯有滿月才會到「百鬼夜行」夜店裡當DJ，曾經一掌就把吧台擊裂，還跟德古拉在店裡吵架的——

「小狼？」闞擎脫口而出。

男人登時一怔，下一秒怒目相向，一把抓住鐵籠縫隙就要徒手撕開，「誰允許你這樣叫我的！」

「對不起對不起對不起！」闞擎飛快的上前由裡頭握住他的手，「請不要破壞籠子！我不知道你叫什麼，我只能跟著厲心棠叫啊！」

吼……男人喉間眞的發出低鳴，闞擎簡直不敢相信，他不是詫異於狼人的存在，而是爲什麼他也會知道療養院!?

厲心棠！

闞擎緊擰眉心，萬般不甘願的把最大的馬克杯拿出來，沖了杯茶擱在園區的石桌上。

「沒有糖嗎？」狼人瞪著那杯茶，「還有奶，我只喜歡喝奶茶。」

「你……」忍，忍住啊闕擎，這傢伙隨便都能拆了療養院，還會嚇到現在就在草地上玩的人們，「我去拿，拜託，你不要動。」

「嗯。」狼人點點頭，「有巧克力的話……」

如果他手上有筆，闕擎覺得自己會折斷它。

現在是放風時間，無害的精神患者都在這裡玩樂，或餵兔子或修剪花，還有歌喉極好的人正在高歌，闕擎選了偏僻的石桌讓狼人坐著，也交代了護理師絕對不要讓患者靠近狼人。

他疾步朝主建物走去時，護理師焦急的走來。

「闕先生，門口……那個女孩又——」

基本上整間療養院從上到下都知道厲心棠的存在，因爲他們這兒彷彿觀光聖地，之前就有個女孩跑來找闕先生，早就被列爲重點人物，她的照片還被印出來貼在公布欄上，只要任何人發現都要通報，並且第一時間趕出去。

「還有臉來！我去！」闕擎飛快抓過糖包跟奶精，還順手拿了盒巧克力泡芙又趕緊出去。

跑到鐵門那邊時，卻看見那兩個跟著他的傢伙，正在糾纏厲心棠。

「我不知道！你們是誰？」厲心棠不滿的雙手插腰，「爲什麼這樣問我？我沒必要回答你們吧！」

「小姐，妳還年輕，妳別看他長得好看就蒙蔽了心智！」陌生大叔嚴肅的警告著厲心棠，「妳只要告訴我，你們出國時發生什麼事，他有沒有做了什麼讓妳覺得……難以理解的事就可以了。」

「我不要！你們就是我覺得難以理解的事……厚！我想起來了！我見過你耶！」厲心棠指著其中一個男人說著，「你們是不是都在跟蹤我啊？那天在機場我也看見過你們！」

「我們沒有跟蹤妳，我們——」

「那就是跟蹤闕擎囉！爲什麼？」厲心棠不高興的拿出手機，「我要報警，看看你們是何方神聖！」

「他們就是警察。」闕擎慢條斯理的走來，嘴角勾著抹笑，看來這傢伙一點兒都不是被「糾纏」嘛。

什麼？厲心棠詫異的看著兩位便衣，跟蹤闕擎的是警察？爲什麼？

闕擎打開大門，厲心棠趕緊鑽了進去，他目光從未自便衣身上離開，關上鐵門時還特別用力，代表一種示威與警告。

「走。」他自然的拉過她，將她往裡頭推，「我說妳眞有臉來耶，妳是把我這裡的地址直接寫在『百鬼夜行』的公布欄上嗎？」

厲心棠好無辜的望著他，眨了眨眼，「什……什麼？」

「還什麼？一個拉彌亞還不夠，現在又跑來一個狼人……我的天哪！我是怎麼跟妳說的？」

「我發誓，我完全沒有把你的事告訴店裡任何一個人！」厲心棠激動的舉起手對天立誓，「拉彌亞的事我跟你解釋過了，我眞的沒有講！」

闕擎對著她舉起右手，他的指頭夾著糖包、奶精跟甜點，她瞬間就明白小狼眞的在這裡了。

「小狼不吃奶精的，他的奶茶只喝鮮奶……」她說得很小聲。

「厲心棠！」

「哎呀眞的不是我告訴她的，我也沒叫他……等等！」厲心棠終於回了神，「小狼來這裡做什麼？」

闕擎氣不打一處來，都不知道該說什麼了，他努力深呼吸，指向園區深處，厲心棠來過幾次，她知道路的。

「我去拿鮮、奶。」路過主建物時，他二度轉身上去，他覺得他的耐心與冷靜，遲早都會被這傢伙消耗殆盡。

不，被那整間店。

兩分鐘後他匆匆趕到花園裡時，聽見的是天籟歌聲，再度引吭高歌，其他孩子們或做自己的事或是在旁跳舞，但那個巨大的狼人卻已經離開石桌，頭上戴著不搭襯的花環，跟好幾個孩子手牽著手，一起隨著音樂在草坪上共舞。

孩子們跳的舞其實亂七八糟，但狼人也手忙腳亂的跟著學，厲心棠在裡頭笑得花枝亂顫，闕擎緩下了腳步，老實說，一股釋然的笑自他嘴角泛出，這場景眞的是歲月靜好。

有歡聲笑語，有曼妙歌聲，讓主唱更加起勁，闕擎沒催沒趕，反而是折返回去，重新認眞的沖泡一壺奶茶，還撕開了幾包不同零食，裝成一大盤，重新端回石桌上。

「好好玩！」厲心棠跑過來時，嘴角不住的笑，「她唱歌眞的好好聽！像天使一樣。」

「她的人生就只點滿一個技能。」闕擎看著陶醉的女人，「對她來說，每天能高歌就足夠了。」

她也只能這樣，音樂是治療良方，她的病房裡不能一天沒有音樂，連睡覺也是，在這之前，她殺過七個人，原因是那晚有人關掉了她的音樂。

「哇！哇哇！」狼人一坐下來，兩眼都發光的看著桌上的點心，「我不客氣了喔！」

「你有客氣過嗎?」厲心棠問著，來自自家的吐嘈最要命。

「所以?你不是來我這裡跳舞的吧?」闕擎歛了神色，「我們……才剛從吸血鬼手上——」

「我又不是那尖牙怪，我才不會爲難你!」狼人一口一把餅乾，囫圇吞棗的，「棠棠說你都在當義工，可能對這塊很熟!」

他沒有在當義工。

闕擎無言的望向對面的女孩，厲心棠連看都不敢看他，假裝在聽歌般的閃避眼神……她當然不知道實情，因爲她常在這間療養院看見他，就認定是他有家人在這兒，所以他來當義工的。

有時誤會跟謊言都是一種美。

「店裡來了一個什麼都不記得的傢伙，連自己已經死了都不知道啊，在找幾個小孩，感覺是育幼院的老師。」狼人簡短的說著，「現在別說找小孩了，連育幼院是哪間都不清楚。」

又來!闕擎深呼吸，「我不熟這個，她不是才去育幼院當過義工?」

闕擎指向厲心棠，她之前眞的學習他去做公益，投身進育幼院裡。

「我試過了，找不到!一來是線索很少，二來是——」厲心棠即刻出示手機，裡頭是亡者畫的建物，「現在好像沒有這種建築物的育幼院吧!小滿姐說找不到。」

手機裡的畫是簡單線條的拼接，簡單到根本很難辨認，眞、靈魂畫手。

「這種誰看得出來？連個特色都沒有……就一整排屋子，有個尖塔，教會學校？」闕擎腦海裡閃過某個也有鐘樓的建物。

「我也這麼認爲，這尖尖的是鐘樓吧？但是符合的不多，因爲很多都改建了，而且他說附近什麼屋子都沒有，感覺是在非常偏僻的地方！」狼人邊說，一口氣喝光奶茶。

「就憑這靈魂圖畫，你們爲什麼會期待我看得出別的？」闕擎無奈的下了逐客令，「沒事可以滾了，厲心棠，不要再讓人來這裡，這裡不是遊樂場，我也不是在這裡打工的，讓你們說來就來！還有——」

他轉向狼人，腦子裡迅速組織著語言，可能要客氣點以免被一掌打死。

「是她說你很厲害我才來的好嗎？每天在那邊闕擎闕擎闕擎闕擎的唸，我一個月才去店裡幾次，就聽你的名字聽到耳朵都要長繭了！」狼人反而先發難了。

小狼！厲心棠登時跳了起來，滿臉通紅的摀住狼人的嘴，「你在說什麼啦！我什麼時候闕擎闕擎闕擎闕擎的唸啊！」

怎麼可以說出來啦！而且爲什麼小狼說的方式讓人覺得很害羞，這樣產生誤會怎麼辦！厲心棠緊張的看向闕擎，他卻面無表情的往大門的方向比劃：滾。

突然間，在草坪上玩耍的一個女孩顫抖著身子，啪的蹲了下來！她鬆開了與大家牽成的環，自然引起了一陣騷動。

「小如！」護理師趕緊上前，「怎麼了？沒事喔！沒事！」

闕擎才望過去立即跳了起來！「讓開！別過去！」

他邊喊邊往前走，護理師第一時間是把其他孩子抱住，往旁邊撤退，而那個蹲著的女孩，卻猛然抬頭，已經完全翻了白眼，一臉凶惡的皺起五官瞪向正前方。

『不許靠近我們！』她喉間發出的聲音，沙啞得彷彿來自地獄，一點都不像孩子的聲音。

闕擎謹慎的揮著手，其他護理師紛紛把病患都拉開，許多患者不明所以的尖叫起來，而這些尖叫聲也引起了女孩的注意，她站起身，用一種猙獰的神態環顧四周。

『都是你們這些邪惡的大人！不許你們再靠近我們！』女孩二話不說，直接朝著最近的護理師衝了過去。

闕擎的距離根本來不及，「妳站住！」

咦？護理師懷裡正護著一個瑟瑟顫抖的病患，她不可思議的看著衝來的女孩，小如也是她負責的，是個心智永遠停在四歲的四十七歲大人，她平時根本不是這樣的啊！

護理師直覺的背向她，她必須先護著手上的患者才行！

唰！電光石火間，一道黑影直接來到了護理師面前，準確的擋在女孩與護理師之間，在誰都沒看清楚的當下，小如已經被拎離了地。

「什麼鬼東西？」狼人打直手臂，將女孩高高舉起。

他的臂長讓小如即使伸長了手想攻擊都做不到，而被掐住的頸子卻已經快要不能呼吸了！

「小狼！別傷害她！」厲心棠緊張的大喊。

趕到的闕擎直接往小如背部打了一掌，親眼看著一抹黑氣從女孩七孔中竄出後，便攀住了狼人健壯的手臂。

「感謝你，但她現在沒事了，放她下來吧！」他仰首說著，狼人皺著眉遲疑。

「小狼，闕擎說沒事就是沒事了！」厲心棠也跑到他身邊，拉著他的工裝褲。

哼，狼人倒是溫柔，小心翼翼的把女孩放了下來，嘴裡喃喃學語：闕擎說沒事就是沒事了。

嘖！厲心棠使勁踢了他一腳，幹嘛學啦！

躺在草地上的小如依舊昏迷，闕擎將掌心剛貼著的符紙往她口袋裡塞，再叫就近的護理師將她抱回房間，並且耳語了數句；護理師領令後匆匆抱著女孩往主建物去，而闕擎回身，迎向的是一整個花園中驚恐的眼神。

「親愛的，」他不慌不忙的朝著站在前方的女高音，「我可以聽一首淨化曲嗎？」

前一秒還發愣的女人在這一秒像活起來似的，挑了挑眉，做了一個優雅的抬手禮，然後擺弄姿勢，又開始唱起歌曲。

歌聲自她美好歌喉逸出時，每個音符都悅耳至極，熨貼人心，沒有幾秒，剛剛的恐懼消散，笑容回到了患者的臉上，接著在護理師的引導下，所有人都像沒事一樣，繼續著剛剛手邊原本的動作。

而那跳舞的圈，也重心拉起手來。

「抱歉！謝謝妳保護患者。」闕擎掠過狼人與厲心棠，走到護理師身邊，護理師正鬆手讓患者跑去玩，聽著悠揚的歌曲，她也稍稍平靜下來的搖頭，「需要的話，妳可以休假。」

「我沒關係的，照顧他們會有這種事也是正常，可小如為什麼會……」

「突發狀況，她需要特別觀察幾天……妳可以嗎？」

「我可以！她是我的患者！」女人即刻抬起胸膛，「我不希望別人照顧她！」

闕擎微笑，「那就麻煩妳了。」

他眼尾瞄了厲心棠一眼，不再多語的逕往大門的方向走去，厲心棠緊張的深吸了一口氣，趕緊拽了狼人：走啊！闕擎有話跟他們說。

狼人其實一臉困惑，不解的被厲心棠半推著走向大門，這一塊是大花園廣場，中間會經過兔子籠，那兒有一排樹林跟灌木叢，接著主建物前方還有另一處草坪，再過去才是大門，總之，這是個腹地相當寬廣的療養院就是了。

「你們帶了什麼進來？」闕擎趁無人立即質問。

「什……什麼？」厲心棠嚇了一跳，登時狐疑的左顧右盼，「有嗎？他有跟我們來嗎？」

「小子你是在凶什麼——」狼人低吼著就想對闕擎動手。

「小狼你別鬧啦！那個老師有跟我們來嗎？」厲心棠焦急的推著狼人，怎麼就只會動手動手！

「我怎麼知道！」狼人咬牙唸著，「我是狼人，又不是什麼鬼的……」

「老師？」闕擎謹慎的朝旁張望，在豔陽下，實在很難看到亡靈，「剛剛那個女孩發出的聲音是她嗎？」

「不不不！不是！那是個男的，很斯文的中年男人……我的天哪！老師，你在我們身邊嗎？」她非常認真的看著自己左手邊的空白處，再轉身向後問了一次。

闕擎不想破壞她對空氣說話的樂趣，他從不會輕易讓髒東西附身在患者身上，每個患者身上的名牌都是他特地買的強大護身符，可見剛剛那個亡靈有多凶戾，連護身符都可以無視。

闕擎沒理他們的直接朝大門走去，兩名便衣已經不在門口了，或許在附近車裡守著，他們是他見過最勤勞的跟監者，數十年如一日；走出療養院外，精神療養院是在偏僻巷內，附近都是樹林，他果然在療養院外的十數公尺處，看見了所謂的「老師」。

帶髒污凌亂的條紋襯衫，戴著副眼鏡，顯得相當不安的靈體。

不是他。

「那個？」一等厲心棠跑出來，他直接指向「老師」。

「哪個？」她看不見。

唉，闕擎留意「老師」朝他們望過來，緊張的朝這裡走來，也是只望著他，彷彿他是救命稻草似的。

他問了厲心棠詳細的情況，關於「老師」要找的孩子們，還有失去一切記憶的狀況……這跟之前那位吊死的女人不是一樣嗎？

「妳要知道，如果他什麼都不記得——」

「有可能是打擊過大，也有可能是死的時候很痛苦，或是有什麼執念沒有完成，我知道，我會小心的。」厲心棠接話接得自然，「但他現在執意要找失蹤的孩子，我比較擔心那些孩子。」

呵……闕擎居然笑了起來，那笑聲帶著點輕視與嘲弄，這反而讓厲心棠聽了有點不爽。

「你笑什麼？」她噘起了嘴。

「育幼院的孩子有時候沒有你們想得這麼脆弱，就算走丟了，也是能好好生存的。」

「就是！」身後高處傳來附和聲。

闕擎狐疑的回首，只見狼人在那兒不停的點頭，深表贊同。

「回到正題，剛剛附在患者身上的凶靈說什麼你們也聽見了，不許靠近嗎？看來有人是不希望老師找到孩子們。」闕擎不情願的做了一個深呼吸。

換句話說，也就是孩子們可能眞的有危險。

「你覺得……孩子還在嗎？」厲心棠提出了要點。

闕擎瞥了她一眼，卻露出讚許的笑容，不錯嘛！已經想到了最壞的結果。

「什麼意思？小孩都死了嗎？爲什麼？」狼人卻發起火來，「是誰幹的？我去解決他！」

闕擎幾分無言，這狼人眞的空有一身蠻力、但腦子簡單耶！

「百鬼夜行的人不允許插手人類事務，不是嗎？」他提出關鍵問題。

「我是約聘的！」狼人突然反應極快的回應。

厲心棠沒好氣的看著他，食指在空中搖了搖——No No No，看來就算約聘的也不行喔！

說著，「老師」已經來到了闕擎面前。

「您好。」他溫柔的打著招呼，「這位……能幫我找到孩子們嗎？」

看起來非常溫和的老師啊，衣衫襤褸，身上有著許多塵土，憔悴削瘦，眉頭緊鎖，滿臉擔憂，看來對那些孩子操碎了心哪。

「不知道，但我會盡量。」闕擎語出驚人，一旁的厲心棠連大氣都不敢吭，

「我叫闕擎，請問你是？」

「我……我不記得了。」「老師」尷尬的笑著，「我只記得大家叫我老師。」

「好，老師。」闕擎伸出手與之交握，「你知道你已經死了嗎？」

百鬼夜行
第三章
協尋孩子們

他還記得育幼院的模樣，就算到死他也不會忘記的地方。每一間房間、每一磚每一瓦，甚至是那個可怕的地下室，他都記得一清二楚，尤其是……那個總是勒住他的頸子、讓他難以行動的鐵環，還有那又粗又長的鐵鍊。

「布魯斯。」

有人站在門口，狼人回過神，有幾分錯愕。

「雅姐！」他跳起來衝去開門，緊張的看著站在門口的女人。

女人穿著一身維多利亞風誇張的服裝，在「百鬼夜行」夜店的三樓，手裡還撐了把陽傘。

「我這陣子主題是維多利亞時代。」雅姐大方說明自己的裝扮特色，一頭捲髮披在肩上，「我可以進去嗎？」

「請！」布魯斯緊張得不知所措，他只是先在三樓的小辦公室休息，萬萬沒想到店老板娘會出現。

「百鬼夜行」由一對情人開設，容納世界各種不同的妖魔鬼怪，店裡也接受各種客人，硬要說的話，它其實可以說是各界的法外之地；店裡有妖怪有魔物也有鬼，唯一的人類就是被老大撿到並養大的棠棠了。

她是全店的女兒、妹妹、孩子。

日常店裡都由經理拉彌亞負責，老大跟雅姐很少在店內；像他只有每個月月圓期間會來這裡避風頭，見到他們的機會就更少了！但是他對於雅姐格外尊敬，因為當年就是她收留他，請他到「百鬼夜行」當DJ的。

「我聽說店裡來了個亡魂，在找孩子們？」雅姐連坐姿都格外彆扭，頭頂那頂大帽子讓布魯斯目不轉睛。

「呃……嗯，好像有這麼一回事。」他打算裝傻。

「店裡的人不能插手人類的事——約聘也一樣。」雅姐果然是來談這件事的。

「我沒有插手，是棠棠。」布魯斯甩鍋甩得超快，「我就只是——」

「不能插手，布魯斯。」雅姐嘴角仍舊在笑，但狼人卻開始感覺到一股寒意。

他不敢搬出藉口，而是默默低下了頭。

「我不會。」

「棠棠要去找，就讓她去，但你不能跟著，只要跟著，你就可能會介入人類的事，例如今天——你是不是擋下了某個被亡魂附身的女孩？」

咦？布魯斯錯愕的望向雅姐，「是，那是在療養院那邊，可是那個女孩突然抓狂——」

「是，她或許會殺了那個護理師。」雅姐瞇起眼，凝視著布魯斯，「但也或許，那個護理師本來今天就該死！」

這就是插手。

布魯斯恍然大悟，今天那個情況，以那小子或是棠棠的速度，根本來不及阻止那個被附身的女孩，所以那個護理師會死嗎？

其實他不解，也有點不滿，平時他在外面出手幫人，雅姐也不會那麼多話啊。

「你的想法我懂，或許腦子根本沒想這麼多，純粹只是想幫人！平時你愛怎麼做我們不會過度干預，但是，那個老師是店裡的客人。」雅姐聲音放軟許多，「你要瞭解店裡有店裡的規矩，一旦傳出去，就會變成『百鬼夜行』在干預人類的事務了。」

布魯斯用力深吸了一口氣，他大概明白雅姐所言了。

因為「老師」走進了「百鬼夜行」，尋求了幫助，所以店裡的非人都不能插手……除了棠棠。

雅姐看著布魯斯放鬆了身子，起身走過去溫柔的拍拍他，「我知道你在想什麼，他讓你想起了過往的一切對吧？」

布魯斯沒反應，只是垂著眼神。

「那些都過去了，不見的孩子也不是你的朋友，放下吧。」雅姐輕柔的說著，「好好休息，晚上大家可期待小狼ＤＪ的登場喔！」

布魯斯點點頭，抬頭看向雅姐，他神情有點複雜，說不出我知道了，也道不出謝謝，卻有點想哭又委屈的複雜。

雅姐也不再多說，就拎著那翹屁股的長裙走了出去。

失蹤的孩子不是他的朋友，就像那位「老師」也不會是他以前的老師一樣……他當然知道，在他小時候，眼裡的老師除了會拿鞭子打他以外，怎麼可能會擔憂他的安全呢？

悶坐在房間沒幾分鐘，他最終還是忍不住，轉身出門下樓！

他不插手，就只是聽聽沒關係吧？趁著白天夜店沒人，那小子把「老師」帶回店裡，要再好好問問題，他就只是去聽……聽聽看有什麼特別的事，萬一如果他剛好在哪邊看到了疑似的育幼院，他再不小心的讓棠棠知道，是不是也可以？

老大他們擔心的是「百鬼夜行」的插手，那如果他都不讓人知道呢？對！

狼人用力握緊雙拳，一雙眼睛亮晶晶的走下樓去，下樓的腳步聲咚咚作響，他才一走，對面的房門就開了。

雅姐開了一小門縫探出頭，神色冰冷的望著樓梯，萬般無奈，幽幽回首朝著房裡。

「眞是不出所料，你能處理嗎？」

「當然。」

而布魯斯才剛下到二樓，卻看見那個「老師」站在二樓的樓梯口。

「您好。」「老師」抬頭看向走下的狼人，卻帶著溫和的微笑。

「你好。」布魯斯有點困惑，「我以為你正在跟那小子聊天。」

「差不多講完了，我看闞先生像是需要消化，我就不打擾他了。」「老師」堆滿了微笑，「我越看你，越覺得熟悉。」

布魯斯瞬間皺眉，他對這「老師」一點兒印象都沒有，最重要是他身邊可沒這麼有氣質的人。

「我這傢伙要熟悉很難吧？哈哈哈！」布魯斯乾笑著，「你去哪兒找這種身高、這種體格、還這麼多鬍子的傢伙？」

「老師」一笑，慈藹的點點頭。

「還眞有！我覺得其中一個孩子，就像你！」

橘色的重機在高速公路上蛇行蜿蜒，惹得一堆四輪駕駛又是按喇叭又是在車內豎中指的，守規矩大家都能相安無事，但偏偏就有這種不守規矩愛亂鑽的，讓用路人開個車都心驚膽顫。

狼人當然沒在怕，速度快、反應力又強大，現在就算突然發生車禍他也能輕易閃過，他又不是普通人類，才不管那麼多。

墨鏡下的雙眼熠熠有光，喔喔，看見了，二十公尺的第二車道，是那缺德小子的車啊……要不是他車上載著棠棠小寶貝，他這會兒就騎過去嚇嚇他。

唰地如風一般，重機俐落超車，他不是來跟蹤厲心棠的，也沒有要插手他們的事，反正雅姐話說得很明白，那他做自己的事不就好了！平時「百鬼夜行」也不會管他這麼多啊！

例如，趁著天氣好，來個故地重遊吧！

再催油門，就算超速他也不怕，區區罰單他繳得起，要他龜在這高速公路上慢慢前行，就不是他的作風了。

瞄著前方架著的手機，還有六十餘公里，人類有一句話叫近鄉情怯，這就是他內心的最佳寫照……他已經很久很久，真的很久沒有回到他的「家」了。

如果那能算家的話。

「咦？」

轎車裡的女孩登時挺直背脊，拼命往前湊著，要不是有個曲線，她都要貼到擋風玻璃上去了！接著由左至右，由右至左，甚至還降下車窗，頭直接伸了出去。

「喂！」闕擎伸手扯住她的外套，直接拽回車裡，「妳不要命了嗎？想害我？」

她掉一根汗毛，他都會被整間「百鬼夜行」的妖魔鬼怪撕了。

「……剛剛那台機車你有看見嗎？咻地從我們車前鑽過去那台？」厲心棠指著已經消失的機車方向，「那台車是……小狼的吧？」喔。闕擎略挑了眉，這樣就合理了，他剛剛就一直在看後照鏡，總覺得這條高速公路的枉死鬼們像是在懼怕什麼似的，原來是有狼人在路上飆車啊！

「妳確定？」

「車牌我挑的啊！」厲心棠肯定的點頭，「那訂做的耶，店裡送給他的。」

「果然還是跟過來了，不對……他也不算是跟著我們。」闕擎淺笑著，「他對這件事莫名關心。」

「因爲育幼院吧！」厲心棠聳聳肩，「小狼跟我一樣，都是棄嬰喔！」

厲心棠是被扔在巷弄間，垃圾子母車裡的嬰孩，據叔叔說，她哭聲宏亮，被裝在一個紙箱裡，那是個大雪紛飛的夜晚，卻只有一襲薄毯裹著她！因爲太可愛了，所以叔叔忍不住把她撿回了「百鬼夜行」。

「原來如此……所以他對這件事格外上心。」闕擎恍然大悟的點頭，「看來他想起了在育幼院的日子或是老師們了吧！」

說這話時，闕擎腦海裡也閃過幾段回憶，但那些回憶眞的稱不上多好，也一點兒都不懷念。

「我如果不是被叔叔撿到，應該也是在育幼院長大的一員了吧！」她抓起座位底下的零食，啪的撕開！

「也不一定，幸運的話說不定會被領養。」闕擎話說到這兒又頓了幾秒，「其實幸與不幸，沒經歷過都是很難說的！只是在育幼院……就更難是幸運的那個了。」

他還記得，那多刺的荊棘總是在燈泡前被高舉著，上頭還帶著他新鮮豔紅的血液，下一秒就會是撕裂的痛楚，一鞭、再一鞭的打在自己身上，每一鞭都皮開肉綻，那份疼痛實在令人難忘。

「我知道，但這不能怨，畢竟不是自己家，這麼多的孩子有地方住、有東西吃，就很好了。」厲心棠滿足的微笑，「所以我眞的很幸運，是被叔叔撿到了。」

「呵……有地方住有東西吃就很好了嗎？說得也是，人的原始欲望就這麼簡單而已！」闕擎冷笑著，「但有時候，會寧可在外面餐風露宿，只怕也比待在裡頭好。」

厲心棠狐疑的看向他，「爲什麼？如果在外面，又冷又餓的話——」

「誰告訴妳，在育幼院就一定會溫暖飽餐？」闕擎冷冷的打斷了她的幻想，

「我剛說了，待在育幼院也不一定是幸運的。」

厲心棠靜靜望著闕擎，她聽得出來，闕擎或許也待過那個地方，而且經驗可能不太好；但她已經是VIP等級的俊傑，識時務的從不會多問！

滑開手機，她調出了「老師」畫的圖，現在他們手上擁有最好的線索，就是一棟灰藍色的育幼院。

闕擎讓「老師」將他畫的東西著色，這果然比靈魂畫手來得有效，有顏色就有個概念，至少知道建物的樣子，還有一些特色。

而在這位「老師」的模糊記憶中，孩子們的資訊反而是一清二楚，一共十個孩子，不過全是小名，唯有一個最清楚的女孩，就是他口中所謂的領頭羊，十歲的女孩。

「宋瑞卉，十歲，應該是這群孩子裡最聰明也最冷靜的，大家都聽她的話。」

厲心棠已經把資料背下來了，「最美的叫妮妮、年紀最長的是毅風、圓臉娃娃是小可愛。」

「唯一有用的只有宋瑞卉，要慶幸這個名字不是菜市場名。」闕擎專注的望著前方，「我想喝水。」

「沒問題。」厲心棠即刻拿起水瓶打開，交給了正在開車的闕擎。

今天要去的地方相當遠，由闕擎開車，他什麼都沒說她就也不問，反正他應該是有線索才會帶她去吧？喝完水交還給厲心棠時，他悄悄從後照鏡瞄了一眼。

「怎麼了嗎？」厲心棠眼珠子向後瞟，但沒有誇張的回頭，「有人跟蹤我們嗎？難道是——那天的警察！」

「他們跟是必然的，我是覺得……」他皺眉，有幾分不確定，「算了，沒事！」

必然？厲心棠不高興的回身向後望去，只是高速公路上，自然處處是車子，她根本認不出來……啊！

「我們可以請警察幫忙嗎？」

「不是有章警官可以問？沒事別動我這邊的人……以後也少跟他們講話。」闕擎原則上希望對方不要接近厲心棠，「但我們要到很偏遠的鄉鎮去，章警官只怕鞭長莫及。」

「多遠？」

「至少四個小時吧！」要不是地方偏僻到大眾運輸到不了，誰要開這麼遠的車！「妳去學個開車吧！」

「我想學啊，但……」

但是，她店裡那票妖魔鬼怪不准她學是吧？不讓她上一般學校、也不希望她打工，真的不管是什麼東西都能把人養成媽寶……鬼寶？隨便啦！

再瞥一眼後座，那位「老師」沒有跟來，他車上設了防護結界，一般亡靈是進不來的，這當然都是為了避免驚嚇，沒人喜歡開車時隨便被搭便車的亡靈嚇死。

「喂，你突然告訴老師他死了，他很不能接受的。」厲心棠唸叨起來，「這幾天都沒出現。」

「我沒有很希望看見他，我只是……擔心那幾個孩子。」

厲心棠甜甜的笑了起來，「我就說，你才不會不管不顧呢！就嘴巴硬。」

「並沒有。」他沒好氣的白了她一眼。

他只是想知道，那些孩子最後的下場是什麼。

單就那天附身在小如身上的狀況來看，這事情已經超出了「孩童失蹤」這麼簡單了。

「所以你已經知道這間藍灰色的育幼院在哪裡了嗎？」她繞到主題上，不敢直接問。

「怎麼可能！我有陰陽眼，又不是會通靈。」闕擎微微一笑，「但是，我總覺得妳那個小狼似乎知道！」

厲心棠一怔，瞪大的眼睛眨呀眨，「不可能！狼人就是……狼人，他也不會通靈。」

「能知道他去哪裡嗎？」闞擎瞥了她一眼，若有所指。

女孩抬高了下巴，內心一陣掙扎，碎碎唸著還是滑開了手機，「我說眞的，狼人不會通靈。」

看著她的動作，闞擎滿意於自己的猜測正確，厲心棠果然知道狼人的去向！他當然知道狼人不會通靈，他要能知道的話，他們兩個現在還會在高速公路上嗎？

但不管怎麼說，對這件事頗上心的狼人，說不定反而能看到他們瞧不見的細微末節……呃，如果他眞的看得到細節的話。

「我是不急，妳自己小心一點便是，我覺得有人會主動來找我們的。」他突然扔出了一句話。

厲心棠內心一陣喀登，暗叫不妙！那天在療養院裡突然附身的惡鬼，非常凶惡啊！大喊著不許他們靠近，感覺的確很像：如果他們要去找人，「她」就要對誰不客氣的感覺。

但也正是因爲感覺不能找那些孩子，反而令人覺得更加不安。

厲心棠搜尋起「宋瑞卉」這個名字，雖然說並非菜市場名，但其實這個名字的人並不在少數，在不知道年齡的前提下，實在也不知道從何找起。

GPS顯示狼人的重機下了交流道，所以他們跟著滑下，進入了一個小村鎮，順便吃個飯補足體力。

「進來坐喔！要吃飯吃麵？」隨便找了處小麵館，老闆娘熱情的招呼著，指向最裡頭的大桌，「坐裡面那桌好不好？」

厲心棠有點錯愕，裡面那是大圓桌，他們才兩個人其實前面還有位子的。

「我們坐這裡就好了！」她輕快的說著時，闕擎已經就著牆邊小桌坐下來了。

老闆娘剛往旁邊送上麵，轉過身望著他們愣了一下，「咦？不是一起的喔？」

闕擎略擰眉，抽筷子的手略顫了一下。

「一起？」厲心棠好奇的反問著，一邊看著牆上簡單的餐點項目。

「啊我剛剛看到還有幾個小孩啊……」老闆娘邊說，一邊走到他們桌邊，又是一臉困惑，「咦？不是有三、四個小孩？」

厲心棠側彎了身，往門口看去，「是喔？」

「啊可能別人的啦！來看看要吃什麼跟我說就好！」老闆娘立即笑笑當沒這回事，擦著手走進了櫃檯裡。

闕擎嚴肅的回首也望向門口，好幾個孩子跟著嗎？他可不覺得老闆娘看錯，果然從療養院開始，他們就被盯上了啊……不許他們找到孩子嗎？

「請問一下，你們這裡有育幼院嗎？」

快吃飽時，闕擎突然客氣的問向了老闆。

「嗄？育幼院喔？」老闆娘倒是健談，「我們這裡沒有啦，我跟你說，再下去幾十公里，你會看到沙鎮出口，那邊山上有一間很大的！」

「那間我知道，算是這附近最大間的了。」厲心棠立即反應，她當然之前就查過現存的所有育幼院了。

但眞的沒有一個長得像「老師」畫出的模樣，所以一早就排除在外了。

嗯……闕擎攪著碗裡的麵，若有所思，其實他觀察「老師」的衣著，覺得不像最近流行的風格，尤其他臉上那副眼鏡，若不是刻意走復古風，就是眞的是復古了。

「那有沒有廢棄的？」他突然向右轉頭，第一句話問得老闆夫妻刷白了臉色。

「哎唷！」老闆先發難，打圓場的笑，笑得超級無敵勉強，「找找找廢棄的做什麼啊！又不是要拍什麼鬼片！」

厲心棠怔怔的看著闕擎，他卻用淡淡的笑容持續凝視著老闆夫妻，都快把他們看發抖了。

「對！對對！我們要拍片！」她反應迅速的回應，「我們在找適合的地方啦，想拍點有氣氛的。」

闕擎正首，她說謊也不打草稿的功力越來越強了！

「哎呀，那邊不好不好！」老闆娘擺擺手，「我幫妳想想去哪邊厚……」

不好？不好那就對了啊！厲心棠立即帶著無害的笑意，起身到爐邊跟老闆夫妻攀談，基本上到了這一步，就沒有闕擎什麼事了。

「我們只是先去場勘一下，若是不合適，我們不會用的，而且我們絕對懷著一顆敬重的心。」厲心棠在那兒吱吱喳喳的，「所以這附近有什麼廢棄的……育幼院？」

「唉！」老闆不想說，直接轉開去切小菜了。

「那裡眞的很不乾淨，就算當地人、或是隔好幾個鎮的我們都不會去！已經荒廢很久了，之前有人上山去，都會遇到奇怪的事！」老闆娘語重心長，「小姑娘，聽阿姨的話厚！」

「我們就去看一眼，白天去。」厲心棠說話柔軟，但語調卻挺堅持的，「您只要告訴我大概的方向，沒關係，我能自己找！」

老板切菜的聲音停了，他回頭與老闆娘對視一眼，顯得非常爲難。

「我們是不希望你們出事啦，等等要叫人家上去救，還又害別人……」

重點是害到別人啊！

「你放心，有沒有危險我們知道的。」厲心棠突然向後一比，右手伸向了闕擎，「他是靈異體質，他都會預先知道！」

噗——正在喝湯的闕擎差點沒把湯給噴出來，瞠目結舌的斜轉頭看向厲心棠，她還在那邊認眞跟他頷首：就是他！

謝謝妳喔！他連辯解都懶了。

「既然這樣你就知道更不該去！」老闆娘異常認眞，「我跟你們說哪條路就好，反正到靠近了你們就會知道。」

匆匆把午餐吃完，厲心棠也得到了路線，其實在隔壁城市，但他們也可以從平面道路繞過去，基本上是繞行山路了。

跟麵店老闆夫妻道謝後，他們付完帳走人，厲心棠又跑去買了飲料跟零食，補足戰備儲糧。

「所以先去那個傳聞中不乾淨的地方嗎？」厲心棠等著飲料，一邊看著手機，「哎呀，眞的有這個地方耶，荒廢年代不可考的古老建物，無人敢踏足的山頂廢墟……」

照片拍著一棟頹敗的建物，跟「老師」畫的不一樣，那就是棟四四方方的房子，相當寬敞，甚至還有鐘樓，只是外觀斑駁不已，而且許多面牆都已經壞了，看上去連遮風蔽雨都有問題。

「那塊地跟建物都是屬於私人的，所以相關單位無法進行拆除或是改建，又苦於土地持有者並不在國內，所以也無人會去處理，導致屋子年久失修而破敗至今……」闕擎也已經找到了，「這棟建築應該是上個世紀的東西了，尖塔是鐘樓，跟我待過的那個很像。」

只是他待過的更大，附近還有蓄牧場所，非常的寬廣，待在育幼院裡的孩童得自己擠牛奶、養動物，餵動物吃草，因爲自己吃的食物必須自己處理。

嗯嗯，他待過啊！厲心棠不動聲色也不問，闕擎果然也待過育幼院，認識這麼久了，除了意外得知他在精神療養院當義工外，她的確沒見過他的家人、也不知道他的家庭背景，總之近在咫尺卻仍舊一無所知……

嗯，也不算眞的一無所知啦，她有時感覺很懂他，但有時又很陌生。

「那我們要先去嗎？我怕現在上去的話，下山時天已經黑了耶！」厲心棠後面沒說出來的是：天黑後如果上面眞的有什麼，他們可沒地方睡啊！

她才不想睡在那裡咧！

「嗯……」闕擎也在考慮這樣的事，按照時間，他們眞的有可能在下山時就遇到天黑。

更糟的是，如果那邊眞的有什麼，光是在山裡就夠折騰他們了。

「啊！小狼……」厲心棠滑開狼人的定位時，顫了一下身子。

慌亂的眼神對上闕擎，她什麼話都沒說，但闕擎彷彿都聽見了。

「他正前往那裡嗎？」

「路……路是對的，我不知道他是不是要往那邊……」她說得極沒自信，事實上山路就那條，這麼剛好小狼要前往一樣的地方，這也太「巧合」了。

「您的飲料好了！」

飲料店遞出飲料，闕擎上前接過就走，厲心棠焦急的追上前，「現在怎麼辦？跟著小狼？還是先去你原本預定要去的地方？」

「那裡就是我預定的地方！」他解鎖車門，車子後車燈閃了兩下，「我們上山。」

百鬼夜行
第四章
置身過去

重機排氣管的隆隆聲在空蕩蕩的山間特別明顯，布魯斯的機車緩緩騎上一個陡坡、再一個左轉，他屏氣凝神的看著眼前出現的建築物，完全無法換氣。

建物沒有變化，還是在原地，只是圍牆頹圮、大門破舊，廣場上已被樹木及四處生長的雜草覆蓋，事實上鐘樓附近的火燒痕跡依然還在，一切變了又彷彿都沒變。

停好重機，布魯斯走向那扇對開大鐵門，有一扇已經倒地，另一扇只剩下一個關節撐著門，看起來搖搖欲墜。

「這麼小的嗎？」他抓著那扇快掉下來的鐵門，以前覺得這扇門高大駭人，現在卻——一使勁，他就將整扇門拔起了。

卡楯連同水泥牆一起剝落，他隨手就往庭院裡扔了出去，沉重的鐵門摔在庭院裡，發出了咚鏘的聲響，緊接著一大群驚恐的鳥兒自幾乎已經沒有屋頂的舊屋裡急速飛出。

布魯斯也嚇了一跳，伏低身子略擋頭，發現只是一群鳥兒後也沒什麼在意。

「這不是我的學校。」

模糊的身影漸而清楚，布魯斯嚇得連退幾步，才發現剛剛他扔出去的鐵門邊，出現了「老師」的身影！

「你——你爲什麼在這裡？」他仔細的看著變清楚的「老師」，現在的「老師」看起來跟眞的人一樣啊！

「老師」錯愕，「我坐你的車一起來的啊！」

「什麼!?」布魯斯激動的轉頭看向停在遠方的小橘，再看向站起身一臉困惑的「老師」，「我那個位子不載男的耶！」

「啊？是嗎？但我問你時你沒有說不行啊！」「老師」皺起眉，深表歉意的拼命道歉，「對不起，眞的對不起……」

「但我也沒說可以啊！我根本沒聽到你跟我說話好嗎？」布魯斯氣極了，「你跟我來做什麼？你不是應該跟著棠棠他們嗎？他們一早就說要去幫你找人了！」

「我去也幫不上忙啊，而且我就……覺得我應該跟著你。」「老師」走到布魯斯面前，憂心的抬頭望著他，「你看起來心事重重，孩子，怎麼了嗎？」

「老師」緩緩伸出修長的手，像是想輕撫布魯斯滿臉鬍的臉龐，但他警覺的縮了身子，往後退一步，再不客氣的打掉他的手。

「不要碰我！你又不是我的老師！」布魯斯喉間呼嚕的低吼出聲，不爽的掠過他，逕往破舊建物走去。

「老師」略收起手，神情顯得有點悲傷，他是眞的覺得……那個ＤＪ眼神裡有許多故事，而且一直若有所思的模樣，所以才擔憂的跟來。

「有心事可以跟我說的，好歹我是老師，我能幫你排解。」他回過身，依然溫和。

哼，老師？布魯斯正徒手抓起一根樹木，回頭睨了他一眼，「我沒這麼好命，能遇到這麼好的老師啦！我以前喔——」

將斷木朝圍牆外扔去，他往地面看去，以前但凡有一個老師願意這樣對他，他的命運或許就不一樣了。

「你以前怎麼樣了？」「老師」走到他身邊，「這裡是哪裡呢？我的學校沒有鐘樓。」

「這是我的……」

家。

是啊，他的家。布魯斯喉頭緊窒，這個讓他不怎麼愛、但充滿恐懼與厭惡的家。

啪——啪啪——樹枝斷裂劈啪聲響，布魯斯瞬間往右後方轉去，看見林子裡晃動，驚鳥出林，有人在那裡！

「誰！」布魯斯疾速朝樹林奔去，「你不要跟！」

後面那句是對「老師」喊著的，只見狼人飛快地衝到圍牆邊，輕鬆一躍就跳過石牆，然後朝著圍繞這破敗育幼院的樹林裡衝了進去！

「老師」傻在原地，看著那一堆樹木劇烈晃動，斷枝聲此起彼落且越來越遠，讚嘆於那ＤＪ的速度跟跳躍力，然後就是橫衝直撞的破壞力了。

「果然很像啊……」他淺淺笑了起來，有那麼一個孩子，也是這樣子的靈巧、但力氣又很大！

一個男孩抱起一棵斷樹的景象浮現，他好像又想起一點了。

望著自己滿是疤痕與老繭的手，在他看來，他明明就像是個活人，但是他卻已經死了……昨天他試驗過了，鼓起勇氣站在馬路中間，車子穿過了他，他甚至可以一瞬間就坐在人家車子後座，進出無礙。

他是真的死了……難怪他覺得路上的車子越來越多，許多街景也跟印象中的不太一樣，只是他卻不知道自己死了多久，而且是怎麼死的！他永遠只記得孩子們的尖叫與哭喊聲，一轉頭，他身後一個孩子都沒有了。

思及此，「老師」又陷入痛苦中，他雙手十指交扣，拼了命的想要回憶起遺忘的一切：他是怎麼死的？他出事時，孩子們也有危險嗎？那些可憐無依的孩子們，能去哪裡呢？

引擎聲傳來，他驚愕的抬頭，看見一輛房車緩緩駛上，車速相當的緩慢，關擎謹慎的看著破敗的大門，也一眼就看見了站在裡頭的「老師」。

「小狼的車子！」厲心棠注意到的點不太一樣。

「老師跟他在一起嗎？」是這亡者帶狼人來？還是狼人叫鬼來的？闕擎在心裡咕噥，不管哪個，好像都是干涉人類事務厚？

厲心棠扯扯嘴角，下車時推了他一把，「別說啦！」

她飛快的下了車，跨過地上的眾多障礙物，朝著庭院裡走去，從整體破敗的狀況看起來，這棟屋子大概隨便幾個輕度地震就會垮了吧！

「小狼呢？」厲心棠左顧右盼，只看到「老師」的身影，「你們一起來的？」

「我坐他的車來的，不過……」「老師」微微苦笑，「他不知道我坐他的車，看不見我，也聽不見我的聲音。」

闕擎非常謹慎的觀察過後才下車，這個麵店夫妻覺得可怕的地方，其實沒什麼威脅性啊！也就屋子破敗了一點，但他沒有瞧見任何不乾淨的東西，也沒有凶神惡煞或是殺氣，還比那間鬼夜店好多了。

不過……不可否認的是這裡的確很陰，是個很容易集中好兄弟的地方，瞧這才一上來就有寒意了。

「他進去了嗎？依照他那種走路方式，隨便一腳就可以讓這棟屋子垮了吧？」闕擎打量著眼前超寬敞的廢棄建物，「三層樓的建築，木板隔間還能撐這麼久……屋頂幾乎都腐敗了。」

「裡面搞不好連地板都沒了。」「老師」中肯的說，「常年積水、地板腐壞，我不認爲那是可以踏足的地方。」

闕擎暗暗瞄了他一眼，好像是貨眞價實的老師啊，這麼留意安全與細節呢！

「所以人呢？小狼！」厲心棠直接大喊，位在山頂的育幼院四周有著更高的山，反彈她的呼叫——

狼狼狼狼……

這要是冬天的話，說不定這樣一喊都會雪崩，雖是山頂，但日面有更高的高山環繞，光是厲心棠這不嘹亮的嗓門一喊，他都能感到音波的反擊了。

「停停停！他去追人了！」「老師」緊張的趕緊說，指向了育幼院正門邊的林子，「剛剛樹林裡傳來聲響，又有鳥吃驚飛出，應該是有人在那兒，所以那位ＤＪ先生立刻就追過去了！」

「人？這裡？」厲心棠倒抽一口氣，這裡怎麼可能會有人!?

「那位先生跑得好快，而且他剛剛跳過那面沒有缺角的圍牆時，輕而易舉啊！」「老師」這口吻裡滿是讚嘆。

厲心棠焦急的想要往前，但剛剛一路上她不是沒觀察過地形，這附近全是樹林就算了，山勢不緩啊，闕擎開上來都踩足了油門，除了這條馬路外，其他地方定是陡峭的山徑，就算有專業裝備，也是很危險的。

「想再爬一次山嗎？」闕擎沒阻止她，調侃的問。

「別鬧啦，那個有專業設備都很危險，更別說現在這山裡雲這麼厚、光線不足又起霧。」她咕噥著，這是就算在山裡也要格外注意的氣候。

而且她才剛從山裡回來沒多久，實在不想再受一次罪。

幸好是小狼，還比較不要緊的啦！

「所以這裡是你的育幼院嗎？不是吧？」闕擎已經掃了兩圈，逕往建物門口接近，「這年代很久了，而且也不是你畫裡的模樣。」

「不是，絕對不是，這有鐘樓，形狀跟大小也不同。」「老師」對這點倒是很確定，「我的學校佔地也沒那麼寬……但是也有樹林。」

有林子的，不只有林子……「老師」有點難受，他彷彿看見了藍天白雲，還有在草地上吃草的羊？羊隻？他待的地方還有養動物嗎？他可以再用力一點，他覺得就快看見羊隻旁的屋子了！

嗯？闕擎回過神時，赫然發現「老師」消失了，有點狐疑的認真看了遍，不是這雙眼失效了，就是「老師」跑了。

「咦？老師呢？」厲心棠一回身也發現人消失了，「你看得見嗎？」

「看不到，不過老師本身不是厲鬼或是存在感很強的亡者，看不到也是自然。」闕擎拉著厲心棠的袖子，往建物再走近一些，「這裡其實沒有什麼不乾淨的東西，怕是人們以訛傳訛了。」

「破敗這麼久卻沒人來動，搞不好傳說也是一種保護色。」厲心棠笑著聳肩，「之前遇過一個古老的鬼爺爺說的，有時他們想保留古宅，就會惡搞一些探險的人，這樣就沒人敢動了。」

闞擎微皺著眉，有點哭笑不得，這的確是個好方法。

「照這樣說，這裡還得有需要保護的東西？」他現在扔個石頭進去，牆可能都會破的情況下，這裡能有什麼寶貝嗎？

「說不定有寶藏！」厲心棠咯咯笑了起來。

「之前戰爭時期，傳說中失蹤的黃金？」闞擎也知道這個傳言，每一場戰爭中，似乎都有一個隊是專門負責運送寶物的。

「我才是你的寶物吧？」

什麼？闞擎聽著這肉麻的話語，這根本不可能是從厲心棠嘴裡說出來，事實上連聲音都不相似！

他警覺的回頭，但一切都來不及了。

他親眼看著這廢墟從頹敗漸漸像染色一樣披上一層完整的模樣，倒下的牆立起、地上破敗的鐵門一秒飛回了原本的位子，鐵鏽盡失，恢復成嶄新的模樣，而眼前的厲心棠在場景變幻時，身高沒什麼變，但容貌卻換成了另一個人。

他趕緊正首，看著屋子從頹敗到正常，雖不至於煥然一新，但卻是棟三層樓高，寬大的方塊型，藍灰色的建築——「老師」筆下的那棟！

他瞪圓了眼，注意到庭院縮小，附近景色丕變，高山更高，附近樹林更加茂密且蔥綠，啊……顏色染到他的身上，他抗拒無效，看著自己的手變小，衣服換上了起毛球的陳舊上衣，也矮了許多。

「這還用說嗎？妳永遠都是我的寶物。」他轉過身，朝身後的妮妮伸出手。

妮妮有張極爲標緻的臉龐，五官端正，濃眉大眼，少女脂粉不施卻相當亮麗，她甜笑的上前握住他的手，兩人眼神裡都是粉紅泡泡，愛戀之情溢於言表。

妮妮才十二，但看上去有著十四、五歲的成熟感，發育也已開始，他們手牽著手，一同向外跑去。

「你們要去哪裡啊？我也要去！」旁邊正在掃地的男孩一把扔下掃具，朝他們衝過來。

「阿堯！你都還沒掃完，等等又被老師罵。」說話的男孩叫毅風，是年紀最長的男孩，「我這個月被分配到去餵羊，所以我可以出去。」

「無所謂啦！怎麼？嫌我妨礙你們談戀愛喔？」阿堯冷笑著，妮妮推了他一把。

三個人飛快的奔出育幼院大門，外頭有幾個男孩望著妮妮，幾雙眼睛都目不轉睛；他們一起跑到山上的羊棚餵羊，門打開時，闕擎覺得自己都快臭死了，他眞的厭惡這個味道。

現在的他在這個叫毅風的男孩身上，靈魂可以思考，像是獨立的……是個旁觀者，又像是附身者，很有趣；他沒有試著搶奪主控權，望著美麗少女的側臉，他懷疑厲心棠也跟他一樣正在觀望中。

「我休息一下，累死了，我上午才搬了好幾袋米。」阿堯找個地方，就想躺下，「啊啊……」

「怎麼了？你昨天是不是又被打了？」妮妮回頭擔心的走向躺在乾草堆上的他，「你再這樣下去，身上沒一塊好地兒可以被揍了。」

阿堯冷笑，「我在乎嗎？我哪天不被打才是奇蹟！」

毅風搖搖頭，將草放在飼料盒裡，「你啊，就安分點，聽老師他們的話不就好了？」

「為什麼要聽話？他們又不是我們眞的爸媽，憑什麼要我們聽話？」阿堯非常不爽，「每天把我們當工人使喚，打我們跟打畜牲一——」

話沒說完，妮妮緊張的上前摀住他的嘴。

「你別又這樣口無遮攔，被聽見了又要被揍！」妮妮皺著眉，焦心的低語，「我們就低調點，越低調、越不受注意，才有機會離開。」

阿堯挑了眉，嗚嗚嗚嗚的出聲，妮妮這才鬆開手。

「我們要怎麼離開？誰都不會開車，怎麼下山？」阿堯冷笑著，「要我說，一把火放了，燒掉這裡，就會有消防隊來了。」

「萬一沒來呢？而且你要想想還有這麼多人怎麼辦？」毅風嘖了一聲，「我們要走得悄無聲息，但又能讓其他人繼續住在這裡。」

「哼。」阿堯咬著指甲，「我只想殺了他們。」

他雙眼裡迸出殺氣，目露凶光，這孩子說得是眞的。

闕擎透過毅風的眼看著阿堯，看上不過九歲十歲的孩子，殺氣卻這麼的重，看他手腳露出的部分也都有明顯的青紫瘢痕，看來被打得不輕。

「老師們要是都死了，大家也沒辦法生活吧，而且現在都摸清楚習慣了，要是換一批才麻煩。」妮妮冷不防的抓起他的袖子，一把拉開。

「噢……」阿堯吃疼得倒抽口氣，妮妮死死的緊抓他的手，看見的卻是滿手臂的傷痕。

不只是瘀青，幾乎全是血痕。

「怎麼打成這樣？」

「我全身都是喔！這算什麼！」阿堯邊說，隨便撩起衣服，果然都是正在癒合的傷口。

妮妮趕緊從身上拿出藥來，想幫阿堯上藥，但看著他全身上下處處是傷，一時還真不知道從哪邊擦起。

「你就乖一點啊，裝一下也好！」毅風也難受的走了過來，「先擦昨天打的新傷好了。」

「我這個小事，不必。」阿堯推開了妮妮的手，「你們藥哪裡來的？被抓到才慘吧？」

「小晶給我的，她從衛生老師那邊偷的，我藏得很好，你放心。」妮妮頗有自信。

「小晶很厲害啊，她每次都能順很多東西出來，上次還偷了巧克力糖出來！」阿堯倒是很佩服，小晶也是他們這一票的，長得也很不錯，但跟妮妮不同類型。

小晶是那種很酷很豔的女生，不喜歡說話，身材爆好的，胸部好大，一堆男人都會偷看她的身材流口水。

「再這樣下去也是不好，我們打算越快逃走越好。」毅風看上去很堅定，「出去後，我出去工作養你們！」

「我們。」妮妮望著他，堅定的說。

闕擎可以感受到這孩子是認真的，他甚至規劃了藍圖，他們要怎麼逃走，要做什麼工作，而且他們的計畫中，是一大群人。

「就我們嗎？」阿堯想了良久，悶悶的問。

「我們十個。」毅風扳起手指，「小可愛、皮皮跟洛洛，小晶，你跟巴巴，還有……長毛。」

阿堯聽著，手指跟著算，「那雀斑呢？」

「廢話，瑞卉是我們之中最聰明的，這一切都是她規劃的好嗎！首腦我就沒講啦！」妮妮撩了長髮到耳後，阿堯多看了一眼，「皮皮和洛洛都很小，我們可以輪流背，長毛力氣大，偶爾也能抱小可愛。」

阿堯有些吃驚，「你們是認眞的啊？」

「當然，在這裡不自救，什麼時候是個頭？」毅風嚴肅的望著他，「你還能被打多久？長毛又能撐多久？」

「不說別的，皮皮年紀小，食物缺乏，一天一餐已經很慘了，搶不到食物，他三天只吃一碗飯的機會都有可能，早晚餓死。」妮妮握住阿堯的手，「拜託你，低調點，瑞卉說過，這陣子不要引起注意。」

嘖！阿堯不以爲然，「這句話要去跟小晶說吧？那傢伙每天都跟瘋子一樣。」

「我會說。」妮妮拍拍他，「時間是不是差不多了？我們待太久的話回去又要挨打。」

邊說，她想把藥強塞給了阿堯。

「別，這種東西留給長毛吧！我懷疑他都快被打死了。」

阿堯在那兒推著，闕擎突然留意到羊棚外的人影，「誰？」

直覺的衝口而出，毅風自己愣了一秒。

但來不及反應，外頭擠進好幾個大男孩，平均年齡大概在十五歲左右，看熱鬧似的聚集過來；妮妮瞬間下意識的躲到毅風身後，連阿堯都站了起來，因爲這幾個男孩，都是對妮妮很感興趣的人，一夥四個，仗著身型高大，平日就很愛欺負其他人。

「我還以爲你們跑來談情說愛咧，老師說過不許談戀愛的喔！」

「靠夭！結果三個人！」

「喂，阿堯，你是不是也喜歡妮妮啊？」有人挑釁起來，「兩男一女好像也可以耶！」

「妮妮妳喜歡誰？妳都可以的話，要不要考慮我啦？」

一群男孩越說越誇張，毅風一把抓住妮妮，他們就要突破那群「學長」離開羊棚；但男孩們哪有這麼容易放過，伸手就扯住了妮妮的衣服。

「爲什麼不理我啊？我們也很喜歡妳啊！」

混帳！一股火燒了上來，毅風怒火中燒的一拳就揮了過去。

幾秒內，就成了大亂鬥了。

「不要打！不要打了——」前一秒還在叫大家低調的妮妮尖叫著，卻不客氣的拿起鐵叉，直接往學長的後頭砸下去——該不會是厲心棠吧？

「喂！」毅風，或者說是闕擎，伸手抓住了鐵叉，「這是別人的身體！」

妮妮眨了眨眼，「闕——」

「你們幹什麼！」

育幼院老師趕到，氣急敗壞的怒吼咆哮，一屋子孩子瞬間嚇得放下手中武器或拳頭，緊張的看向門口一位削瘦的女老師，那是自心底竄上恐懼，厲心棠或闕擎都可以感受到這些孩子，是真心害怕這位女老師的。

「呀——我不要！對不起對不起！」

妮妮護著自己的頭皮，因爲女老師正扯著她的長髮，把她從屋外拖進屋內，甚至拖著她朝一階階的樓梯往地下室拉。

樓上奔下的孩子們嚇得止步，妮妮雙眼含淚的看向一個滿臉雀斑的女孩，騰出一隻手求救。

「全部滾回房間去！」有一位壯碩的男人喊著，手上的棍子往牆壁一打，啪的聲音令所有人膽寒。

「老師？妮妮怎麼了？」雀斑女孩還是鼓起勇氣問了。

說時遲那時快，背後一板子狠狠砸向雀斑女孩的背，她瞬間被打趴在地上。

「叫妳回房間沒聽見嗎！」壯碩老師二話不說，上來就朝著她的身體猛踩猛踹。

太混帳了吧！厲心棠看得想要出手，但是……現在卻跟剛剛不一樣，她完全動不了，只能被困在妮妮身體裡，任憑身子一階一階的往地下室拖，每一下都撞得身體好痛。

地下室又冷又濕，她被扔進一間小房間裡，房間只有一坪大，沒有任何桌椅與窗戶，她望著牆上的油燈，嚇得爬到牆角縮著。

「啊啊——」

撕心裂肺的慘叫聲傳了出來，她嚇得顫抖著身子，那是阿堯的叫聲，他總是被帶到樓上老師辦公室去打的，每天都會發出這種慘叫聲，但今天格外的淒厲……好可怕！今天是用什麼東西打他呢？

幾分鐘後，門突然打開，女老師走了進來，又讓人將門給關上。

老師手裡拿著個玻璃瓶，火光在她過於削瘦的眼裡跳躍，看起來更加瘆人。

「妳跟毅風在談戀愛嗎？」女老師的聲音非常冰冷。

「……」妮妮不想回答。

「妳知道今天妳犯了什麼錯嗎？」

妮妮抬眼，忿忿說，「就因爲我喜歡毅風嗎？」

「不……不，不是！妳的確不該喜歡毅風，但這不是問題，我只要把你們分開就好。」女老師滿臉的嫌惡，「妳最大的問題，就是妳太淫亂了！」

淫亂？在說什麼啊！厲心棠好想上前去踹她兩腳喔！才十幾歲，都是純純的愛好嗎！

「我沒有！」

「妳這張臉就是罪惡的根源！那麼多人喜歡妳，爲了妳爭風吃醋，爲了妳打架！」女老師氣急敗壞的逼近她，「他們都爲了妳格外寬容，就因爲妳有張好看的臉！」

啊咧？這老師是嫉妒嗎？她是長得不太ＯＫ啦，但容貌是與生俱來的，何罪之有？

「這不是我的問題，我本來就長這樣！我不喜歡那些男生，我也沒有要他們爲我打架！」妮妮已經鼓起勇氣反駁了，抬起頭看著就在眼前如山一般令人膽怯的女老師。

「錯！一切就是妳，妳這種女人我看多了，自以爲漂亮就可以爲所欲爲！連他們都爲了要保護妳把妳留到現在！」女老師冷不防的打開手裡的玻璃瓶，直接往妮妮臉上倒下去，「沒了這張臉，我看誰還會為妳爭！」

刺鼻的臭味傳來，緊接著是劇烈的灼燒感，疼痛感直襲而來——「哇啊——哇啊啊——」

妮妮淒厲的慘叫著，她瘋狂的掙扎，但是女老師卻一骨碌把她壓上牆，順手拿下了牆上掛著的油燈。

「再加點料吧！一勞永逸。」

「呀——」

喝！闞擎睜開了眼，他驚恐的發現一雙腳正走向自己，而且他眼裡的視線是顛倒的。

等等，剛剛有個男老師從後面攻擊他，他人就昏過去了，現在把他倒吊在這裡要做什麼嗎？

「幹！為什麼慘叫成那樣！」

「文老師對妮妮做了什麼？她是重要的人耶！」

「去看！」

腳步聲紛紛往外奔去，那個女孩的叫聲好淒厲，緊接著是一群男女驚恐的大叫，有人斥責著：「妳為什麼這麼做！」

現在醒來的意識是他的吧？闕擎確定沒有感受到毅風的意識，而且……他也注意到，眼前這雙腳沒有移動。

『我說過，不許靠近我們的吧！』

沙啞粗糙的聲音傳來，闕擎全然清醒，倒吊著的他看見一顆頭咚的掉落在那雙腳中間，一張面目全非的臉正狠狠的瞪著他。

『你們誰都別想碰他們一根寒毛！』

刺痛感瞬間襲來，一把刀戳進了他的身體裡——他甚至搞不清楚是毅風的身體，還是他自己的！

「哇啊！」闕擎咬著牙，狠狠擺動著身體，試圖撞向眼前的人，但輕易的被對方扣住擺盪中的身子，第二刀又戳了進來！

但是那個容貌醜陋的傢伙，是抓著他的頭下手的。

他得以抓住瞬間凝視著惡鬼，惡鬼很快的呈現驚恐，然後硬生生抽起他身上的刀子，就往自己身上捅去。

『啊啊啊——不要——我不要——』

闕擎！闕擎——

「闕擎！」

厲心棠的尖叫聲準確無誤的傳來，闕擎重新睜開雙眼，卻發現自己頭下腳上，真的倒吊在半空中，而且他人竟是在室內！週遭都是破敗的屋子與木板——他的下方，站著一個臉色鐵灰的男孩，向上瞪著他。

不是剛剛那個女孩！

『你對她做了什麼！』男孩忿怒的朝他大吼，屋子彷彿爲之震動！

來不及看向四周，雙腳陡然一鬆，他直接往下掉了。

咚——咚——咚——

第五章
禁止尋找

年久之修的木板極爲脆弱，根本不堪一擊，更別說如何能支撐一個成年男子墜落的重量！但更可怕的是裡頭有著已破裂的地面、翹起且銳利的木片，甚至還有掉落的屋樑以及釘子！

闕擎緊閉上雙眼，是誰說人將死時會有跑馬燈的？這幾秒連上字幕都來不及好嗎！

刹！他突然煞住，有股力量抓住他的雙腿，阻止他繼續往下墜落。

這冰冷外加寒氣逼人的感覺，不是人類。

有根斜倒的樑就在他面前，上頭外凸的鐵釘距他僅有數公分而已，他的手自然垂下，輕輕抵著那個木條，意識到自己眞的懸在半空中，樓層與樓層間。

「我抱住你了！我抱住你了！」「老師」的聲音比他還緊張，跟著把他向上拖。

這是他第一次覺得死了眞好！他竟然能來得及救這個男孩。

「謝謝……」闕擎由衷感謝，「不過請找塊結實點的地面放我下來，我怕地板撐不住我的體重。」

啊？「老師」幾分錯愕，他沒有思考到這一層，因爲他踩踏得非常自然，忘記自己可能沒有體重這件事了。

「那我知道了！」「老師」重新鬆手，將他緩緩往下放，既然下方有數根木條橫陳，表示至少有一定的結實度，「下面就是地面了。」

地面？闕擎腦子一片混亂，換言之，他剛剛真的是從樓上摔下來的嗎？這棟建築物剛剛自外面看有幾樓？三樓？四樓？他雙手抵住了木樑，他可以感受到「老師」非常輕柔的將他放下，幾乎確定他平安後才鬆開手。

雙腳穩穩站在地面上，所謂地面是一腳能踩得到的泥土，他身在地下室中，空氣中瀰漫著一股詭異的霉味與臭味。

「厲心棠！」他抬起頭向上喊著，可以看見上一層破敗地板旁的「老師」，「另一個人呢？」

咦？那個女孩？「老師」下一秒人就消失了，急忙的去找人，闕擎站在昏暗的地下室裡，幸好這屋子爛得可以，一樓投射進來的光線能照亮地下室。

威脅與殺氣是瞬間消失無蹤的，或是他感應不到嗎？這裡再差也是個空氣流通差勁的老舊建物，剛剛那駭人的惡鬼已經不復存在……兩個，至少有兩隻，其中一個還是附身在他患者身上的人。

那張臉看起來有點可怕，滿臉都像是被火燒過的樣子，連手都是，但是除了燒傷外，總覺得還有別的因素！

而剛剛衝著他吼的男孩，他覺得似乎就是那位毅風了。

他試著找尋出口，得先離開這地下室才對，而且爲什麼厲心棠到現在還沒有回應？她剛不是才呼喚過他嗎？

「厲心棠！活著的話出聲啊！」

就在他左手邊隔兩間的角落裡，厲心棠痛苦的蜷縮在那兒，她是跪在地板加趴著的，全身彷彿都在用力，又因過度用力而顫抖不已。

「啊……」「老師」快速搜尋一圈，眞沒想到就在剛剛那位闕先生的隔壁幾間，「妳沒事吧？棠棠？」

厲心棠咬緊牙根，她是醒著的，睜開眼看著灰黑的地面，卻半晌沒出聲；「老師」看著狀況不妙，即刻再跑出去叫人。

「她在你旁邊幾間！」「老師」從屋外對地下室喊著，「你那邊過得去嗎？她狀況不好啊！」

隔壁？闕擎回首，自然的拿出手電筒試著照亮另一邊的路……並不是不能走，但雜亂的物品眞的太多了！他最後決定先爬出去到一樓地面，再從外面繞過去比較實際。

爬上去並不難，因爲多的是東西可供踩踏，只怕腐朽嚴重，一踩就斷而已。終於爬上來後，他趕緊跑到「老師」身邊，「老師」就站在厲心棠身處位置的上方，斜指著下方幫忙定位。

「喂，厲心棠！」闕擎自外面朝下望著，不客氣的直接把能扒開的牆給挖開，「妳有受傷嗎？」

她有氣無力的趴著，好半天才吐出幾個字，「讓我緩緩……」

闕擎跟著鬆一口氣，這樣表示應該沒什麼大礙！他此時才檢查自己腹部的疼痛，揭開衣服一瞧，有著兩道深深的瘀青，不壓就疼。

「你臉色也很差啊，怎麼了？」「老師」焦急的問著，「我一回神你們就不見了！」

闕擎蹲下身子，接著選擇隨便席地而坐，腹部實在是太痛了！想起剛剛感受到的刀刺，刺在那個男孩身上的傷，會轉嫁到他身上嗎？他不只是看見過去的事這麼簡單而已？

「有個孩子，叫毅風嗎？」他低沉的問。

「咦！有……他年紀最長！我記得感覺很穩重，總是跟一個漂亮的女孩在一起。」「老師」激動的趨前，「你為什麼這麼問？你知道他在哪裡了？」

闕擎沒回答他，不過這跟他預料的一樣，至少附身在小如身上那個女孩已經死了。

「拉我上去。」厲心棠的聲音從下方傳來，她已經到了一個缺口處。

闕擎趕緊起身吃力將她拉出，她的臉色比他更難看，「老師」積極的探視，死透了。

闕擎謹慎的用力掐了她一下，希望她先不要說話。

「想到什麼都先別說。」結果她先出口了。

他們倆瞬間交換了眼神，闕擎滿意的笑了笑，這傢伙現在懂得綜觀全局了。

她一被拉上來就躺在地上，她牙疼，因爲痛得差點沒把自己的牙給咬斷，還有那痛楚差點就讓她的心臟停止了。

「我感受著……對方經歷的一切，包括痛楚，我搞不好會死在那裡了。」厲心棠望著滿佈烏雲的天空說著，「等我醒過來時，我看見那個惡鬼就在我面前。」

「我也是，我被捅了兩刀。」他揭開上衣，兩個瘀青非常明顯，「到現在還覺得每一處內臟都在痛。」

痛楚是眞實的，承受不住或是沒醒來，眞的就會這樣死去……他應該比誰都瞭解這種事的，對吧？

「不對！小狼……」厲心棠緊張的起身，「小狼他一個人被誘騙出去了！」

「哈囉？他是狼人，應該沒問題吧！」他不是說不會受到傷害，但是狼人攻擊力是點滿的啊！

吃力的起身，厲心棠覺得有種痛到虛脫的感覺，闕擎立刻上前攙住她，他們兩個狀況都不好，只能互相攙扶著往車子那邊去。

天色越來越暗了，他們絕對來不及在天黑前下山的。

「老師，你先離開吧。」厲心棠非常有禮貌的對著「老師」交代，「我怕那些惡鬼再回來，下次找你下手就麻煩了。」

「我……」「老師」幾分惶恐，「他們為什麼要傷害我？」

「不知道，但你拼不過的！先離開吧！」

「那你們呢？」

「我們不會有事，待在這車子裡萬無一失。」闕擎按開了門，「老師」突然就往車裡衝，「喂——」

本來想說「那我也到車子裡」的「老師」，一個字都沒說出口，在碰觸車子的瞬間就被彈飛出去了。

厲心棠瞠目結舌的看向天空，再看回車子。

「唐大姐的？」

「嗯哼。」闕擎打開車門坐了進去，「你發訊息給狼人，告訴他有事回到這邊來，車子沒擋妖怪。」

坐進車子裡後，闕擎將車門鎖上，這時就會覺得有台車挺不錯的，至少能擋擋，換了新的護法結界，也能是片銅牆鐵壁了。

「我是毅風，妳是妮妮對吧？」闕擎將座椅調平，他真的不躺下來不行，

「我被倒吊起來，我連誰動手的都不知道，直接捅我兩刀。」

拿過還冰著的飲料，他揭開衣服就往瘀青上冰敷。

厲心棠傳完訊息後，轉身主動湊近了他，接過飲料幫他冰敷。

「那個女老師，對我淋了硫酸。」

她說著，一邊打了個寒顫，那眞的好可怕，痛到尖叫都叫不出聲，手下意識的伸手去抹，眼睜睜看著自己的手在自己面前脫水腐蝕。

闕擎立刻握住她的手，試圖給她一點溫暖，這樣他懂了……被火焚之前，她被毀容了嗎？

「然後又放火燒妳嗎？」

厲心棠點著頭，全身開始不自主的顫抖，「她把油燈澆我臉上，放火燒，那時其他老師趕過來幫我滅了火……可是太痛了，痛到我覺得心臟都要停了。」

直到現在她握著飲料杯的手都還會不自覺的發抖。

闕擎挪開飲料杯，半撐起身子，看著連牙齒都在打顫的她，她嘗受到的痛楚比他嚴重多了！猶豫幾秒後，他還是主動上前抱住了她。

「沒事……那只是妮妮經歷過的事而已，妳得把那感覺釋放出去，惡鬼就是故意要妳承受這些！」

闕擎難得溫柔，厲心棠難受的直接回擁住他，忍不住咬唇哭了起來。

「太過分了……那個女老師怎麼可以這樣對她！毀容是多嚴重的事，而且她根本就沒錯，竟然只是因爲她漂亮！」厲心棠能感受到妮妮當時的絕望，「淋下去的瞬間，她根本沒有別條路了！」

「沒錯，我看見她了。」闕擎只能輕柔的拍拍她的背，「她的模樣非常可怕，別說面目全非了，那不是鬼也嚇得人夠嗆的，應該也無法活太久。」

仔細回想，那張臉的燒傷也很全面性啊！

「……那是誰殺了毅風？」厲心棠抽抽噎噎的離開他的懷抱。

「我不確定有沒有死，畢竟都不是要害，更像是一種懲罰。」闕擎按著腹部的痛處，「倒吊著也是一種折磨，吊一晚，血液都流到頭部會很不舒服。」

厲心棠用力深呼吸，雙拳緊握著，「這能算懲罰嗎？這是刑罰吧？他們都還是小孩啊！」

「那個女孩都被毀容了。」闕擎搖了搖頭，「看來『老師』的『學校』很不一般啊。」

厲心棠立即圓睜雙眼，朝著車外張望，不見「老師」的蹤影才又轉回來。

「所以我剛剛不敢說，如果『老師』也是那間學校的一份子的話……很難講他是什麼人。」厲心棠喬好姿勢，再度壓著闕擎躺下，繼續幫他冰敷，「說不定他現在只是忘記而已，或者假裝忘記，目的是爲了要找那幾個小孩。」

「妮妮我確定是死了，至於毅風……我沒看到他的樣子不保證，而那天在療養院裡的就是妮妮。」

「聲帶也毀了嗎？但我……不記得硫酸有沒有流到喉嚨了。」厲心棠認眞的回憶著，但如果被火燒，說不定聲帶也被高溫嗆灼也不一定，「兩個孩子確定已經死亡了，其他八個……」

「我不會抱太大的希望，但現在我們要想的是——是誰讓我們去感受妮妮他們經歷的痛，這力量也太大了。」闕擎對這件事嚴肅以對。

看到亡者死前的事或生前的影像不難，但感同身受就沒那麼容易，他們也不知道會不會有人以更慘的方式死亡，而他們大腦如果眞的以爲自己死了，就麻煩了。

「妮妮是孩子的一員，爲什麼要阻止我們找她？」厲心棠突然出聲。

如果另一個死者也是那些孩子之一，攻擊他們、不讓他們靠近「什麼」？

「再一個問題，如果他們眞的是那十個孩子之一——爲什麼沒人去認『老師』？」

「老師」的亡靈就在附近，難道他們見不著也感應不到嗎？

車內一陣沉默，看來他們都有共識，即使已經知道妮妮身故，也看到毅風之前發生的事，但一句都不能對「老師」說。

厲心棠抽空拿起手機，發現訊息未讀，她有些緊張。

「我眞的很擔心小狼出事。」她遲疑著，猶豫要不要去找狼人。

但是看著那樹林，她沒有自信能在黑暗中適應陡峭的山路。

「休息吧妳，我們先考慮自己再說。」闕擎懶洋洋的把肚皮上的飲料拿起來喝，「妳以爲這一夜會多好過？」

進入林子沒多久，濃霧遂起，但布魯斯完全沒有在意這種濃霧，他抓著樹枝盡可能飛快的在林間移動，這種坡度對他來說還算是小菜一碟，剛想著落地時，腳突然一滑，這兒竟有超過五十度的陡坡！

衣服瞬間被刮破，他倒也無所謂，基本上他的皮膚比衣服堅硬上好幾倍。

遠方的黑影跳躍，距離越來越近，對方動作的確很快也很俐落，但還是差他太多！

「你不要再過來了！」

十點鐘方向傳來語焉不詳的聲音，來源偏高，對方在樹上啊……布魯斯抓住一根樹枝，人輕鬆的也躍上樹木，嗅聞著對方的氣味。

「你是誰？」布魯斯開口，他們間隔不過數公尺，只是中間有太多樹木阻隔。

「我才想問，你們想幹嘛？」其實對方說話不太清楚，發音相當不準確，布魯斯勉強能聽懂而已，「我……不……」

後面的字就眞的只有咿咿唔唔，只聽得懂兩個字了。

敵意突然湧現，布魯斯倏地朝下方看去，還有別人？他即刻跳下樹往下滑去，看著在霧中的人影，既不閃也不躲，像是在迎接他的到來。

但是他根本來不及看清楚是誰，寒意瞬間裹身，他呆愣了一秒，緊接著自己竟然以頭搶地，主動以滾姿摔下了山坡！

啊啊啊啊啊！內心哪喊著，但是他不敢叫出聲，完全不敢！

磅！一直到撞到了一棵老樹，身體才停下，樹上的落葉紛紛落下，還有一堆毛毛蟲也跟著落地，蜷著身體的他其實感到疼痛，但一睜眼看見天上下起毛毛蟲雨，瞬間欣喜若狂！

他瘋狂的爬上前，一把抓住了地上爬行的毛毛蟲，二話不說往嘴裡塞去！

「唔……」好吃！好好吃！他開心嚼著，他都已經快忘記肉的滋味了。

遠遠的注意到火光沖天，他知道是老師們來找他了！此地不宜久留，他必須快點跑！森林深處老師們不一定敢來，但是他敢，他現在沒什麼好怕的，就算林子裡有猛獸，也比回去好！

至少他可以跑、可以跳，不會被鍊在地下室裡，比狗還不如！

「布魯斯——」

黑夜中，傳來了聲聲哪喊。

「布魯斯——」

叫聲如此的溫柔，但他知道那都是騙人的！世界上唯一會對他好的，只有佳淑跟尚了，除了他們兩個之外，他誰也不會信！

樹枝刮破了他的身體，因爲老師們根本沒給他穿衣服，布魯斯望著自己的手，上頭長毛覆蓋，鮮血如注，他幾乎是手腳並用的跑著，老師們都說他是狗，那他就當動物沒關係，只要跑得快都無所謂。

事實上是長久被關在籠子裡，他的背早就挺不直了，不這樣爬行，他要怎麼走？

他很意外的能在伸手不見五指中看得清晰，雖不似白天的明亮，但他就是能看見樹木在哪兒，才能夠在林子間行動自如！但他眞的太急太怕了，沒有辦法去留意到地面上的危險。

一根突出來的尖刺，左腳掌就這麼踩了下去。

「啊啊啊——」

尖刺完整刺穿了他的腳掌，布魯斯忍不住的慘叫出聲，頓時就倒上了地！

遠方的老師們瞬間聽聲辨位，大家即刻往聲音的來源走去。

「小心點！再裡面很危險的，沒路！」

「不要全去好了，就讓兩個身強體壯的老師進去好了！」

「但怕抓不住那畜牲啊！」

「沒關係，我有帶麻醉槍，必要時先擊倒他。」

「喂喂，他只是長得像動物，好歹還是人啊，劑量別下太重。」

老師們你一言我一語，距離倒下的布魯斯雖然很遠，但聲音卻隨風飄來，他聽得一清二楚。

好痛……他看著漆黑的天空，他的腳眞的好痛！吃力撐起身體，看見尖刺突出腳背十幾公分，他難受的哭了起來，輕輕一動就好痛啊！

「嗚……嗚嗚……」他咬著牙，試圖開始緩緩的舉起腳，尖刺隨著移動再割著他的傷口，他疼得沒辦法再動。

但是他不想回去，他這一次再被抓的話，只怕就再也沒有逃出來的機會了！

自由就在眼前，佳淑他們都在等他，等著他回去救他們啊！

「嘶……加油！」布魯斯咬緊牙關，呼吸急促的決定快刀斬亂麻，一骨碌抽起就好了！

刺下去時可以一秒，拔起來時也可以的——唔哇啊啊啊啊——

好痛好痛！布魯斯覺得自己都快受不了了，為什麼會這麼痛啊啊啊！但是他非拔出來不可，他必須要——

啊啊啊！他忍著巨大的痛楚，用力的把自己的腳拔了出來！天哪！這比平時被打得還疼，他痛到牙齒都把唇給咬破了，涕泗縱橫，全身不住的顫抖，雙手抱著腿在地上滾著，他沒有太多時間休息，剛剛他痛得叫出聲，老師們一定會過來的。

一定……一幢黑影突然出現在他的上方，擋住了他的視線。

布魯斯驚愕的聽見呼嚕嚕聲音響起，巨大的頭正向下望著他，他當場嚇傻，忘記要尖叫——狼！一頭狼正在嗅聞著他！

他怎麼樣都沒想到，在被老師他們抓到前，會先被狼咬死啊！佳淑！尙！

糟了！他現在流血了啊！

「挺勇敢的！忍耐一下，別出聲啊。」

狼居然開口說話了！

布魯斯瞪圓雙眼，別說出聲了，他現在連呼吸都不敢，下一秒整個人被抱起，身子僵硬如石頭，然後他……飛上天空了。

那個狼，抱著他？抱著？他完全搞不清楚什麼情況，但是不敢偷看，只知道狼人像是在樹稍跳躍一樣，起起伏伏，他那晚不敢輕舉妄動，印象最深的，只有那晚明亮的月亮。

又圓又大的月亮。

那是改變他一生的轉捩點，他一生都沒有忘記過那個月亮，布魯斯仰頭看著天空，回憶迅速湧上，那天那晚他也曾在這樣的山林裡狂奔，奔離痛苦的地獄，奔向自由，但是虛弱的他踩到了樹刺，然後遇見了「他」。

與今日不同，現在的他，已經很久很久不當獵物了。

重拾神智，他看著周遭相似卻又不一樣的森林，明白了剛剛看見的是過去的自己，那晚的林子也不是現在腳踩的這片；用力嗅聞了四周的空氣，霧裡已經沒有人影，連氣味都跟著模糊了，看來人已經跑了。

情緒被拉到過去，他也沒有心情再往前追，整個人沉浸在過往的回憶裡，布魯斯難受的仰首向天，身型開始變化，他變得高大更壯碩，臉部也漸漸轉成狼首。

「啊啊……嗷嗚——」

厲心棠驚嚇得彈坐起身，遠處的狼嚎讓她相當不安，今天可不是月圓啊！

車子停在原地，沒有發動的車內相當的冷，入夜後山上的溫度的確很低，但還不到需要開暖氣的階段，她這才留意到身邊的闕擎並沒有睡，將座椅調整回來，正望著前方。

她注意力漸漸恢復，半夜深山已經夠可怕了，廢墟處更不可能有燈，今天是十八，雖然不是月圓，但氣候很差烏雲遍佈，是個不見月光也不見星子的夜晚，徹頭徹尾的漆黑。

看著闞擎緊繃的側臉，他那雙總是看得見鬼的眼睛，是不是又見著了什麼？她提高警覺的緩緩坐起，下意識的又往車後座瞥了一眼。

「他們進不來車裡的。」闞擎輕聲的說，「怎麼醒了？」

「剛剛好像是小狼的叫聲……今天不是月圓啊，他變身了嗎？」厲心棠話裡都是擔憂，「發生了什麼事讓他決定變身了。」

「追個人追到半夜還沒回來，能聽見他叫個兩聲至少代表還活著，我都不怎麼擔心。」闞擎緩緩的轉頭，看向了自己的左邊的車窗。

他比較擔心的，是外面這——磅！

一個重物倏地砸上了前擋風玻璃，嚇得厲心棠立即尖叫，擋風玻璃上出現一個裂痕，接著玻璃呈蜘蛛網狀裂開。

闞擎低咒一聲，幹嘛拿他的車撒氣啊！他即刻發動引擎，接著打開了車前大燈，啪的大燈一亮，車前就站著那個面目全非的女孩！

厲心棠看直了雙眼，那就是妮妮嗎？那被硫酸腐蝕過的臉，除了看得出曾經是顆頭外，眞的沒有一處是正常的皮膚，再加上被火焚過的焦黑，她在那個晚上就死去了吧？

女孩身上的衣服也燒焦狀，她殘存的眼珠瞪著他們，滿是怒火與恨意，繞著車子行走。有一說一，他們跟這些惡鬼根本不認識，這份殺氣是從哪裡來的？

「爲什麼這麼氣？我們沒做錯什麼事啊？」

「要找那幾個孩子，就是個錯誤吧！」闕擎看著裂開的擋風玻璃滿滿心疼，他的車子是無辜的啊！

「他們碰不了車，但是……如果把玻璃都砸破，倒楣的會是我們吧？」厲心棠竟扳動了車門，「我下去跟他們談談！」

扳了兩下未果，她無奈的看向闕擎，中控鎖打開啊。

「妳哪來的自信跟他們談談啊？照這種樣子，妳一下車就被秒掉了。」闕擎可不認爲這幾個好溝通，「那個男生呢？爲什麼只有她？」

鏘！說時遲那時快，厲心棠耳邊的玻璃就這麼被砸中了。

「哇——」她整個人嚇得往闕擎身邊躲去，他也飛快的抱住她，兩個人低著頭試著避開可能飛散的玻璃碎片。

只是幸好沒有眞的碎片噴飛，闕擎緊抱著厲心棠抬頭看去，但已經整片都裂開了。

「有完沒完！」他們如果要這樣搞的話——汗毛直豎，他再度彎頸，抱得厲心棠更緊！

果然下一秒，巨響來自於他身後的玻璃窗，也一樣被重物砸裂了！

緊接著下一扇、再一扇，數秒之內碎裂聲此起彼落，直到車子每一扇窗戶都被砸破為止！

對，他們鬼是進不來的！但是一旦車窗破了，先不說碎片會不會傷到他們，即使沒傷到，他們也就能再往車子裡扔東西啊！

厲心棠攀著闕擎的肩膀緊張的看著每一扇裂成蜘蛛網的窗子，這樣的視線就算外面有惡鬼也看不見了！

『這是警告！不許你們靠近任何一個人！』車窗外再度傳來那沙啞的聲音，『一個都不許找！』

「為什麼？」厲心棠忍無可忍的朝著裂開的玻璃大吼，「妳想隱瞞什麼？這麼怕我們找到其他人嗎？」

磅！餘音未落，又一截重物落上了車子前引擎蓋，重到整台車後輪翹起，他們兩個跟著往前撞，趕緊伸手抵著前面才不至於撞上方向盤！闕擎從裂紋的縫隙往外查看，只看見一根粗壯的樹幹。

他、的、車、子……闕擎心痛得要命，不能再跟這幾個鬼耗下去了，得趁著車子還能用，他趕緊按下了音樂播放鈕。

音量調到最大，讓車內的音樂也能傳出去，反正現在車窗都裂了，挺感謝他們的；播出來的聲音像是經文，超度用的？

『我們才不怕這種東西！笑死！』外頭終於傳來男孩的聲音，『沒有信仰的我們就不會被信仰所奴役！』

厲心棠連連點頭，「他們不相信就不會有用的，還是你有聖歌嗎？放一下聖歌搞不好有效。」

闕擎挑了眉，「唐大姐會賣給我這麼通俗的東西嗎？」

『啊——呀——』這難聽的聲音一定是嗓子被毀掉的妮妮，『啊啊！』

『不、不要再讓我們看見……你們！』男孩咬牙切齒的低吼，再痛苦還不忘警告。

在闕擎耳裡，這就是一段非常平常的誦經聲，背景還襯了點輕音樂，音樂有點像是聖樂，總之可能是不同宗教的結合，他只求有效，不問東西的來源，反正……唐家姐弟的東西，向來很有貓膩。

「哇……好像走了耶！」厲心棠仔細的感受著外面的氛圍，「這麼厲害的東西幹嘛不早放？」

「因爲它很貴，而且只能用一次。」闕擎伸手關掉音響，「我本來是留著當祕密武器的！沒想到這麼早用。」

「可——咦！」厲心棠突然倒抽一口氣，身子打顫僵硬的僵住。啊！她身體突然劇烈震顫，雙手掩耳，整個人痛苦得蜷縮成一球，張口像在尖叫，卻叫不出聲般的做著哪喊狀。

「厲心棠！妳怎麼了？」闕擎立刻試著挪近她，一邊留意著車外的情況，還有什麼東西嗎？「厲心棠！喂！妳說話！」

她根本說不出話來，全身繃到最緊，每一吋肌肉都在顫抖，看上去非常的痛苦啊！

這是怎麼回事？外面還有惡鬼嗎？她這樣像是劇痛，難道又感受到一次妮妮被毀容焚燒的情景了？

車後蓋的聲音突然傳來，闕擎立即緊抱著厲心棠往車後看，被砸裂的玻璃讓他難以窺探車外的情況，剛剛那些惡鬼還不罷休嗎……磅！蓋子被人關上，那聲音讓闕擎一陣心慌，他危機天線根根豎起，必須先護厲心棠萬全，然後得想辦法解決——

刹！厲心棠身側的車門被一把拉開，快到闕擎來不及思考，整扇車門就被扔往遠方了。

狼人？

「鬆開安全帶。」好聽的聲音傳來，金髮美男子探頭進來，「把棠棠給我。」

「為什麼要拆我家車門？」闕擎突然有種鬆口氣的感覺，解開安全帶，「沒死不能早點來嗎？」

「我以為那傢伙跟著你們啊！」他輕而易舉的抱起蜷成一團的厲心棠，「果然除了四肢發達外，沒什麼用處！」

就在厲心棠要被抱離車外時，闕擎飛快的抓住他的手。

「喂，她沒事吧？」

「交給我就會沒事的。」德古拉微微一笑，依然是如此俊逸，他看起來恢復得不錯，「但你自己就好自為之吧！」

闕擎鬆手，趕緊打開車門下了車，等他下車後，已經看不見吸血鬼修長的身影或是那臉色蒼白的女孩了。

「我一個人還比較好處理。」他喃喃唸著，開始檢視他的車子。

引擎蓋上的巨木壓垮了他的車前蓋，這確定是全毀了，所有的玻璃都被石子砸裂，如果要能開下山，擋風玻璃得整片揭掉……嗯，手電筒的光停在車前蓋上，如果車子還能發動的話。

他不放心的再度看著車子周圍，德古拉去開他的車後蓋做什麼？車子後方的地上有著被掰斷的ＣＤ片殘骸，他皺眉拾起，這正是唐大姐賣給他的驅魔樂曲……啊？吸血鬼也怕這個嗎？就算用過一次沒用，好歹也讓他試驗第二次吧？幹嘛跟他的ＣＤ片過不去？

順腳踢開殘片，他再仔細查看四周，他當然不會傻到跑去廢墟建築物找麻煩，只是想看看剛剛那兩個傢伙是否留下什麼東西……很遺憾什麼都沒有，但是空氣中卻殘留著淡淡的燒焦味，還有德古拉的香水味。

嗷嗚——比剛剛更遠的狼嚎聲再度傳來，闕擎不由得皺著眉，看向聲音的方向。

爲什麼不能像之前在古堡一樣威能全開呢？他看著自己的車子感到一陣悲傷，他的車子啊啊啊啊！

第六章 意外的訪客

黑色車子駛入寧靜街裡，時值上午十點，這條夜店街的店早已關門休息，一片寧靜，與巷名相符，最終車子開到巷尾，那城堡造型的建物在陽光的照射下，倒也顯得沒那麼可怕。

闕擎下車，不忘客氣的拍拍車子，「謝啦！」

前座兩位警察臉色非常難看，這傢伙簡直把他們當司機，昨天他上山後整夜沒下來，在山下的他們非常憂心，想著該不會趁機想甩掉他們的監視？一早趕上山去時，那傢伙立即朝他們揮手，說要搭便車下山。

而他那台車，已被斷樹砸得淒慘。

沒理由不救人，這小子像是篤定他們一定會來一樣，連報警都懶，就等著他們的出現。

問題是載回來的路上，依然完全不回答問題，氣得他們真想立即把他扔下車……但有一說一，他們哥兒倆對他還是有所顧忌的，畢竟之前負責跟監他的組員，真的沒有一個活下來的！

雖然都是意外，但這巧合率高到很難輕忽。

「你跟這間夜店真的很熟耶，跟那個女孩在交往嗎？」副駕駛座的男人刻意問著。

「想太多，傻了才會跟她交往……」闕擎睨了他們一眼，擺擺手。

他原本想提醒他們，如果以爲厲心棠是他重要的人，還妄想下手的話，最好三思……但轉念一想，他不需要費心提醒，如果這兩個傻子真的這樣做的話，還省了他一樁麻煩。

他站在「百鬼夜行」門口，目送著車子離去，才打算轉身敲門，反正不出意外，他人還沒到巷口，拉彌亞就該知道了。

嘰——門果然在他還沒轉身前就打開，闕擎轉了過身。

「把我扔在山上也太仗義了吧！」他開口就沒好口氣，「她人呢？沒事吧？」

「沒事，還在睡。」拉彌亞將門關上，但沒打算說太多好聽話，「我們知道你一定有辦法下來。」

「走下來嗎？哈囉，你們那個狼人一點用處都沒有，我本來要寄望他帶我下山。」闕擎從甬道踏進空蕩蕩的舞池，白天員工都去休息了，裡頭空無一人……不過，他走向吧台兩步後又回身。

「老師」站在一個包廂外，看起來很受傷的樣子。

「他來告狀？」闕擎皺眉，「我餓了，我想吃點東西。」

拉彌亞不動聲色的看著他，這傢伙現在越來越當這兒自己家了啊！

「在包廂裡吃吧，等等我讓棠棠也下來，還是你需要休息？你的客房我們都留著。」

「不了，這次的很難搞，我想速戰速決。」闕擎嘆口氣，回身走向「老師」，「我要牛排套餐，再半隻龍蝦，大廚知道我口味。」

拉彌亞真不想吐嘈，記得第一次見面時，他是絕口不吃「百鬼夜行」裡的任何食物的！他們的大廚是隻餓死的亡魂，餓死後對食物的眷戀給了他一手好廚藝，好幾次不管煮得多豐盛，都無法讓闕擎吃一口。

現在好了，之前山難在他們這兒住了兩個月，還「知道口味」了。

「老師，我看你這樣子應該沒受什麼傷，我車子是有防護的，鬼進不去碰不得，先跟你道歉。」闕擎用著毫無歉意的話語說著，「再來，文老師，你對這個稱呼有什麼印象？」

「老師」一時接收不了，半晌才：「啥？」

「文老師。」闕擎認真的回想，「一個很瘦的女老師，有一副黑粗框方眼鏡，還繫著鍊子，穿的衣服非常保守暗色，兩頰凹陷，很討厭漂亮的女生，例如，妮妮。」

「妮妮！」「老師」果然立即有反應，「你找到妮妮了？」

「文老師，專注在文老師身上好嗎？」闕擎自己走到吧台邊找水，「想想看是不是你的同事，厭惡男女談戀愛的傢伙。」

文老師？「老師」有些困惑，這稱呼他毫無印象，但同時提到妮妮時，他卻又覺得兩者可以混在一起。

「妮妮怎麼了？那個文老師討厭妮妮啊……」

「你印象中的妮妮，是很美麗的女孩嗎？」闕擎直接自己拿了一個水瓶跟杯子，挑了間包廂坐進去。

「對，非常漂亮，很多男生喜歡她，而且她是很重要的……」「老師」話說到一半，突然梗住了。

他真的是僵住的，接著眼神閃爍，又皺眉又困惑。

「重要的？什麼？」闕擎連續灌了幾杯水，但也沒錯過「老師」的表情。像人類的鬼真好，輕易能辨認出感受。

「沒事……」「老師」搖著頭，「我就是想不起來重要的什麼。」

闕擎銳利的雙眼打量著「老師」，總覺得這「老師」鬼是真的記憶阻斷？還是故意隱瞞他啊？

樓上傳來乒乒乓乓的聲音，像放鞭炮似的，「老師」聞聲看向舞池另一端的牆後，那牆後有座樓梯，直通三樓，厲心棠正從三樓火速奔下。

聽著那輕快的足音，「老師」有點恍惚……以前他很常聽見這種聲音的，孩子們愉快的奔跑玩樂，然後他會站在走廊口等著他們，因為他都知道下來的人是誰，哪個孩子哪種足音，他一清二楚，尤其是……

『小可愛！誰讓妳在樓梯間奔跑的？過來！』

牆後轉出了帶著笑的身影，厲心棠哇了一聲，「老師！」

「老師」瞬間清醒，看著走來的厲心棠，神情有點落寞。

「看成誰了？」可惜沒逃過闕擎的眼睛。

「小可愛，我說了有一個非常可愛的女孩，她應該是我最喜歡的學生之一，是個非常惹人疼的女孩。」「老師」提起那女孩時，還會泛起淡淡笑容，「她喜歡跟毅風在一起，但我知道毅風跟妮妮是一對……那男孩也吸引太多女孩了，有許多男人都很不滿他……」

厲心棠不敢妄動讓「老師」分神，他在說著這些時，彷彿能極快的回憶起過去。

但說到一半，「老師」又停了，他又陷入了茫然，記憶彷彿中斷一般，難受的看向他們。

「我們沒找到誰，但知道你們學校有位文老師，還有一個叫大胖老師的，因爲他負責趕學生進教室或宿舍。」闕擎邊說邊仔細觀察「老師」的臉色，「周遭都是山、森林，還有羊棚，孩子們會被派去餵羊……」

羊在綠色的山坡上奔跑，不只有羊，其實還有牛跟雞……畫面浮現，老師覺得如此的熟悉——他們會站在山坡上，看著山腳下的學校，灰藍色的建築，那個其實帶著一點憂鬱，沉悶的學校……

『文老師！妳做得太過分了吧！』

咦？「老師」突然想起來，那個總是穿著深藍色高領洋裝的文老師，黑框深沉的眼鏡，削瘦凹下的雙頰，梳得嚴密紮實的包頭！

「文老師！」「老師」突然激動的看向他們，「很瘦很高，一臉嚴肅，總是扳著臉，深色長裙洋裝和黑色的包鞋！」

「就是她！就是——」厲心棠直接拍桌了，「你果然看過她！她叫什麼？」

「文老師啊！」「老師」很認眞的回答了廢話。

「文什麼？」厲心棠期待的心又落下了，「名字啊！」

「老師」搖了搖頭，「我就叫她文老師，我好像斥責過她。」

「正常，一般都是這樣稱呼，不會有人喊全名的。」在學校也是一樣，闕擎沒抱太大期待。

香氣飄來，拉彌亞已端著餐食走來，厲心棠才起床，吃的是三明治早餐，闕擎餓得多，一整塊牛排等著他大快朵頤；「老師」默默坐在一旁，很努力的希望可以記起更多，旁邊兩位正在吃飯，他望著餐點，發現自己聞不到香氣，肚子也不餓，他果然已經死了。

「妳昨天是怎樣？」闕擎終於有空問了。

「不知道，我沒什麼印象，只記得很痛。」厲心棠嘴裡塞滿了麵包，「我可能又感受到……的痛。」

她差點說出妮妮的名字，偷偷瞄了「老師」一眼，幸好他在沉思。

「這不意外，妳本來就能感受到死者強烈的感受……」闕擎思忖片刻，這次的情況是有人刻意要他們「感同身受」，如果再加上厲心棠本身的敏感度，危險性突然增加了許多。

「這件事妳別管了。」闕擎突然迸出這麼一句，「拉彌亞，把她禁足吧！」

坐在吧台前高腳椅上的拉彌亞轉了過來，一臉平靜的望著他，最好棠棠是會聽她的話。

「嗄？」厲心棠果然不悅的瞪圓雙眼，「爲什麼？」

「這次的惡鬼跟之前的不同，之前是妳試著去感受他們，才會看到他們發生的事或是同步心境，但昨天我們兩個同時都像附身在別人身上一樣，感受著別人的痛——」闕擎認眞的說著，「萬一，下次他們讓我們經歷的，是個被殺的人呢？」

厲心棠倒抽一口氣，臉上彷彿跟著燒灼起來，她是眞的完完全全感受到妮妮當時經歷的一切。

「醒來就沒事了，我……我能區分現實與幻境的。」

「妳不能，我也是。」闕擎堅決的搖頭，「那不是幻境，我們就眞的在那些人身上，一旦你的大腦認爲你死了，你就會死。」

「才不是！我經歷過很多次了，就像那晚我也是感受到『老師』強烈的擔憂，我才想幫他的！」厲心棠不開心的反駁，「能感受到情緒的是我，我的經驗很多的，我之前都沒有——」

「這次的亡靈有特殊能力！」闕擎再度打斷了她，「連我都能同步感受了，這不是妳的能力，是他的！」

亡者本來就會有勝於人類的能力，有人會因爲恨或執念或殺生成厲鬼，但也有的亡者擁有極特殊的能力，這次這個就是。

論起對亡者的知識，他或許沒有厲心棠熟悉，但是他的眼睛看得出來，這次的亡靈不是一般普通角色。

厲心棠被他的嚴肅嚇到也氣到了，第一時間卻是轉向不遠處的拉彌亞。

「我不會被禁足的！」

嗯哼，拉彌亞再度轉動椅子面對吧台，她可從頭到尾一句都沒說，棠棠要是會聽話的話，就不是棠棠了；二者，她沒有權利對棠棠禁足，能這麼做的，基本上只有養大她的老大跟雅姐。

其他人，是負責疼她的。

闕擎沒有再多說什麼，都成年了她自己能做主，當然他也是，他已經在盤算一百種甩掉厲心棠的方法。

「文老師的姓氏好特別，等等我們可以去拜託小滿姐，幫我們找姓文、又曾經在育幼院相關單位工作過的人。」厲心棠開始認眞提議，「只要有紀錄，應該就能找到。」

「如果有紀錄。」闕擎先潑冷水再說。

「有的，她應該會有。」「老師」突然幽幽接口，「她是個優秀老師，她還得過獎。」

得獎？厲心棠打了個哆嗦，那個對著漂亮女學生潑灑硫酸導致毀容的老師，還能算優秀老師？

「這太噁心了吧！讓我想吐！」厲心棠忍不住的發抖，「那種殘忍的人，怎麼可能會是——」

「老師」困惑的望著她，「文老師殘忍？」

闕擎的左手悄悄放下，往厲心棠腿上輕輕一按，別激動，別忘了不能說出妮妮跟毅風的事啊！厲心棠很快的領會，只是吐司都快被她掐扁了！

「這有什麼好意外的，每個人都是知人知面不知心啊，多的是一堆道貌岸然的人，背後盡幹齷齪事。」闕擎邊自在的切著肉，一邊說著，「我之前遇到的老師非常糟糕，但他也得過奉獻獎呢。」

厲心棠聞言緊緊皺眉，輕輕的抓住他的手，很爲闕擎心疼啊。想問什麼事也不敢問，就怕勾起他的傷心事，闕擎過去一定遭遇了很多，所以才會這麼討厭跟人相處。

「文老師是那樣的人嗎？」「老師」搖著頭，「她很嚴肅，但不至於……」

「記性不好的人就別下判斷了。」闕擎對「老師」禮貌的說，卡在喉嚨沒出口的是：說不定你也是其中之一。

厲心棠也是這麼覺得，他們都抱持著最糟的打算。

「小狼還沒回來嗎？」厲心棠問向拉彌亞。

「月圓已過，他是約聘的，不一定會回來啊。」基本上狼人向來神出鬼沒，僅有月圓那幾天會乖乖待在店裡而已。

「唉呀，有點擔心呢！」明明去追人，還聽見狼嚎聲，爲什麼會人沒回來呢？

由於闕擎前一晚根本沒睡，畢竟他被扔在山裡，所以他要回去補眠，而調查文老師的事就落在厲心棠身上，反正她之前在相關單位打過工，有人脈可以幫她搜尋。

且院裡還有個人得做手術，不快點解決，他就怕出事！還有山上的車，他總不能眞的把車扔在上面啊，天哪！想到他頭就疼！

不行，車子的事要叫厲心棠幫忙負責一部分，他是爲了她蹚這個渾水的，再怎麼說分擔一下吧。

「妳去找育幼院的人，別跟著我了！然後我還得把車子弄下來。」他也不拐彎，「錢出一半，事情我處理。」

「不必啦！」厲心棠亦步亦趨的跟在他身邊，「你一毛都不必出，車子我會弄下山，再幫你修好。」

闕擎停下腳步，非常不安心的深吸了一口氣。

「正規的方式？妳別用一堆……算了，我自己處理，妳就負責出錢就好。」想想還是算了，聽厲心棠的處理，感覺就是要動用一堆非人類，更糟。

「我是用正規的方式啊，你放心，我知道分寸的。」她口吻輕揚得很，「你是在幫我，我哪可能讓你自己處理？」

「這麼懂事？」闕擎還是不放心。

「那當然！而且我有很熟悉的拖吊業者，你想想，來我們店裡消費的人，如果車子壞了怎麼辦？很多事我都有處理過！」她不太高興的努努嘴，「你不要太小看我喔！」

「豈敢！」他的確是沒想到，因爲一個連學校都沒去過的人，過度注重鬼際交往的掌上明珠，他很難想像。

闞擎他是騎共享腳踏車回去的，一路騎上陡坡後，直到把車停到就近的站區時，他發現厲心棠也認眞的在停車。

「喂，妳停什麼車？送到這兒就行了，妳要去育幼院啊。」他握住她的龍頭，不讓她把車子卡進去。

「我送你進去啊。」她說得好認眞，然後輕輕一推車子，喀，車子停妥鎖上。

闞擎不耐煩的一個深呼吸，他看起來是需要有人送到門口的人嗎？但是大家都知道，多說無益，厲心棠想做什麼就是要做什麼，勸是勸不住。

兩人走在略陡的馬路邊，這裡是屬於過去的建物區，只要轉進巷子裡便能獲得寧靜，與主要幹道上有著不一樣的風景，再走一小段即見樹林，從錯落的銀杏林中走入，穿出時即可以看見那棟精神療養院。

「好了，就送到這裡，別進去。」闞擎無奈的望著她，「妳是不是有什麼話要跟我說？」

嗯嗯，厲心棠搖搖頭。

她沒有要跟闞擎說什麼，她純粹討厭跟蹤他的人！那兩個警察！她現在是還沒空搞清楚爲什麼警察要跟蹤闞擎，總之知道了她就不想讓他落單，也順便觀察一下警察是否依舊跟監中。

剛剛這一路下來，她發現眞的疑似有人跟著他們，但不是那天在療養院外看見的警察。

闞擎皺眉打量，熜覺得今天的厲心棠很奇怪……不，感受隱隱作痛的腹部，他覺得今天發生的所有事情都很奇怪！

「好吧，妳去找文老師的資料，找到她的資料就能知道她曾任教的場所……嗯，還有她現在在哪裡，她是個很好的突破口。」闞擎打了個呵欠，他眞的很累了，「明天早上八點我去店裡找妳吧。」

「好……」她說得遲疑，歪著頭越過他，看著療養院右側的方向。

腳踩落葉聲明顯，闞擎跟著回首向右後方望去，基本連這片林子的地都是屬於療養院的，療養院居於銀杏林中，一旁的林子或是小徑，都不會有私人建築，更別說任何路徑了。

能通到療養院的路基本上就是從剛剛那巷子裡走進來，只有一條，而且這還是捷徑，如果運送物資的話，走的是後門，那得從另一條大馬路進來。

所以，闞擎緩緩轉過身子，下意識把厲心棠往身後藏。

這絕對是不速之客。

有點駝的身影站在距他們十公尺的地方，即便佝僂著身子都比闞擎還要高大，戴著帽子但看得出一頭長髮，頭髮又亂又蓬鬆，身上的衣服是各種風格的疊穿，非常破敗，但是卻對他們懷有明確的敵意。

「吼——」伴隨著一聲低吼，對方竟然筆直衝了過來！

身材高大的人跑起來也飛快，闕擎抓著厲心棠往旁閃躲，就見來人撲空，磅的撞上原本在厲心棠身後的樹木，啪嘰一聲，連厲心棠都錯愕的看著那直徑只有二十公分的樹應聲斷裂！

儘管只有二十公分，但不代表一般人有辦法一撞就裂開吧？

她瞠目的看著那棵樹眞的被撞出裂痕，只需要再一撞，說不定就攔腰折斷了……那是人嗎？

對方幾乎沒有猶豫，才撲空立即再轉向，再度朝他們衝來！

「分開！」闕擎大喝一聲，同時將厲心棠推開，她踉踉蹌蹌的被往一旁推走，連站都站不穩的直接跌了個狗吃屎。

但對方是直奔著闕擎而去的，他沒有辦法思考，看那速度跟力氣，他正面硬剛根本沒有勝算——闕擎趕緊拿出驅邪的法器，直接往前抵擋！

啪沙！來人尚未近身，雙手這麼一推，迎面擊在闕擎的腹部，再一推一托高，輕鬆得像托顆球一般，眨眼就把他推過了療養院那二點五公尺高的圍牆裡！

他就這樣「飛」過去了。

磅！闕擎背部重重摔落地，但他痛到不知道該爲肚子還是背部哀鳴了！

眼睜睜看著闕擎飛起再落下，落地的聲響令厲心棠膽寒，而那個不速之客瞪著眼前的圍牆，毫不猶豫的一躍而上，準確的站在了牆頭。

居高臨下，他是睨著躺在下方動彈不得的闕擎的。

闕擎方才看得清晰，就算看不清這男人的五官，但也能看到那雙瘋狂如野獸般的雙眸，重點是——這是人！

「住手！不可以動他！」厲心棠的怒吼音傳來，她正飛快的爬過療養院的鐵門。

闕擎癱在地上，這傢伙上次就是這樣進來的嗎？身手果然很俐落啊！他肋骨應該是斷了，這次是眞的斷掉，痛得他沒辦法做大動作，看著正翻過來的厲心棠，一腳就那麼踩空了。

「厲——唔！」闕擎才想喊要注意，這聲喊卻讓他痛到想叫救命。

腳尖踩空一打滑，厲心棠立刻往下掉，雙手及時抓住鐵欄杆不讓自己掉落地，而牆頭那個高壯的人影，同時撲躍而下！闕擎緊閉起雙眼，原本以爲對方會一腳踩斷他剩下的骨頭，但卻感受到風自左邊飄過，沉重但迅速的身影是落在他側邊，然後再上前接住厲心棠。

「咦？哇——啊——」厲心棠感受到雙腳被圈住，直覺嚇得大叫！「你做什麼……」

她掙扎著，卻感受到身體被使勁圈住，對方用力一扯，她就疼得鬆開手，被他扯下了鐵門……可是，這個人很溫柔的，將她好整以暇的放上了地，厲心棠仰望著對方，她完全瞧不清對方的樣子。

不是因爲遮掩，也不是因爲這個亡者有什麼可怕的死狀，而是他的臉上覆滿了毛……她的雙腳穩穩的踏上了地板，重新站穩後那不速之客才鬆手。

厲心棠立即奔向闕擎，蹲在他身邊雙手大開呈大字型，「走開！不許碰他！」

「不要找我們。」對方低沉的開口，但沒一個字聽得懂，只知道這幾個字都帶著怒氣。

療養院的護理師與保安聞聲而出，他看向出現的人們，一跳就翻過高牆，踩著滿地落葉沙沙沙的跑走了。

「闕……先生！」護理師跟保安認出了闕擎，吃驚得圓睜雙眼，趕緊跑來。

「去……去找文老師的資料。」闕擎咬著牙說，「這裡有醫生跟護理師，我不會有事。」

「不行！你不是說過你很多法器，那、個進不來嗎？他都能這樣攻擊你了！」厲心棠斷然拒絕，「那個是被附身的還是……」

她有些心驚膽顫，因爲她總覺得那身型模樣，好像……小狼。

「那個不是鬼，」他認眞的望著她，「是人。」是一個，有著一雙野獸之眼的男人。

「我沒事了。」

在看到這幾個字後，厲心棠有種虛脫的感覺，她突然有種想哭的衝動，整個人趴上了桌。

「棠棠，妳怎麼啦？」小滿姐從檔案室出來，就看見她狀似疲累。

「啊……沒有！」她趕緊抬頭，那種突然從緊繃又鬆一口氣的感覺，眞的令人覺得四肢發軟，「我繼續找。」

來到之前當義工的地方，提及了文老師一事，小滿姐果然立即幫她尋找……她謅了個藉口，說是有育幼院的案子，想找以前的老師。

誰會想找那種老師啊？多可怕偏激的想法？文老師認爲青少年被吸引，都是女孩的錯，根源來自於她的容貌，所以只要毀容就好了，順便讓妮妮看看，沒了那張臉，誰還會喜歡她？

將妮妮推向地獄後呢？育幼院裡的男孩不會喜歡上其他女孩嗎？她打算毀掉全世界女孩的臉嗎？

「找到了！果然姓氏特別就是好事！」

咦？厲心棠倏地抬頭，還以為自己聽錯了，「找、找到了？」

「對啊！文雅君老師嘛，她得過最優秀教師獎，除了終身奉獻給孤兒事業外，後來也在普通學校教書，最後還拿過終身成就獎呢！」小滿姐翻找著一疊舊資料履歷，「但是……妳說是誰要找文老師？」

「就一個……被她帶過的孩子。」

「不太可能吧？孫子吧？還能記得以前的老師真是難得，可見文老師絕對是個好老師！」小滿姐羨慕的笑著，「要是以後也有孩子這樣記得我就好了。」

終身成就獎？如何毀容嗎？厲心棠趕緊跑過去，看著那陳舊的紀錄本裡，紙張泛黃到似乎一碰就要碎了。

那只是一張剪報，照片模糊到難以辨認……但那身形跟感覺，厲心棠一眼就確定是她！

「這……好有年代啊。」厲心棠發現到不對勁了。

「是啊，文老師都過世多久了！所以找她的孫子年紀應該也很大了。」小滿姐感嘆的說著，「這是剪報收集，惕厲著我們對孩子們的照顧，八十多年前就有這麼優秀的老師，照顧孤苦無依的孩子們了。」

八十多年前……厲心棠仔細看著剪報的日期，再查看著上面任意的手寫字跡。

「文老師幾歲離世的？」厲心棠心跳得好快。

「我看看……啊，九十二歲喔，很高齡了！」小滿姐興奮的看向厲心棠，「尋人的知道文老師的事嗎？」

四十二歲獲得教師獎，九十二歲死亡，距今三十三年前……她透過妮妮看見的文老師，的確是個中年女性，換言之——妮妮他們是一百多年前的人！

這根本不必什麼意外啊，就算那群孩子當年只有零歲，現在都不可能活著了！

「知道啊！」厲心棠立即反應，「就是說文老師對他爺爺很有恩。」

「更難得了，連孫子輩都記得！」小滿姐說得眉飛色舞，「聽說我們老董事長也認識文老師，一直說她是表率，在以前的困苦年代，卻幫助孤兒們，是非常偉大的女性！所以才會特意留剪報下來。」

厲心棠覺得自己快吐了，聽著小滿姐每稱讚文老師一句，她都覺得自己的臉彷彿燒了起來。

「能借我看嗎？」厲心棠接過了剪貼簿，仔細看著模糊的報導，上面寫了一堆豐功偉業，但就是沒提到孤兒院的名字，「當時的孤兒院不知道叫啥……」

「好像沒寫。那個孫子應該知道吧！」

厲心棠背下了上面所有寫出的人名，幸好有提到了文老師的孩子也走上教職一途，正式老師的話就更會紀錄在案了。

「教師世家。」厲心棠只希望她的孩子別跟文老師一樣。

「好像是吧，文老師的丈夫當時還是校長呢！那個年代的校長那可不得了！」小滿姐接回剪貼本，「所以這樣還要找人嗎？」

「這個我來找，至少知道文老師的丈夫或是孩子的名字跟身分，我去試著聯繫他們。」厲心棠認真的道謝，「非常謝謝小滿姐。」

「不會，有幫上忙我很高興。」小滿姐笑看著厲心棠，不過有點苦澀，「妳呢？妳還好嗎？」

「嗯？我很好啊，怎麼了？」

「沒有，上次那孩子的事，我擔心妳呢！」小滿姐嘆了口氣，「那麼一個可愛的子，怎麼會……」

啊啊……她之前在這裡當義工時，認識了一個疑似受虐的孩子跟奇怪的家庭，結果發現了他們家有個「座敷童子」，也就是小孩子的亡靈守護者，只是辛苦到最後，她誰都沒有救成，還反而差點被殺害。

而那個孩子，最終是自殘而亡。

但想殺死她的，偏偏就是那個看起來可憐兮兮、天真可愛的孩子。

是非黑白，有時不是眼見的那麼簡單。

「我沒事的！小滿姐放心！那我先走了，我有空會再過來幫忙！」厲心棠再度禮貌的行禮，她得快點找到文老師呢！

快步離開社福機構，不自覺的打了個寒顫，感覺到氛圍不對，好像有誰在盯著她，一股怒火油然而生，她謹慎的走到門邊，也不敢左右張望。

有東西在附近，而且他們非常的生氣。

所以她不該去找文老師嗎？如果這些亡靈爲了找尋文老師而生氣——那就表示更該去了!!

百鬼夜行
第七章
感同身受

橘色的重機在路上馳騁，再度在車陣中蛇行，引來用路人的不滿，但他依舊無所謂的前往目標方向；一台自小客車不爽的即刻追車，拼命按著喇叭聲，努力追上後，試圖逼車嚇嚇騎士。

結果，騎士後座載著的女孩倏地將頸子轉了一百八十度回頭，露出暴凸的雙眼與垂掛的長舌，對著駕駛就是一陣嘶吼！

『滾——』

下一秒，她竟躍離了後座，直接撲向了他的車子。

「哇啊啊——」駕駛嚇得緊急煞車，後方的車子跟著煞車不及，瞬間撞上，連環車禍在眨眼間發生！

砰磅聲接連傳來，已經遠遠把他們甩在後方的騎士瞥了眼後照鏡，不滿的皺起眉，是在搞什麼？靠路邊停下回頭時，只看到煙塵四起，數十公尺外已然發生了連環追撞。

「喂！妳在做什麼？」他氣急敗壞的對著空空如也的後座怒吼。

但其實女孩已然優雅的坐在他的龍頭上，頸間的粉色圍巾隨風飄揚著，科科……看不見鬼的狼人，眞的很有意思。

『誰叫他要害你！』

聽見聲音來自前方，布魯斯趕緊正首，但其實他還是什麼都看不見，「那是逼車，是我先蛇行的……啊，妳這樣造成車禍怎麼辦？有人傷亡嗎？」

『關我什麼事！都沒人在意我們的死活，我為什麼要在意別人的死活！』

聽著空中傳來的冷酷言詞，布魯斯深吸了一口氣，眉宇間都是不快。

「聽著，說好不能傷人的！我只是要幫你們把那些老師都找到而已。」他再度不安回頭，「我從來不想傷害人……爲什麼是妳跟著我啊？沒有別人了嗎？」

呿！女孩喬了喬頸子，動手轉了龍頭，機車差點就往前暴衝，所幸布魯斯氣力夠大，拖住了車子。

『吵死了！有我跟著就不錯了！快點走吧，遲了，又要被你朋友先找到了！』

啊！布魯斯擰眉，滑下安全蓋面罩，趕緊發動車子。

「說好了，不許傷害棠棠！」

依然坐在龍頭上女孩露出了邪惡的笑容，『那個帥哥呢？』

「隨便。」

闕擎突然打了個哆嗦，狐疑的回頭望著通風的玄關。

「怎麼了？」厲心棠當即發現有問題，緊張的扶住他的身體，他肋骨斷了兩根還是硬要到文老師的舊宅拜訪，可憂死她了。

「……後頭有點涼意。」他趕緊正首，朝著眼前的男子微笑。

這個男人，眞的是文老師的孫子，也是位老師。

「奶奶喜歡這種自然的地方，很在意採光跟通風，太冷的話我可以把窗戶關上。」文質彬彬的男人一邊說，一邊打算關門。

「沒關係，這樣好！」闕擎趕忙阻止。

文老師本名文雅君，晚年養老的地方非常清幽，選在了郊外，附近也就五、六棟房子，都是透天厝，算是迷你小康的社區；這兒大概就是十公尺一個小社區，地很大，犯不著挨得太近。

還能自理時她都是一個人住，由於兒子們住附近城市，晚年時偶爾會過來幫忙，再後來她就住進了有專業醫療照護的養老院了；不過這間屋子依舊保留下來，現在是這位孫子暫居，他幾乎沒動太多陳設。

牆上掛有許多照片，以及各種獎狀，厲心棠看見文雅君一張近照，他們眞的沒有找錯人。

向後梳齊梳死的包頭，深色的高領長洋裝，黑框眼鏡從僵硬的方框改成圓框，一樣不苟言笑的表情，兩頰凹陷的臉龐，還有那雙嚴厲的雙眼，看不見唇瓣的薄唇，連領獎照片時都是一樣的嚴肅刻薄。

交疊身前的雙手手背上，有道怵目驚心的疤，爲什麼？厲心棠記得澆硫酸時的文老師，手上還沒疤啊！

「她還是一樣嚴肅啊……」厲心棠喃喃說著。

「啊？奶奶比較不愛笑，但她對我們非常好喔！」孫子指向了其他照片，「不對著鏡頭時就能很自然，她真的是很棒的奶奶了。」

家庭照裡的文老師，卻是慈眉善目的，抱著孫子們玩耍，或是帶著孩子們一起下廚，氣氛歡樂，洋溢著幸福……令人感到諷刺的幸福。

獎項都是最佳奉獻獎、終身成就獎這種讓人感到不可思議的獎項，但看起來文老師當時真的備受推崇。

啊……厲心棠看見了，有張泛黃的照片，是文雅君獨自拍照，後面的屋子，像極了「老師」所繪製的。

「這就是她奉獻的孤兒院嗎？」闕擎也留意到了。

「啊……對！在還沒有健全體制的時代，大環境差，常有許多孤兒，都被丟到孤兒院裡，一般都是從一個善心人士開始的，到後來就演變成收容所。」孫子取下文雅君的照片，「奶奶她本來是在別的小學教書，後來毅然決然的跑到孤兒院去照顧這些孩子，幾年後再回到學校……」

孫子說話時，口吻是滿滿的驕傲，彷彿在說：我奶奶厲害吧！

「果然是極優秀的人！」闕擎說這句話時，語調裡是一點兒情感都沒有。

「文老師對學生也很嚴格吧？她……會重男輕女嗎？」厲心棠直接問了。

「啊……到現在都還有重男輕女的人了，更別說奶奶的年代了，不過她對女孩子嚴格，主要也是希望她們潔身自好吧！」孫子輕笑，「她教出了很多菁英淑女喔！她每次都無奈的說，她教過最差的學生，就是我二姑了！」

文老師有生女兒！厲心棠簡直不敢想像，文老師會對自己的女兒怎麼做？

「不會吧，我看你們一脈相傳的書香世家，想必文老師的女兒絕對也是氣質出眾的優雅女性。」闕擎順著孫子的話說，一邊繼續看著滿屋的照片，看起來文雅君還挺愛拍照的。

「眞的沒有，我二姑超叛逆的，聽說高中都沒唸完，就翹家懷孕未婚生子，超勁爆的！」孫子很認眞的說著，「我奶奶氣炸了，根本不認我二姑。」

這是現世報的一種嗎？厲心棠環顧四周，看著全家福照時，好奇哪位是二姑。

「是哪位？」

「呃，我沒見過。」孫子認眞的說，「我只看過她年輕時的照片，她私奔後就再也沒回來過了！基本上依奶奶個性，也不會再接納她吧！」

闕擎輕輕的喔了聲，那梗在喉間的聲音，連厲心棠都聽得出是什麼意思。

不知道爲什麼，他們都對這位「二姑」有不好的預感。

孫子入住後改變了一點點陳設，但面對這三層樓的建築，他們眞的想找什麼也很難，至少看見了孤兒院，也瞧見了上面的名字；厲心棠轉身就開始網路搜尋，但年代實在太久，完全查無線索啊……

「文老師感覺挺養生的，也喜歡安靜，都一直在這裡生活，偶爾去附近走走吧？」闕擎繼續自然的攀談，因爲他留意到屋裡屋外有許多的盆栽，「那些是你種的嗎？或是……」

「是奶奶，她喜歡山跟大自然，沒事都會去走走的！」孫子輕快的跑到樓梯間，一骨碌爬上去到了平台處，上頭掛了一幅畫，「這是奶奶畫的，她會去寫生。」

他注意到了，不只這裡，其實樓下有幾幅作品也都是樹木畫作。

「這附近嗎？我們剛剛來時，沿路都是小樹林。」闕擎看著樓梯，做好心理準備。

斷掉的肋骨，上下樓梯都會變一種折磨。

「文老師好懂得生活喔！」厲心棠立即從旁擦肩而過，三步併作兩步的跑上樓，「哇……也很會畫畫耶！」

「我奶奶是眞的很厲害的！對了，那個想找奶奶的人是？」

「也是對方的孫子，他爺爺叫……毅風。」厲心棠帶著孫子再往樓上去，

「你看，這也是奶奶畫的嗎？」

闕擎會心一笑，不得不說，在「百鬼夜行」長大的的厲心棠，專長應該是察言觀色吧！讀空氣一等一，永遠都知道什麼時候該做什麼事。

他放輕腳步的回身在客廳梭巡一遍，不能有巨幅動作的他，就仔細的觀察看看這位「作育英才」的文老師，能留下點什麼線索吧。

但腳步聲很快的下樓，他只是翻拍了孤兒院的照片後，就佯裝沒事的站在原地等待著他們。

「……等我聯繫好，再約個時間見面吧。」厲心棠都已經跟人家孫子說到再見面的份上兒了。

還毅風咧，那男孩要是眞的知道這兒，還不過來大開殺戒！等等……闕擎再度看向照片裡的文老師，高齡九十二歲，所以被毀容的妮妮或是毅風，他們並沒有來找文老師算帳嗎？

有那種能力，還懷抱著這麼大的怒氣値，居然沒有找文老師復仇？是恐懼到骨子裡了嗎？

「今天謝謝了。」厲心棠扶著闕擎往外，兩個人禮貌的向孫子道別。

「再等妳聯繫，再見。」

孫子一路送著他們上車，今天他們直接包車，請了一位司機載著他們上山下海。

車子一駛離，厲心棠即刻往前對司機報了一個地名，「附近有個叫做什麼空幽谷的地方！大哥你知道嗎？」

「知道知道！算是一個健行步道！」司機大哥非常老練，也是「百鬼夜行」合作已久的司機，「眞的到處都有空幽啦忘憂啦，你看看現在人壓力多大！」

「哈哈！」厲心棠跟著乾笑兩聲，坐回位子繫好安全帶，眨著眼睛瞅向闕擎。

「活著，不必一直看，不要有太大動作都可以。」他挑了眉，「但健行的話……」

「那個文老師生前喜歡去的地方，沒事都會跑去那兒，在那兒還有間畫室。」厲心棠一臉得意的樣子，「畫室也依然保存著喔，一個月派人去清掃一次！」

「三十年了還保存著？」闕擎好訝異，「他們保存那個幹嘛？」

「紀念吧！平時那邊開放給登山的人休息，因爲這個小步道後再往深處，可以接到另一座登山路徑，他們家擺放許多水跟茶點，完全公益性質。」

「噢，做善事嗎？也是需要啦，幫忙彌補一下過去的罪孽。」闕擎冷冷笑著，「這些事做下來，文老師的道德標準又更高了。」

厲心棠白了他一眼，「她應該親自去對妮妮道歉的。」

空幽谷非常近，驅車十分鐘就到了，厲心棠讓司機大哥去吃午餐，隨便他晃悠，要走時他們再打電話給他就好，誰都別急；她預留了至少兩個小時的時間，不讓大哥覺得有壓力。

「我如果沒打給你，你都不要打給我。」厲心棠認眞說著，「如果到了晚上九點我都沒有找你，你就打電話給拉彌亞。」

大哥有點錯愕，「我直接離開？」

「對，離開這裡後，到店裡找拉彌亞。」厲心棠再三交代。

大哥沒說話，就是點頭說好，「百鬼夜行」的人，向來都很奇怪，但他只要聽從就對了！能配合這麼多年，也是夠熟悉了。

送走大哥後，他們轉身走上步道裡。

「來！」厲心棠二話不說，直接拉起闕擎的右手就往自己頸後放。

「做……做什麼？」他錯愕的看著她，一轉眼他已經被她攙起來了。

「把我當拐杖，這樣才不會痛！」她朝他挑了眉，「肋骨我斷過，經驗之談。」

唉……闕擎就這麼被厲心棠「扛」著走那其實平緩的石板步道，得慶幸這兒人不多，不然這多尷尬？好像一個重病患者非要來健行似的！

「妳幹嘛不叫我坐在車裡等妳？」

「我不要，我要你陪我啊，我一個人才不敢去。」厲心棠說著大實話，「而且你要是會坐在車裡等我，今天也就不會陪我來了。」

嗯哼，完全無法反駁。

這個健行步道非常平緩，中間有些坡也很和善，而文老師的畫室就在這小山的頂點，也才會是個休息補給站點。

「昨天……」走沒一分鐘，厲心棠果然開口了，「那個……」

「那個人不是鬼，是人，但我不知道是誰，我也沒有跟人結怨。」闕擎一口氣交代完，「我認爲他跟這個孤兒院有關，跟那些氣忿的亡靈也有關；奇怪的是他會保護妳……所以如果下次再遇到危險時，麻煩擋在我面前。」

「人？人類？」厲心棠還是很難相信，「人類會有一撞就快把樹撞斷的力量？」

「異能者，難說啊！都有人可以擁有二十四小時才能用一次的言靈了，這不稀奇吧？」他們才遇過一個這樣的人，感覺很肉咖，但必要時還是很好用。

啊……說得也是。厲心棠點點頭，只是在她的成長環境中，擁有這種力量的，都不是人類啊。

「該不會也是誰的後代吧？不希望我們找到他的祖先！」

「那可眞執著！」

有趣的是，他們是爲了不被他找到？還是不被「老師」找到？

其實闕擎身上都有備止痛針，他來這裡前打過一劑了，是沒這麼疼，但有人攙著也不錯，至少減少不適感；路程不遠，二十分鐘後就看見了所謂的小木屋了。

眞的是間小木屋模樣，裡頭有簡單的椅凳跟水，還有些零食，無人管理但弄得格外整潔；越沒人管時，大家越會自動自發的清潔，這大概就是無爲而治的一種吧。

「好渴！順便喝個水。」扛著闕擎走上來的她當然渴了，先拿著紙杯去飲水機那邊裝水。

而闕擎，盯的是裡牆。

小木屋四面木製，三坪大小，但正對著門的那面牆後……有什麼東西存在。

厲心棠才想問他要不要喝水，一見到他的表情就慫了。

「他們跟來了嗎？」

「誰？鬼嗎？我覺得他們始終都在吧！喂，妳看看那面牆能不能推開，我說平移的推。」闕擎指著底牆，那裡面有著死亡氣息。

很微弱，不是厲鬼，但一直有很低很低的哭聲。

厲心棠立即到牆邊查看，這怎麼看就是一片牆壁，她指節敲了敲，意識到聲音有些許不同，闕擎應和的往身邊的牆敲去，牆壁發出空空的聲響，但厲心棠面前的聲音，竟是相對實心的。

剛剛他們走近前，他也留意到了，小木屋是貼著岩壁蓋的，並不是四面空的獨棟。

厲心棠無論怎麼推都推不開，闕擎到一旁查看，推測這門應該有卡楯，只是做很隱密罷了，如果想像著一般的鎖門，那卡楯就只會在天花板或是地板的地方了，文老師沒這麼高，那麼……闕擎蹲下身，目標移轉到地板。

他們在四周敲敲，敲到空心的地板後，厲心棠拿尖刀輕易撬起，果然在裡頭摸到了門閂，使勁一下就拉開了；而對應的位子往上瞧，厲心棠搬過椅子爬上去開鎖後，木板牆果然是輕易的能朝右推開。

後面是岩壁，但又有一道門，這次門上有個粗鐵鍊與大鎖，就算鎖已經繡了，也不是他們輕意能弄開的。

「你覺得鑰匙會這麼剛好在這裡嗎？」厲心棠急著想要尋找。

「這裡被整理過了，我也不覺得文老師會把鑰匙放在這裡。」闕擎看著那鎖有點苦惱，總不能找鎖匠來吧？

咦？厲心棠倏地回頭，接著直接奔到了門口，闕擎才覺得她奇怪時，只見她燦爛的笑了起來。

「小狼！」

「棠棠！」布魯斯愉快的跑來，厲心棠緊張兮兮的看著他，幸好小狼看上去無礙。

「你是跑到哪裡去了？又不回我訊息，我會擔心耶！」厲心棠邊走進來邊打著布魯斯，「你那天追人追到了嗎？」

「……沒，是動物。」布魯斯看見闕擎，連點微笑都不給，「你們在這裡幹嘛……哇，密室嗎？」

「欸，你來得正好！那個鎖你有辦法嗎？」厲心棠指著鐵門上的大鎖。

只見布魯斯輕蔑一笑，隨手一扯，匡啷鏘鏘的，一秒就把鎖頭給拆了，鍊子跟著唰啦啦的掉了下來。

是啊，也來得太剛好了吧？闕擎看著魁梧的身影，再幽幽的往門口望去，就算躲起來了，他還是知道鬼是存在的，而且也不是來意和善的傢伙。

布魯斯一把開了鐵門，一股詭異的氣味飄了出來。

「嗯……好奇怪的味道。」厲心棠下意識的皺眉掩鼻。

不是腐敗味，但是一種霉味，或是更沉悶的……她說不上來的另一種臭味。

「裡面沒燈嗎？」厲心棠已經拿起手電筒了，「闕擎，你挨著我，小狼在黑夜裡看得見的。」

闕擎自然的伸手讓她攙著，此時的狼人早一馬當先走進洞穴裡，他自然不會驚懼，但就連問一句「這是哪裡？為什麼要進來這兒？」都沒有，彷彿他早就知道這洞穴裡有什麼了。

這後面是個深長寬敞的洞穴，被打理得還挺好的，文雅君在裡頭甚至設置了書桌與燈，還有張長沙發躺椅跟收音機，小書架上擱了幾本書，看起來這才是她的天地。

「教育理念？這書她是擺設用的吧？」厲心棠看著書架上的書名，太諷刺。

「這燈還是裝電池的，想得很周到啊……」闕擎查看著桌上的東西，裡頭所有的電器非插電，因為電是接不進來的。

厲心棠看著那張躺椅，想像著文雅君半躺在這兒看書，聽著音樂的姿態，眞悠哉！

「為什麼她要在這裡看書呢？外面那間畫室的環境不好嗎？」

厲心棠狐疑的照著整個洞穴，洞穴是個直角形，走進來後約五步路到底，再往左方還有一個空間；書桌就是擱在正對洞門的底端，躺椅則是斜放在左邊的區塊，而在躺椅後方的最裡面牆邊，有個突兀陳舊的冷凍櫃，是外面超市的大型上掀式冰櫃，自然沒有接電，看上去很有年代了；白色的冰櫃靜靜座落在上頭，掀蓋處被封住，整個冰櫃上頭還蓋了條桌巾，一些物品擱在上頭。

「想猜猜看裡面有什麼嗎？」闕擎望著那個冰櫃，一股寒意自然湧上。

「不是很想……說不定只是文雅君的私人物品，你知道冰櫃很能放的。」厲心棠絕對不想去當第一個開櫃子的人，選擇轉身往書架，「我寧可看看她都在這裡幹什麼……小狼！你動作輕一點。」

布魯斯已經蹲下身子在開書桌的抽屜了，木頭書桌經過幾十年都快壞了，他一扯就崩壞，裡面是一堆沒啥用的筆，他抓起一大把文具跟本子往桌上放，毫無意義；他再將椅子挪開，拉開大抽屜，積極得像是在尋找什麼。

「你在找什麼嗎？」闕擎突然問了，「那個冰櫃要不要參考看看？」

布魯斯聞言倏地抬頭，越過闕擎往後看，很認眞的在思考。

厲心棠狐疑的瞅著布魯斯，「小狼，你在找什麼嗎？」

布魯斯沉吟了幾秒，沒敢直視她的雙眼，別過了頭。

厲心棠帶著疑心，打開上方那些滿滿灰塵的書時，書頁卻主動翻到了某一頁，那兒夾了兩張照片，厲心棠抽起來看了兩眼，立即再翻找其他頁面、甚至其他書本，發現裡面都夾有各式照片！

「全是孤兒院的照片！」闕擎用手電筒照其中一張照片，這是張大合照！

更令人怵目驚心的是，許多單人照片上，臉部被塗黑，上頭還用紅色顏料畫上了大×。

「這是妮妮嗎？臉全部被塗黑了……」有張照片旁邊就寫著妮妮啊！

厲心棠的手電筒突然被拍掉，她踉蹌得朝身邊的闕擎倒去，布魯斯此時竟手忙腳亂的抄起桌上的照片，抓了就要走！

「狼人！」闕擎出手抓住了他的衣服，「你——在幫他們嗎？」

咦？厲心棠摸到桌子撐著身體，不可思議的看向狼人的方向。

布魯斯有點難受的掙扎著，還是甩開了闕擎，「棠棠！不要再去找他們了！」

小狼？小狼在幫那些惡鬼？厲心棠只覺得氣惱，伸手就往前，「小狼！你不能這樣！」

她一把扯住狼人的衣袖，世界卻在某一瞬間變得明亮，耳邊傳來竊竊私語聲，洞穴的石壁變成了走廊！

「別去！去了你們也幫不了！」她自己開了口，但不是她的聲音！

又來了！厲心棠心頭一緊，她又在某個學生身上了嗎？

「哇啊啊——」慘叫聲從樓上傳來，一眾孩子紛紛害怕的往樓上看。

冷靜點！厲心棠認眞的觀察，他們在寬敞的樓梯間，這兒應該是二樓，往下可以看到有人正往上走，而現在大家仰頭看著是三樓，有孩子正被打……阿堯吧？

「可是……這樣打，他會被打死的！」

「說過了要低調，現在惹事都不是好事。」厲心棠附身的學生身高很矮，但真的特別冷靜，「如果你們去阻止，更多人被吊起來打的話——」

那大家要怎麼逃？女孩目光灼灼，掃視著跟前每一個人。

逃！厲心棠感受到強烈的企圖心，這個女孩有一個計畫，勢必要完成。

她身邊有個瀏海很長、蓋住整張臉的女孩，不修邊幅邋邋遢遢，處於神經緊張的狀態，不停絞著衣角；另外還有個很可愛的小男孩一臉恐懼的抬頭望著慘叫聲的方向，他身邊有個更小的男孩，兩個人有著相似的臉龐。

「我去吧。」距他們兩公尺斜角的窗邊，某個女孩懶洋洋的開口。

女孩長得非常標緻，跟妮妮是不同的典型，有種酷炫神祕的風格，全身也都穿黑的，而且她居然有化妝，黑色的眼線畫得好粗，頗有暗黑歌德風的感覺……

救命，在這個年代，她穿低胸緊身衣耶！身材也太好！胸部好豐滿喔！

爲什麼這個女孩沒有被文老師毀容啊？

「小晶！」厲心棠附身的女孩拉住她，「妳別去。」

「我去才有用啊，妳忘了嗎？宋瑞卉。」她邪魅的勾起一抹笑，「老師最、疼、我了！」

宋瑞卉！厲心棠吃驚萬分，她現在就是在那個宋瑞卉身上嗎？

看著小晶婀娜的走上樓，宋瑞卉掙扎個幾秒，突然轉頭看向其他人，「大家都回到自己房間去……毅風呢？」

那個長髮男孩搖搖頭，「自從妮妮自焚後，他就都窩在床上了。」

妮妮自焚！厲心棠又一個震驚！

「巴巴，你去跟他說，我們計畫不變。」宋瑞卉肯定的說著，接著彎身看向較大的孩子，「洛洛，你要顧好弟弟喔，你們負責羊圈，得快點回去。」

「嗯！好！」洛洛用力點點頭，握住了弟弟小小的手，「皮皮，我們回羊圈去！」

小孩子哀怨的皺起眉，他不想去，羊圈又臭又吵，而且……「哥哥，我肚子餓。」

「噓……不要說話！」洛洛拉著第弟往樓下走去，宋瑞卉與巴巴對看一眼後，巴巴點點頭便離去。

接著，宋瑞卉朝三樓前去，準備阻止小晶！

是啊！當然要阻止，厲心棠差點就要自己行動了！上次的經驗中，如果她夠強的話，還是能操控原本的身體對吧？

只是宋瑞卉上三樓的腳步越來越小，聲音越放越輕，此時厲心棠也才留意到，鞭打與慘叫聲不知道何時停了下來。

她小心翼翼的來到某間教室，偷偷的往裡望，裡頭只有一個被倒吊的男孩，跟不停滴落的鮮血。

「阿堯！」宋瑞卉用氣音喊著，連忙跑進去，「你爲什麼一定要鬧事？你忘了今晚的事嗎？」

阿堯被打得奄奄一息，身上眞的沒有一塊兒好地兒，懶洋洋的睜開眼睛，冷冷一笑。

「我沒犯什麼錯，是那死變態硬要打我出氣的。」阿堯雙眼已充血，臉也漲紅，宋瑞卉看著桌上的鞭子，上頭沾滿他的鮮血。

「他們會吊你一整晚嗎？」宋瑞卉擔心的是這個，因爲他們今晚得走。

阿堯冷冷一笑，悲從中來，「小晶剛剛把那個變態叫走了，應該……會放我回去吧。」

小晶……宋瑞卉難受得握緊雙拳，她並不希望小晶這麼做的，她知道老師們多「疼」她，多少會賣她這點面子吧。

「不是我讓小晶來的……」宋瑞卉緊皺著眉，「她說你不能被打得太重，否則晚上逃不掉。」

「呵呵……我得靠我朋友被那群變態男玩弄才能脫身嗎？」阿堯渾身散發著殺氣，「我不想走，我想要殺掉那群變態。」

「你殺得了嗎？你一個人能做什麼？」宋瑞卉將桌上一把刀子拿起來，繞到阿堯背後開始幫他割開繩子，「要算帳，等我們離開、變強大後，再回來找老師們算總帳才對！」

忍一時之氣，以待來日啊！

爲免打草驚蛇，宋瑞卉將繩子割了個大概後，阿堯握住了快斷的地方遮掩，同時她也把小刀塞進他手裡；阿堯身上有許多刀傷，更可怕的是剜傷，因爲他總是不服軟，老師們會用小尖刀在他肉多的地方以刀尖刺入，轉個圈，活活剜下他的肉，就爲了聽他的求饒聲。

但阿堯，至今沒有鬆過口。

「妳快走吧。」阿堯表示自己沒事，現在有刀在手，更心安了。

宋瑞卉謹慎的探頭望向走廊，現在是晚上八點了，即將要睡覺，老師宿舍也不在這兒，自然沒有多少人，她躡手躡腳的要下樓時，卻聽見走廊尾端，傳來熟悉的低泣聲。

她好奇的望著走廊底，既緊張又害怕到喉頭緊窒，但還是縮回了腳，想去偷看一眼。

不不不不！厲心棠試圖想操控這具身體卻徒勞無功，那聲音兒童不宜啊，滿是情慾的呻吟，宋瑞卉年紀太小不懂事。

她來到走廊尾端，裡頭的呻吟聲更加明顯了，帶著點低泣、還有恐懼，厲心棠跟著偷聽，卻發現這聲調不像是小晶的聲音，而是更加稚嫩的、可愛的，楚楚可憐的……小女孩的聲音？

「老師……對不起，我錯了……啊！眞的對不起！請你原諒我，啊啊……好痛！眞的很痛！」

爲愛鼓掌的聲音律動傳來，宋瑞卉雙拳緊握，渾身僵硬的顫抖。

有個男人的聲音是氣音，又低又輕，彷彿是貼在女孩耳邊說話的，宋瑞卉聽不清。

「是，都是我不好……我會乖乖聽話的！請老師用力的懲罰我……」女孩的聲音在哽咽，「我一輩子都會聽老師話的，我是老師的……啊……最乖的學生……」

變態！厲心棠在內心瘋狂哪喊，而宋瑞卉則是嚇得摀住嘴巴，踮起腳尖往樓梯下衝去，她慌張一路衝回二樓，激動得臉色發白，淚水緩緩泛出。

「小可愛……」她的口中，逸出了厲心棠該知道的名字。

小可愛？厲心棠回想著「老師」列出的學生表，他說過是一個非常可愛的女孩子——不是才九歲嗎？

這也太變態了吧！

身體的原主人緊張擔憂，猛然抬頭，厲心棠發現她是站在走廊的窗戶邊的，外頭已是夜晚，所以映照著女孩的身影——果然如「老師」所說，宋瑞卉是個雀斑女孩，年僅十歲，看上去身子卻更加嬌小，但卻有一雙極為堅定的眼神。

「宋瑞卉！」粗嘎的聲音傳來，「妳還站在這裡做什麼！回房去！」

女孩嚇得直打哆嗦，轉頭看著大胖老師，立刻朝著房間奔去……這份恐懼是認真的，打從她附身開始，這個宋瑞卉都處在深層的恐懼中。

但厲心棠現在有點慌，宋瑞卉會出什麼事嗎？她必須做好心理準備，萬一又一個虐待，她必須撐住才行，她絕對不能認為自己已經死了……但奔跑的宋瑞卉卻突然一腳踩空，地板全數崩裂，她整個人垂直往下掉了——哇啊啊啊！

等等!!她該怎麼醒過來呢？

第八章
逃亡那天

到臉。

「裂風！」

聽見叫喚聲，闕擎倏地睜開雙眼，有個人蹲在他面前，長髮覆面，完全看不

他半撐起身子，身體的主人還是那個爽朗的男孩嗎？怎麼他現在感受到的是……心死？

「瑞卉要你別忘了今晚的事。」巴巴低語。

男孩點點頭，其實他雙眼已然空洞，巴巴臨走前又折了回來，用力握住他的手，「記得完成妮妮的願望。」

提起妮妮，男孩又是一陣悲從中來，闕擎感受到他心如刀絞的痛，也與他同步回憶起妮妮站在他面前，站在孤兒院的廣場上，身上澆淋著油，朝自己身上點火的過程——天哪！那個女生自焚了嗎？

這就說得有理了，因爲他之前就注意到那惡鬼的手上跟身上都有焚燒過的痕跡，並不像厲心棠說的，只是臉被燒傷而已……這不足爲奇，被硫酸毀容加火焚，這已經不是容貌好不好看的問題了，一百多年前的醫療並不進步，患者只會感受到地獄般的痛楚而已。

只是選在男友面前自焚，這有點狠啊。

坐起身的男孩無神的左右張望，孩子們紛紛跑了回來，外頭有人在喊著該就

寢了！他前後左右都是床，這就是一間空曠的房間，床擺得密密麻麻，毫無隱私，闕擎看見這景象，還眞是熟悉啊，呵呵。

孩子們都陸續的爬回床上了，毅風前方的床鋪還空著，他下意識的尋找，回頭望去時，看見一個瘦小的女孩急忙從門口進來，她的床位距他很遠，但一對上眼神後時，她朝他點了點頭。

闕擎沒見過那個女生，不過毅風的情緒在此刻變得有點沉重，然後另一個一樣削瘦的身影自他右手邊路過，爬上了他前方的床；女孩步履蹣跚，看上去很虛弱，她爬上床時回頭看見他，擠出了一抹笑。

非常可愛的小女孩啊，連這樣沮喪的神情都還是掩不住可愛的臉龐，但她的眼神何其悲傷。

毅風點點頭，大胖老師拿著棍子進來了，所有人趕緊鑽進被窩裡。

闕擎還能感受到這具身體腹部的疼痛，看來距離上次的事件也沒很久，睡在大通鋪裡應當不會有事吧？他也已經做好心理準備，天曉得這位毅風是怎麼死的？身爲亡靈的模樣也沒太好看。

毅風闔上雙眼，但維持著腦子的清醒，而靈魂同步的闕擎也一樣，他正在思考爲什麼狼人會變成亡靈那一邊的人？那天他去追的人是誰？竟如此容易被策反？

還是說，因爲狼人過去也有類似經驗，所以起了共鳴嗎？

他聽著大胖老師在床間通道的足音，他也有過一樣的經驗，也是躺在這種堅硬不適的床上，也被狠狠的吊起來打過，一天只吃一餐，甚至好幾天才能吃一餐，因爲他們是沒人要的孩子，孤兒院願意收留他們就該感恩戴德了。

夜晚的巡邏足音就是這樣，誰睜眼誰沒睡誰亂動，就會被打，再晚一點等大家都睡著後，還會有其他孩子，被特地帶走去做「特殊輔導」。

話說回來，讓他再回到毅風身上是爲什麼？

毅風突然睜眼，房內已經沒有老師在巡邏了，他極爲輕巧的下了床，闞擎留意到牆上的時鐘已近三點，是人們熟睡的時間；他將被子弄成還有人在裡頭睡著的假象，以爬姿爬到自個兒前方那張床，輕輕戳了戳女孩。

「小可愛。」他微弱的用氣音，在女孩後頭說著。

小可愛？這個女孩就是小可愛啊！這綽號取得眞好，連他都很少看過，這麼可愛的女孩，像洋娃娃似的！

但小可愛卻如驚弓之鳥一般彈坐而起，用一種害怕又厭惡的神情回頭瞪著他，隻手撫著後頸項。

噓！毅風比了噓，她這麼激動是要把大家都吵醒嗎？

「不要在我背後或耳邊說話……很……很噁心！」小可愛咬著牙說，從另一邊滑下了床。

毅風只覺得莫名其妙，他們蹲伏著身子往門口的方向去，這時候剛剛的雀斑女孩已經在門口了，背包已經揹妥，手裡還抱著另一個背包；然後稍早過來的長髮覆面男孩，也是幾乎爬過來的，他身上也揹了另一個人的包。

這群孩子要逃走啊……闕擎完全明白這些行爲模式，因爲他也這樣幹過。雀斑女孩悄悄打開門，他突然意識到，這個小女生是十歲的宋瑞卉吧！「老師」口中的帶頭者。

孩子們一個接一個的爬出去，毅風殿後，好將門悄無聲息的關上，不去驚醒任何一位孩子。

房外的走廊上靜謐漆黑，連燈都沒有，一般有事時，都是老師會提著油燈趕過來，宋瑞卉非常謹慎，大家出來後都是伏低身子在門口附近，不動聲色的觀察、聆聽，確定沒聲響了才會進行下一個舉動。

「毅風去找長毛，我去找小晶，巴巴你去找阿堯。」宋瑞卉用氣音交代著，「我覺得阿堯應該在醫護室了。」

「小晶爲什麼還沒回來？」小可愛悶悶的問。

宋瑞卉閃開了眼神，她繼續說著，「南牆，三點半，不要等，誰先到誰先翻過去，時間快到時如果被發現，也先翻過去再說，踩腳物跟東西我都準備好了。」

突然間，有腳步聲從走廊上傳來，大家嚇得即刻四散，這聲音來自於左手邊看不見的走廊，等等如果老師一轉過來就會看見他們了！他們是要回房，還是要找地方先——

「是我啦！」女孩疲憊的說著，「別躲了。」

「小晶！」宋瑞卉突然放下心，「妳怎麼現在才回來？」

小晶冷冷的看著她，「妳以爲我要應付多少個老師啊？我腳都軟了。」

喔。闕擎瞬間瞭然於胸，這個身上帶著腥味、妝都花的冷豔少女，就是被「特殊輔導」的對象。

她接過背包，告訴巴巴，阿堯已經進醫護室了，不枉她晚上這麼努力。

「那我去……了。」巴巴有點緊張，不安的看向毅風。

「我陪你去。」小可愛主動上前，「巴巴一個人不敢的。」

毅風看著小可愛的頸子，有著不正常的紅點，她身上也有一股奇怪香味；幾個人互相加油打氣，就此做鳥獸散。

南牆，三點半見。

他們分別奔往不同方向，而毅風直接前往樓梯，而且一路往下，闕擎看得是膽戰心驚，因爲這個男孩，是朝著地下室奔去的。

他到現在還沒忘記，那天在地下室遭遇的事情，可別再一次……他能否操控這個身體，讓自己醒來，讓靈魂擺脫這具身體？

因爲如果這群孩子被抓到的話，說不定眞的會被殺掉！或許這就是那群亡者的目的，要他們感受到疼痛——火燒媒油的味道傳來，毅風謹愼的來到地下室，闞擎意外的發現，這裡是石牢！

孤兒院裡放什麼石牢？要關誰啊？

但毅風卻準確的跑到中間的一間牢房裡，從口袋中拿出鑰匙，「長毛！起來了，我們要離開了！」

刹！一個人猛然衝了過來，緊緊抓住了欄杆，那滿是毛的手沒有嚇著毅風，他已經解開了鎖。

「現在？」是男孩，非常沙啞的嗓音。

「對，南牆，你到了就先翻過去，三點半我們就會離開，不等人。」毅風肯定的交代著。

裡頭的男孩有點擔憂害怕的走出，他穿著破爛的衣服，眼神滿佈惶恐，毅風取下了綁在腰間的外套，直接披在他身上。

「穿好，現在外面很冷的……你別仗著自己毛長。」毅風推推他，「沒事！老師都睡了，走吧。」

「餓。」長毛撫著肚子，哀怨的說著。

毅風往牢裡瞥去，地上都是餿掉的飯菜，老師們眞的把長毛當動物養嗎？想想就可惡！他爲笨拙的長毛仔細穿妥外套，闕擎這才看清楚，這個男孩連臉上都覆滿了毛，完全看不見五官，只有那雙眼睛閃閃發光。

毅風觸及他頸子間的繩圈，不禁又皺起眉，「出去找機會幫你剪掉。」

穿好外套，長毛立刻往外走去，毅風跟在後頭，兩個人一前一後的朝著南方前進；不過走沒多久，燈光突然出現，長毛輕鬆一躍的跳上柱子，靈巧地躲到天花板去，毅風則趕緊找個角落躲起來。

是大胖老師提著油燈過來巡邏，幸好他的腳步聲沉重，大老遠就能聽見，兩個孩子都屏氣凝神，嚇得瑟瑟顫抖，祈禱著千萬不要被發現，千萬不要……終於等到大胖老師離開，毅風看他應該是往廚房去，怕是去吃宵夜了吧？

他們成天餓肚子，大胖老師倒是吃得很開心嘛。

長毛唰地跳下來，他落地時，竟輕巧的沒有一絲聲響，這感覺太熟悉了！闕擎瞬間驚覺到，這個氣味、這個人、這樣的動作——是把他肋骨打斷的那傢伙嗎？

他還活著？這些人事物距今都超過一百年，那這孩子幾歲了？

「風哥哥！」小小的哭聲突然傳來，毅風嚇得戛然止步，倏而回頭。

他不可思議的看著躲在某根柱子後的小小男孩身影，瞠目結舌！「洛洛？你、你們今天應該在羊圈啊！」

「我在找皮皮……皮皮不見了！」洛洛想哭又不敢哭出來。

毅風完全呆住，這麼大的地方，誰能知道皮皮去哪兒？時間就快到了，毅風掙扎著，最終一把抱起了洛洛。

「摀住嘴，不能哭出聲，絕對不能讓老師們聽見。」他在孩子耳邊說道，朝長毛頷首後往前奔去。

不能等，不能讓一個人，拖累他們所有人！

皮皮還小，沒關係，等他們出去後有能力了，一定會來接他！

闕擎望著毅風遠去，才意識到自己脫離了毅風的身體……這可不是好兆頭啊！那群亡靈哪這麼輕易放過他？闕擎立刻查看周遭，就怕有惡鬼來襲，聽著遠處窸窸窣窣，一股強大吸力突然將他往那兒吸去——他一轉眼穿牆而過，出現在一間滿是食物的儲藏室裡！

還來不及回神，門口走進的大胖老師與他相疊，下一秒他就在大胖老師身上了！

大胖老師一進門，就看見角落的箱子動了一下。

他賊笑著，逕自走向角落那口箱子，隨手從架上拿下一個大鎖，然後將箱子給鎖上。

大胖老師抱起那口箱子，一邊拿走幾顆蘋果，接著刻意再往下走一層，到了倉庫裡的小地窖去，將那口箱子放在最角落去！他爬上來後將木板門蓋上，上頭再壓了許多重物，得意的挑了眉。

「讓你偷東西……哼。」大胖老師離開那間房門時，還不忘將沉重的鐵門關上，再拿出胸前鑰匙將門給鎖上。

咦？闕擎驚覺到不妙，難道那箱裡躲了孩子？剛剛他們說的皮皮？

說時遲那時快，又是一股拉力，把他向後扯拽，下一秒他就在一個伸手不見五指的地方了！

「嗚……嗚——」他蜷著身體，趴在一個黑暗狹窄的地方，非常非常的窄，他努力的想掙脫，但四面都是牆，連手都伸不直——就是那口箱子。

「哥哥……哥哥！」

是個孩子，而且是非常小的孩子！

小男孩開始在箱子裡掙扎，他又怕又歇斯底里踢打著，過激的動作只是讓空氣越來越稀薄……該死，闕擎意識到了，他必須鎮定，他不是這個孩子，他不會缺的，絕對不會……不……呃！

哇——感受著高速墜落感的厲心棠一路尖叫，終於摔上了地！意外的並不疼，她嚇得趕緊撐起身體左看右瞧，深怕自己突遭暗算。

「你敢反抗！趴下！我叫你趴下！」

怒吼聲傳來，嚇得厲心棠往旁邊躲閃，看著自己的手，手腕上有圈紅繩繫著小鈴鐺，手背上全是疤，掌心都是繭，這又是另一個女孩嗎？

「不聽話嗎？拿烙鐵燒他！」另一個男人的聲音傳來，「我就不信這動物打不怕！」

外頭傳來足音，一個女人走了進來，厲心棠躲得更裡面，意外的看見那女人身上的衣服……哇，這是幾百年前的衣服啊？話說回來，這裡就像個地牢，牆上還有火把耶！

「喂喂，你們不要太過分吧！他是人！也就是個孩子！」女人不高興的進去勸阻。

「拜託一下，就這樣子跟我說人？這是怪物吧！身為怪物還不聽話，連看門都沒辦法！為什麼要養他啊！」

「他就是個孩子，他有名有姓，他叫布魯斯！」女人不滿的低吼著，「你們出去！出去！」

布魯斯？布魯斯？厲心棠黑暗中震驚著，這是巧合嗎？那是小狼的名字啊！

一陣騷動後，女人推著男人們出去，爭吵聲不斷，而躲在角落的女孩子立刻潛行出去，這才能看見一個全身都是毛的男孩，被關在一個極爲低矮的狗籠裡。

「布魯斯！布魯斯！」女孩難過的跪在籠子前，籠裡血跡斑斑，一旁還放著滿滿尖刺的鞭子，「喝水嗎？要不要喝水？」

她哭了起來，難受的到旁邊去找水，從水缸裡舀了一瓢水，再滑回籠子邊。

裡頭的男孩無力的抬起頭，看著女孩子，眼角閃著淚光。

天哪！是小狼！那就是小狼的樣子！

他湊近籠子邊喝水，厲心棠看得心疼，這麼高大的布魯斯被關在一個如此窄小的狗籠裡，別說站了，他連趴著都伸不直手腳。

女孩接著從懷中拿出麵包，「來，我跟尙省下的麵包，你快吃！」

女孩邊說，一邊擔心的往門口看，她是偷溜進來的，也不能待太久。

布魯斯眞的是狼呑虎嚥的吃著麵包，女孩伸手入籠，輕撫著他身上的長毛，還有……那條繫著他頸子的鐵鍊。

「好過分，把你打成這樣……我跟你說，我聽到美雪老師說，下星期要辦什麼聖誕晚會，因爲美雪老師是外國人，他們國家有這個習俗，所有老師都會參加。」她也趴得跟布魯斯一樣低，「你聽得懂嗎？那天老師們都不在，他們會喝酒唱歌……不會有人管你。」

毛下的雙眼熠熠有光。

「他們不邀請我一起參加嗎？」

女孩又哭又笑的捏了他一把！

「我爸爸就是一喝酒就打我，我知道的，他們會沒有力氣，會去睡覺！」女孩緊緊握住他的手，「你可以走的！我知道，這些東西對你來說不會是問題。」

「佳淑……」布魯斯反手握住她，「我們可以一起走啊！我抱著你們飛！」

「飛……別鬧！你先走，有能力了再來接我們。」她堅定的望著他，「我還有尙，我們沒問題的，你一定要先走，你再待下去……你會死的。」

遲早會被打死的！

叫佳淑的女孩哭得難受，在她身體裡的厲心棠依舊在震驚當中，小狼很少提及過去，她從來不知道，他曾經被關在這個地方，被當動物一般虐待……

『所以，妳爲什麼要找我們？』

怒吼突然出現，厲心棠感受到強烈的忿怒，嚇得回身。

她四周的一切變得模糊且崩潰，而一個全身燃著火的亡靈朝她走了過來，厲心棠下意識握緊右拳，瞥了手上的蕾絲戒指一眼，有戴！有戴！

「妮妮？」厲心棠小心的喚著她，「只是想找到你們在哪裡而已，我並沒有要……」

『找到我們要做什麼？你們要再度拆散我們嗎？』被大火燒灼的女孩咆哮著，『你們都是噁心的大人！』

下一秒，她朝著厲心棠衝過來了！

媽呀！她轉身想逃，但速度根本來不及，看著那團火球啪的撞上她，然後她一陣錯愕，呆然的發現自己站在廣場上，鼻尖立即嗅到了刺鼻味。

「妮妮！我求妳……妳不要這樣！」男孩的呼喚讓她回神，厲心棠看著眼前的殺風，他就跪在孤兒院門口哭著，雙手被男老師架著。

而她……身上這是油嗎？油從她髮梢滴落，她全身上下都澆滿了油！

她又是妮妮了！厲心棠驚覺到大事不妙，因為妮妮的右手，現在正拿著火柴啊，這是她要自焚的時候嗎？

天哪！她不是妮妮她不是妮妮！但是一旦引火燒身，這份「感同身受」，她撐得過去嗎？

刹——妮妮劃開了火柴！厲心棠根本無法思考！

「哇——」

疼痛來自皮膚的燒灼與高溫，厲心棠失聲慘叫，在火舌的高溫蒸發著她眼球時，突然從孤兒院裡衝出了一個可怕的黑影，他有著一張猙獰邪惡的臉龐，全身冒著突起的疣，頭上甚至有犄角，張著血盆大口就衝向了她！

「哇呀——」厲心棠嚇得後退，彷彿是絆到了自己的腳，直接往旁倒下，咚的一聲額角直接撞上書桌！

好痛！厲心棠瞬間清醒，撞到邊角的頭疼得發麻，她有點搞不清楚狀況，洞裡只剩掉落的手電筒照明，視線非常不清楚。

「妳沒事吧！厲小姐！」

驚奇的聲音由旁傳來，厲心棠錯愕的看向自己前方，一張擔憂的臉皺著眉，是「老師」！

「老師？」厲心棠都快忘記他了，「您怎麼來了？」

「我跟著你們啊，有點難……但還是追上了。」「老師」焦心的指著旁邊，「妳可不可以看一下闕先生？我覺得他很不對勁，我怎麼叫都叫不醒！」

咦？厲心棠使勁甩了甩頭，爬到旁邊拾起掉在地上的手電筒，闕擎就趴在一旁，呈現跪姿，雙手又縮著，一動不動。

「闕擎？喂！闕擎！」

他看起來好奇怪啊，蜷成一團趴著，而且看起來非常僵硬！厲心棠推了他一把，他不動如山也沒回應！

「他剛剛在掙扎，我試著阻止沒有效，然後妳突然慘叫，我就咬牙推了你一把！」「老師」看著闕擎，非常不安，「他……他好像……沒在呼吸了。」

什麼！厲心棠用力將闕擎推翻過身，他竟僵硬的維持蜷縮的姿勢，伸手往鼻息間探去——沒有呼吸！

「不要鬧喔！」厲心棠把他的手給強硬掰開，沒有呼吸也沒有脈搏，他剛剛到了誰身上？沒有捱過去！「闕擎！闕擎！」

心肺復甦！她得立刻做心肺復甦術！可是闕擎的手跟腳既僵硬又礙事擋著，厲心棠不假思索的直接一拳往他心窩砸去——咚！咚！

「醒來！闕擎！那不是你！闕擎——」

啪！大手從胸側倏地上前握住了厲心棠擊下的手腕，闕擎跳開眼皮，接著才是狠狠倒抽一口氣的聲音！

「啊……」他四肢頓時癱軟，而且痛苦到五官扭曲，躺在地上。

「沒事！沒事了，你活著呢！」厲心棠焦心的雙手捧著他的臉，「那不是你！不是你！」

闕擎一時眞使不上力，有種全身虛脫的感覺，「……妳沒事？」

「差一點，我後來到了妮妮自焚的瞬間，好……痛好燙！」只有幾秒，她就已經覺得痛徹心扉了，「是老師推我去撞牆，我就醒了。」

「老師」啊……闕擎往旁邊看去，「老師」已經站在他腳尾的地方，但是沒有在看他們兩個，而是望著那個冰櫃，神情相當嚴肅。

「謝了。」他剛飽受窒息感，非常的疲憊。

「狼人站在亡靈那邊嗎？」闕擎已經想到了，很糟的情況，「妳有多少把握能對付狼人？」

厲心棠相當爲難，她只是緊皺著眉，默默的趴上闕擎的胸膛，聽見心臟有力的跳動聲，比什麼都令人安心。

闕擎沒趕她走也沒推開她，他現在眞的沒有多餘的力氣。

「老師，你在冰櫃裡看到了什麼？」

「咦？」「老師」相當慌張的回神，看著他們時緊張的縮了一下身子，「那個裡面……」

「有人嗎？」厲心棠回首看著沉靜的冰櫃。

「老師」點了點頭，瘦長的指頭比出了一個二，有兩個人。

「報警吧！」闕擎抹著額上的冷汗，冰櫃裡的東西還是得處理一下。

他沒有瞧見額外的亡靈，也或許冰櫃裡的魂魄被關著不懂得要脫離，畢竟哭聲是存在的，總而言之，是協助他們歸於塵土會比較好。

厲心棠原本想趁著警察來之前，拍下夾在書裡的照片，但卻發現全部都被拿走了！滿腔怒火湧現，她難掩心中不滿，這都是小狼幹的，她知道——為什麼小狼在干預人類事務？這是「百鬼夜行」的禁令啊！

「老師」站在書桌前，看著這張書桌若有所思，撫過每一本書，闕擎不讓厲心棠打擾他，因為感覺「老師」似乎快想起什麼。

半小時後，警方陸續抵達，冰櫃被打開時，可怕的臭味瀰漫開來，裡面是一具糜爛的黏稠屍體，以及一個幼小的骸骨。

果然是二姑姑，以及她沒來得及出生的孩子。

橘色的重機在夜色中不那麼明顯，但當對向遠光燈照耀時，就能看見那亮燦燦的橘，布魯斯一路往山上馳騁，卻赫見遠方的路燈上突然站了一個挺拔的身影，令他不由得不悅的皺起眉。

頎長的身影朝遠方跳躍引路，他嘖了幾聲，還是只能跟上。

在山路中再轉進荒僻小徑，這兒真的是荒山野嶺，附近毫無人煙，唯有雜草叢生的草地，男人就站在前方，手裡還拎著油燈狀的電燈。

「去哪裡找那種東西？也太做作。」布魯斯一下車就抱怨著，「你沒死啊？」

「還沒死！」德古拉冷不防朝他扔出東西。

布魯斯一把接過，鼻子嗅嗅，開心的勾起笑容，「這不是你吃剩的吧？」

「我喝血你吃肉，天經地義吧！」德古拉嘖了一聲，「你又不吃人肉！我特地去買的，上好的牛腿肉！」

布魯斯饞得舔舌，但旋即又遲疑，「無事獻殷勤。」

「你救了我，對你好一點我才不會良心不安。」德古拉彈了個響指，「言歸正傳，你現在在做什麼？你在插手人類的事。」

嗯……呼嚕嚕聲自布魯斯喉間傳出，略顯不悅，「那些是死靈，好兄弟鬼。」

「人界事務。」德古拉再三強調，「你知道規矩的。」

「我不想管什麼規矩，大不了我就不要在百鬼夜行工作就好了啊！我也不過每個月圓那幾天去工作而已，又不是他們正式員工！」布魯斯不滿的抱怨。

「然後呢？月圓時你要去哪裡躲？你就一個人躲在家裡嗎？被發現怎麼辦？你能壓制住你的狼性？」德古拉說得無奈，都幾歲的人了，爲什麼還是這麼衝動？

「那是我自己的事！我遇到老大前我還不是這樣過！」布魯斯不爽的吼了起來，臉跟著開始變形。

「你是什麼狀況下遇到老大的？」德古拉挑了眉，俊美的臉龐上帶著冷冽的笑，「每個人都有故事，幾乎都是在困難時碰到老大的，我是被放逐，你呢？」

布魯斯抽了口氣，臉色有點難看的別過了頭，不想說。

他遇到老大時？全身被帶尖刺的項圈圍住，身上到處還插著十五公分長的釘子，每根脊椎上也都用釘子固定住，被迫一直以狼人的模樣，痛不欲生的被困在馬戲團的角落裡。

「時代不同了，我只要把自己關住，我還可以叫外送，我現在也會自己煮飯，一個月就那麼幾天……」布魯斯說著，聽上去心意已決。

德古拉凝視著他，感到大事不妙。

「你以爲百鬼夜行是什麼地方？跟一般人類夜店一樣，讓你說不幹就不幹？老大是什麼人你知道嗎？」德古拉試圖提醒他，「當初入職時，你簽的那只契約上面寫的是什麼你忘了嗎？」

「……」布魯斯眼神裡閃過一絲驚懼，但接著又是疑惑，老大是什麼？他還眞的不知道，合約上寫什麼他根本沒看，就直接簽了，「這都我的事，關你屁事！」

「關我屁事？那我跟克洛伊的事又關你屁事？你犯得著大老遠飛過去就爲了救我，還受重傷？」德古拉也不爽的抱怨了，「吸血鬼跟狼人是對立族群，那是族與族的事，有點腦子會思考就知道，我們從來不是被族群意識綁住的人——我現在是以朋友的身分在提醒你——百鬼夜行的規定，不許插手人類事務！」

布魯斯碩大的雙拳緊握，他懂德古拉在說什麼，他也知道德古拉是爲他好，但是有些事，不是他能懂的！

「只有我能懂他們！只有我懂！」布魯斯低吼出聲，「叫棠棠不要再想去找那些人了，他們不需要被找到！」

「你自己去跟她說！該停手了，布魯斯！」德古拉喚出了他的名字。

布魯斯搖著頭，退後著與德古拉拉開距離。

「你們，不會懂我們的痛！」

德古拉不會、拉彌亞不會、老大不會，就連棠棠都不會懂。

只有他懂。

第九章
最後警告

知道了孤兒院的名字後，查找起來卻不如想像的便利，由於年代太久，當時又沒有立案或是紀錄，中間還曾有兩度戰爭，資料佚失，幸而子孫們知道大致位置，進而縮小了範圍。

「她連自己的孩子都沒說詳細嗎？關於那間孤兒院的事？」厲心棠不由得搖了搖頭，「看起來她自己也逃避嘛！」

闕擎躺在病床上，他在肋骨斷掉後又行動，導致斷骨再裂開了，緊急送醫後被罵了一頓，原本他堅持不打鎮定劑，就怕萬一又被帶到哪邊附身後遇險，難以應付就完了！但厲心棠卻堅持要他施打，她還保證會守在他身邊。

這女人的保證沒有什麼用處，她又無法應付鬼！

但人在病床上，不得不低頭，護理師鎮定劑直接打進點滴裡，沒幾秒他就陣亡了。

厲心棠眞沒走，她就守在病床邊，而「老師」也陪著待在醫院裡，他靜靜的站在窗邊，望著外頭，從文老師的洞穴那邊離開後，他就一直是這樣若有所思。

不必急。厲心棠不動聲色，「老師」鐵定是想起了什麼，但是他不想說罷了。

而她呢？在剛剛的過程中，她看見當年孩子們的逃亡計畫，知道了那間孤兒院根本不是什麼和善的好地方，如果「老師」是其中一份子的話，她很懷疑他的身分是什麼。

同流合汙者？坐視不管者？總之一個共犯結構，不會人人是凶手，但勢必有著包庇與無視，才會讓惡行繼續。

文雅君對妮妮潑硫酸毀容，老師們對小可愛與小晶的性侵、對阿堯的虐打，都是在所有老師坐視不管的前提下發生的。

那所孤兒院，對孩子而言根本是地獄，只是因爲他們無家可歸，再爛再糟，也是自己唯一棲身之所。她在宋瑞卉身上時，看到了殘酷的過去，也瞧見了齷齪的老師們，但就是沒有看見現在這個蒼白瘦弱、不停尋找孩子們的「老師」。

而那時，孩子們都逃出去了嗎？

「老師，我出去買吃的，可以麻煩你看著闕擎嗎？」厲心棠輕聲對「老師」說著。

「啊？」「老師」先是錯愕，然後點點頭，「我需要做什麼嗎？」

「有誰想傷害他，就麻煩你擋一下。」

擋……「老師」困惑，他其實不知道該怎麼擋，但還是點了點頭。

厲心棠離開病房，她不是敏感體質，但醫院這種地方喔……很難不看見徘徊的亡者，有的是在哭泣的親人邊、苦惱著不知該怎麼安慰的逝者，有的是不知道自己已經身故的人，但比較可怕的是……懷有怨氣死去的人。

那種亡靈的形體特別清楚也特別可怕，她都會閃開，學闕擎說的：開無視。

她現在比較在意的是……嗯哼，下樓一眼就瞧見了，坐在可眼觀八方的座位區中，某兩位警察。

其中一位瞧見了她，還朝她微笑，厲心棠也禮貌的回禮，下樓後轉身去便利商店買吃的。

一直跟著闕擎的人，她很想知道爲什麼，但雅姐說過，每個人都有自己的過去，一如店裡所有的魍魎鬼魅，誰都沒資格進行批判，想說時對方就會說，想知道只是自私的想滿足自己的好奇心罷了，根本不是眞心想爲對方做什麼。

因爲知道了對方的過去，根本不能幫助對方什麼。

她想知道闕擎的過去，是因爲在意他，但他不說，她就絕對不會過問，這是尊重。

就像她現在也不知道雪女的過去，上個月出國找德古拉時，她才知道小德的過往與曾經的戀愛史，一如她也不知道小狼的過去是什麼一樣……不知道他曾形同動物一樣被關在狗籠裡，讓她很難受。

「啊！」取下牛奶時，她腦中閃過了一個名詞，「不會吧……」

蓋上冰櫃門的瞬間，玻璃上映出了「老師」的身影，她嚇了一大跳。

下意識的回頭，她身後在等櫃子的婦人也被她的舉動嚇到，困惑的望著她，厲心棠連忙退到一邊。

「你應該要守著闕擎的。」

「我想起了一些……很不好的事。」「老師」眉頭深鎖，「非常非常不好。」

「上樓講好嗎？不急於一時吧。」她趕緊要拿東西去櫃檯結帳時，空氣中卻傳來熟悉的香水味，她停下腳步，立即左顧右盼。

小德？這是小德的香水味！

於此同時，手機響起，她急急忙忙拿起，是小滿姐傳來的訊息：找到了孤兒院的位置了，對比沒錯的話，應該在雲溪露營區的補給中心！

咦！找到了！

「去吧，我會看著闕擎。」身邊不知何時出現的男子抽過她手裡的食物。

厲心棠向旁看去，瞠目結舌，「小德！」

不顧便利商店裡人來人往，她雙手一環便緊緊抱住了他！她好久沒看見小德了，拉彌亞總是說他在休養，但始終不見人啊！

「好了好了，我又沒怎樣，妳不要一副我死而復生的樣子。」德古拉寵溺的摸摸她的頭，附近經過的女人們忍不住多看他兩眼。

「誰叫你失蹤！啊……現在白天耶！」厲心棠驚覺到現在是下午。

「我們又不怕陽光，妳忘了？」

「但你從來沒有在白天出現過啊……」厲心棠還是擔憂得很。

「因爲我對陽光過敏啊，這點死後也沒變，就是不舒服。」德古拉一臉受傷，棠棠應該都知道他的過去了，「我大概天生就是成爲吸血鬼的命吧！」

厲心棠可愣住了，她沒想到這是眞的！吸血鬼還眞的對陽光過敏咧！

「快去吧！闕擎有我在。」德古拉催著她，轉身替她把剛拿的食物擺回原位。

厲心棠堆滿幸福的笑容，再用力抱了一下德古拉，「謝謝你！我先去了……老師！」

啊！「老師」朝著德古拉頷首，趕緊跟著厲心棠離開，但還是不由得多看了德古拉兩眼，眞的是個美男子啊！

德古拉無奈的走出便利商店，也趁機瞥了那兩個警察一眼，一路走回闕擎病房時，他還因爲藥效沉睡著；掀開簾子，他睨著那張具神祕高貴感的臉龐，堂堂吸血鬼，居然淪落到要來看顧一個人類。

不過，看在闕擎之前也救過他的份上，他就不計較這麼多了。

病房裡開始出現各式亡靈，有路過的，也有戾氣重的亡者，一臉厭世的不知道在尋找什麼……但在剛剛之前，闕擎的病房裡可是很乾淨的，乾淨到不像醫院裡的病房。

醫院嘛，什麼不多？死人與鬼還會少嗎？

但在那位「老師」離開前，可沒鬼會接近或是通過這間病房的啊……德古拉倒是不慌不忙，繞過床尾，坐到了病床邊的椅子。

再給這黑髮小子一點時間，總是要睡飽了，才能好好的做事，幫助他家棠棠。

「你啊，」他雙腳不客氣的疊上床沿，還踢了睡死的闕擎一腳，「到底是什麼人？」

「老師」安靜的坐在桌旁，拿著筆在一整本空白筆記本上畫著圖，這是應他要求買的，他說他知道文雅君書裡夾的照片是什麼，他可以一一畫下來，厲心棠半信半疑的買了空白記事本給他，他還就真的開始繪畫。

這不知道是生前的技能，還是死後新增的？

過去的孤兒院果然是在山上，但由於這座山頭不算很高，現在成了露營登山聖地，過去孤兒院的位址，現在建起了一個一個補給中心，裡面賣名產、賣點心，也有許多餐食，來這兒健行或是露營的人，都可以到那裡頭去吃飯，有點像是個山上的小百貨公司。

那間孤兒院後來的狀況不明，但戰爭時也曾經是士兵的暫時根據地，再後來短暫的成爲戰時醫院後，延續到二次戰爭之後荒廢；最終建物全數打掉，新的買家承接下來，因應著日益盛行的戶外運動，把整座山打造成露營區，可健行、可露營。

但是，那棟所謂的補給中心，只開到晚上五點，六點之前所有員工都會下山，甚至在下山五分鐘的彎路上還設置路障大門，不讓任何人車上山。

厲心棠火急火燎的趕來X市的X鎮，結果大家都說現在已經不能上山，等她上去都關了！人家有營業時間的！幸好這是平日，還有小木屋是空著，她咬牙租了一間最便宜但還是挺高價的小木屋，簡單度過一晚。

接著，就是偌大的豪華型帳蓬裡，剩她一個人跟一隻鬼待著了。

「老師」是沒惡意，但是……有亡靈在，氛圍跟溫度就是比較低。

她連洗澡都不敢，上個廁所也戰戰兢兢，都怕洗手台上的鏡子突然出現什麼，在這種緊張的氛圍下，這會兒走出洗手間時，屋子裡卻沒人了！

「老師？」她試探性的喚著，深怕是自己看不見，「動個紙好嗎？」

結果房間裡一片寧靜，厲心棠反而有點緊張，所以現在就剩她一個人嗎？她走到桌邊看著桌上被撕下來、疊妥的一張張的空白紙張，「老師」畫得這麼認眞，但根本每一張都是空白啊！搞半天畫了個寂寞。

「該不會是我看不見吧？」她拿起來對著光照，還是一樣是空白的，連一點點劃痕跟凹凸都沒有。

怎麼突然說走就走？意識到現在房間裡剩她一人，厲心棠趕緊先去確認每扇窗子都是關妥的，一個人住在這麼大間的小木屋裡，她只是更加不安。

這是一整棟小木屋，可以睡四個人，算是樓中樓，一轉頭就能瞧見上方的木欄杆，只是因爲平日沒住滿，又只剩這種房型，她才會選擇這麼寬敞的地方居住。

「唉唷，只有我一個人有點討厭啊！」她試著關閉樓上的燈，但這棟小木屋的主燈就一個，關掉後屋子全黑反而嚇到自己，「哇啊！」

緊張的跑上二樓，關好那兒的天窗，上鎖拉簾後，遲疑的往下看，不知道該睡一樓還是二樓？

她爲什麼要一個人來啦！怎樣都沒算到山上會有關閉時間！現在就算有車能上山她也不敢去了，因爲這種「規矩」怎麼想都知道有問題。

爲什麼六點前就要全數離開？爲什麼冬日若是太陽下山得早就得提前下班？爲什麼她一問理由，店家是笑吟吟的跟她說這就是這兒的規矩，其他不要多問比較好？

她又不是傻子，哪會不知道這道理？不過看規矩似乎只有那棟補給中心有問題而已，因爲露營區經營這麼久，倒是相安無事。

孤兒院的腹地很大，包括了附近的山丘，過去在那兒自己養牛羊雞隻，但主建物就是現在的補給中心，所以包括前面的腹地，應該是過去的廣場，妮妮自焚的位置吧！

那兒是否承載了妮妮他們的亡魂呢？夜晚是他們的Party Time，所以才導致晚上沒人敢待在那裡？她確定沒有找錯地方，當年那個荒僻的孤兒院現在已經是露營的補給中心了，但是妮妮他們仍在，既然可以遠遠追到闕擎當義工的精神療養院去、可以追到文雅君的祕密洞穴裡，那——

他們是不是也知道她現在離他們這麼的近呢？一旦發現她就在山下的話……天哪！厲心棠想到就直打哆嗦，她是否根本不該住下來？

嗚！她突然覺得「老師」在也不錯，有鬼陪，總比一個人好啊！

她戰戰兢兢的把房間裡所有的燈全部打開，抱著零食躲進被子裡，滑著手機看劇看影片，期待著能有新訊息響起分心，例如闕擎醒了之類的消息。

抱過幫「老師」買的記事本，她自己書寫下所見所聞：美麗的妮妮被毀容後自焚、另一個男孩應該是毅風，圓臉的小可愛跟哥德風的小晶都是遭受老師們性侵害的受害者，最理智的宋瑞卉是個年紀小、但腦子非常清楚、規劃也很詳盡的孩子。

嘴很秋很皮，在暴力下成長、同時也具暴戾之氣的是阿堯，他是真的想要報復那些老師，全身眞的體無完膚，她沒親眼看見都無法想像……有比鞭子還殘忍的打法，那些細條只要高速甩下，就如刀般可以割開阿堯的皮膚！更別說刻意剜肉，他只有幾歲啊！

另外有對瘦小的兄弟，較高的男孩叫洛洛，看上去最多八歲，他弟弟就是啥都不懂，叫皮皮，兩個孩子均仰賴著毅風，但眼底都盈滿恐懼。

不只是這兩個男孩，其實每個孩子的眼底，都有著異樣的恐懼，他們怕這間孤兒院、怕老師們、怕沒有地方去，更怕逃離失敗吧！

啊，還有個叫巴巴的，頭髮很長很亂，都蓋住自己的整張臉，感覺是怯懦型的人，非常安靜，仰仗著宋瑞卉，看不出年齡。厲心棠邊寫邊算著數，一二三四五六七八九，還少一個人。

「老師」在店裡列出的名單，眞的差不多有九成，但當她眞的附在孩子身上時，看得才更清楚，也更知道特色與名字；不過「老師」口中的十個孩子，還少一個咧！她前後在妮妮與宋瑞卉身上待過，卻都沒見到啊。

當然，她也沒見到「老師」。腦子裡揮之不去的，除了被倒吊著、打到不成人形的阿堯外，就是從門縫裡偷瞧見的、被欺負的小可愛。

宋瑞卉當年也才九歲吧，她能做什麼？踢開門大喊老師變態？讓老師滾嗎？別笑話了，說不定還會攤上自己一條命！妮妮只是因爲長得漂亮受到歡迎，就能直接被硫酸毀容，更別說是發現「祕密」外加忤逆師長了。

這些都是無父無母的孤兒，死了都不會有人知道，沒有人敢反抗老師們的。

厲心棠低垂雙眸，她難受的揪心，目睹種種事件後，她會再次感謝叔叔撿到她並很好的照顧她長大！即使帶大她的都不是人，但她卻是在充滿愛的環境下長大。

當然不是每間孤兒院都是這樣，但誰曉得如果她沒被叔叔撿到的話，是否也會遇上這樣糟糕的老師們？想想文雅君即使做了那種事，她家牆上還掛著多少獎狀呢！

吱！小木屋的木板地，突然發出了嘎吱聲。

厲心棠顫了一下身子，背脊瞬間發涼，她連頭都不想抬，亡靈的到來在預料中，她目標這麼顯著，又離他們這麼近，他們怎麼可能不現身！

屋頂上方的燈開始低頻閃爍，降低了幾個亮度，厲心棠雙手緩緩往被窩裡伸去，她手電筒都帶著的，沒事。

她窩在一樓的床上，她沒有勇氣靠著牆，天曉得牆後方會不會突然冒出什麼東西？她挪到床的中間坐穩，右邊是牆，左邊是櫃子，櫃子邊是洗手間，而洗手間的門此時此刻也彷彿被風吹動似的……緩緩……關上。

問題是，浴室的窗戶她是鎖著的。

「有話好好說，我知道你們聽得懂。」厲心棠決定先發制人，「來的人是妮妮還是毅風？」

磅！浴室門猛然關上，巨大的關門聲嚇得她摀住嘴。

「多多多多……多出來的房客要付錢喔！」她不知道自己爲什麼突然說這種亂七八糟的話，但不說點什麼她會怕啊！

樓中樓的地板就在她上方，由圓木椿拼成，此時光影移動，明顯有人在上方行走，不僅發出了嘎吱聲，還遮住了天花板滲下的些許微光……這是要嚇人用的！

『爲什麼要找我們？』聲音陡然從十點鐘方向的圓桌傳來，同時桌子上剛剛「老師」畫的空白紙張被掃掉，在空中紛飛！

欸！厲心棠緊繃著身子，看著桌邊的椅子倏地被往後抽，然後重重的摔上牆！

「等等——摔壞我要賠的！」她緊張的大喊，「我們有話用說的啊！」

刹！一個人影從天花板突然掉了下來，直抵她的面前——那眞的是掉下來的，一個雙眼充血、頸子上繫著圍巾的女孩彷彿上吊一般，由上而下吊在她的面前！

「哇呀——」厲心棠第一時間向後閃躲，但女孩卻一伸手扣住她的頸子，把她往自個兒面前拉！「不要！不要碰我！」

冰冷的手箝住她的下顎，女孩的雙眼越來越血紅，彷彿隨便一戳就會滲血似的，厲心棠一時無法辨認她是誰，太近了，她的臉也太可怕了！

『是不是警告過你們，不、許、找、我、們！』

她張嘴咆哮，厲心棠可以看見她每根牙都成了三角尖刀狀，箝著她下顎的手指全是汙泥與血漬，而上頭的指甲就地變長，也一如她的牙一般，既長又銳利。

不能說是「老師」找他們！厲心棠在心裡盤算著，因為她已經知道了那間孤兒院有問題，也不確定「老師」在孤兒院裡幹過什麼事，貿然說出是自找死路吧！

「……你們之後怎麼了？還是有人會關心你們的啊！」厲心棠隨口亂謅。

遺憾這招毫無用處，女人整張臉迅速轉成青紫色，手朝她頸子一掐，啪的就往床上壓去。

『誰會關心我們——』

對不起！厲心棠右手突然伸出被外，手上早抓著一條披肩，唰地朝女鬼臉上揮去後，趕緊覆在自己身上。

『哇呀！』

頸子的力道瞬間鬆開，她聽見女鬼的慘叫聲，厲心棠趕忙坐起，拿整條披肩裹住自己全身上下，蜷在裡頭！這是闕擎給她的披肩，當然是跟唐家姐姐買的，她緊緊披著，透著光，看見外頭人影浮動。

有道影子接近，爬上了床，厲心棠甚至可以感受到床凹下的感覺……她嚥了口口水，努力的想把腳收起來，她一定要——披肩的接口被一股風吹開，她看見了蓬亂的黑髮覆面。

巴巴？

下一瞬間，她的床如流沙般消失了，她整個人往下陷落，哇啊啊啊——

「小晶！」一股力道倏地抓住她的手，她慌張的朝旁扣著一旁的石塊樹枝，腳下深不見底的懸崖。

抬起頭，是阿堯，他正抓著另一棵粗壯的樹幹，一骨碌將她拉上來。

「妳要小心腳下！不能發呆！」阿堯直接把她拉到身邊，圈著她的身子向上拉。

小晶緊緊揪著他的衣服，一臉蒼白。

她在小晶身上！厲心棠感受到一股虛弱，就像之前遇到黃色小飛俠時，困在山裡吃不好睡不好的時候一樣。

她突然覺得，剛剛那掐著自己的女孩像是小晶對吧？身型跟臉型都像……但是，她是吊死的嗎？那個從二樓掉落的速度跟模樣，都像是切實吊死的啊！

「何必救我？」小晶瞅著他，「就讓我摔死算了。」

「說什麼東西！」阿堯確定她站穩後放開，但小晶明顯的感受到體溫甚高的他。

阿堯看上去很不好，臉色奇差無比，人也很瘦，應該是生病了！他們在林間穿梭，在前方不遠處看見了毅風，隨即走近，厲心棠感到一陣鼻酸，雖然強忍著情緒，但小晶其實內心很受震盪。

毅風的腳邊，有個新設好的墳，墳頭上放了一個小火車玩具。

「洛洛會喜歡這裡的。」毅風接過了阿堯遞上的花，「他一直都很喜歡大樹。」

洛洛？那個小男孩嗎？毅風的狀態也不好，他們每個人都比之前在孤兒院裡還要更營養不良的樣子。

「再差都比回去好吧！」小晶淡淡的望著墳頭，「我們為什麼要在這裡活受罪？不如乾脆就死了，一了百了。」

這麼喪氣悲涼的話語，卻沒有引起任何人的反彈，如果是平常，厲心棠一定會為大家加油打氣，但現在站在小墳墓前的幾個人，個個面容枯槁，心如死灰，內心也同意小晶的說法似的！

「該死的不是我們吧！應該是那些老師吧！」阿堯突然怒不可遏的吼了起

來，「整間孤兒院都不該存在！」

毅風默默的將花擺放妥當，他的眼裡幾乎沒有了靈魂。

「隨便吧！我只是因爲答應過妮妮，絕對不能尋死，要連同她的份一起活下去，否則我也不會撐到現在。」他轉向了遠方，「巴巴！準備一下，今天換我們去找食物。」

「我們剛來的方向沒有吃的了，這裡環境並不好……考慮一下移動吧。」小晶走上前，「之前因爲洛洛發燒所以不好搬移，現在可以繼續走了吧？」

「嗯，但現在大家都餓太多天了，我想去抓抓看有沒有動物可以吃，吃飽了再移動。」毅風揹起背包，逕往巴巴的地方去。

樹梢晃動，厲心棠才看見巴巴躲在黑暗的樹上，直到毅風過來後他才跳下來跟上。

「長毛！你去！」阿堯回頭，向著某方大喊，「保護他們！」

唰！一個跑得飛快的身影瞬時從旁奔過，看著已經套上外套的人影，疾速且輕鬆的在山林裡奔跑。

第十個人！厲心棠回憶著名單，沒有一個叫長毛的，但「老師」的確標了十，只是沒寫上名字！而且她甚至沒看清楚那是男是女，只是速度好快啊，一點都不像是一般人。

而小晶與阿堯則回身往另一個方向走去，鑽過林子，他們一同走向最近的洞穴！原本計畫是要逃下山的，但現在卻困在了這裡，幸好找到一處隱蔽的洞穴可暫時躲藏，洞裡的垃圾顯示出他們的食物差不多都吃完了，僅剩下罐頭。

洞的深處有個背對洞口蜷起來的身影，像是在睡覺，厲心棠計算著人數，好像……少了人啊！

阿堯開始堆柴，他們準備升火，洞外孩子們用樹枝、樹葉跟衣物做了設計，會將煙霧引到別的地方去，以免被發現。

「我想回去。」阿堯在升火時，幽幽開口。

小晶面無表情的望向他，略皺起眉，「現在回去，你只會被活活打死。」

「我習慣了！但是落得這麼狼狽，我不甘心。」阿堯咬牙切齒的瞪著柴堆裡的隱隱星火，「只要把老師們都殺了，大家是不是就自由了？」

小晶望著阿堯，他的雙眸倒映著跳動起來的火燄，一時不知道是反射，還是他心中的怒火。

她冷冷一笑，輕撩了頭髮，「你做得到嗎？」

「我可以。」阿堯肯定的說，「我現在回去，老師們一定會立刻逼問我，只要距離夠近我就有機會！」

「你能殺幾個？院裡有多少老師你不是不知道！」

「殺一個是一個，只要一個就可以讓他們大亂不是嗎？」阿堯望向洞外，「至少你們有機會跑，能找到下山的路。」

對，他們迷路了。

逃離後才知道自己的天眞，只是在孤兒院附近的山丘上晃了幾次，就以爲自己多瞭解下山的路，竟以爲「下山」是走個幾步就能抵達的！結果一進山林後，被絆倒被刮傷，黑暗中四散再聚合，等到反應過來時，他們根本不知道自己身在何方。

加上老師們的圍捕，害得他們不敢走向大路，也不敢在野外升火，就怕被老師找到。

「沒逃出來的人不知道怎麼了。」小晶苦笑，「你回去能救他們嗎？」

阿堯沒說話，喉頭緊窒，他們這一路上誰都不敢提起來不及逃出來的人，毅風阻止大家回去救人，規矩是宋瑞卉訂的，三點半一到，全部都逃，絕對不等。

「我們應該回去救瑞卉的。」角落裡的身影突然起身。

小晶朝黑暗處瞥去，臉上浮現一絲不悅，「妳還活著喔？小可愛，活著就起來做事，不要成天爛在那裡。」

小可愛嗎？那個可愛的女孩，怎麼成了這副模樣？削瘦枯黃，毫無生氣，圓嘟嘟的臉已經消失了，削瘦且蒼白，雙眼紅腫，彷彿每天都在哭泣。

「我就想爛在這裡……睡著是幸福的事。」小可愛的聲音很虛脫，「最好永遠都不要醒來算了。」

「規矩是瑞卉定的，她來不及逃出來，她會理解的。」阿堯輕聲的回應。

「到底是誰告密？在時間到之前就告訴老師？如果沒有人告密，我們不會逃得這麼狼狽，宋瑞卉他們也能及時逃出的！」小晶想到這點，就怒極攻心！有人告密！厲心棠好生訝異！這就是爲什麼少了兩人，那個五歲的男孩皮皮，還有主導者宋瑞卉都沒有在這裡！

洞穴裡陷入了死寂。

「你什麼時候走？」小晶突然蹲到火堆邊，幫忙添柴。

「明天。」阿堯抬首與她四目相交，相當堅定。

「走之前給你個禮物吧！」小晶突然抓過阿堯的手，往自己豐滿的胸脯上放，「晚上給你點甜頭。」

咦？阿堯頓時面紅耳赤，猛然抽回手，嚇得還往後倒退！小晶勾起嘲諷的微笑，一臉失望。

「怎麼？嫌我髒啊？你知道我跟老師們的事吧？」

這句話讓角落的小可愛一凜，在黑暗中瞪大了雙眼。

「我才沒有嫌妳，我只是……」阿堯放狠話一流，這時反而口吃起來，「妳突然這樣……」

「對於沒有明天的我們，幹嘛這樣客氣呢！要把握每一天啊！」小晶聳了聳肩，刻意把T恤領口往下拉，讓阿堯瞧見她豐滿的上圍，「我知道你喜歡我！」

「哇啊——」阿堯緊張得以手掩臉，但五指縫悄悄開著，還是偷看了一眼。

但沒幾秒後，他害羞的衝了出去；小晶看著他的背影卻覺得好笑，這麼凶狠這麼皮卻又這麼可愛。

「妳為什麼要這樣？」角落裡的小可愛坐了起來，回頭質問著她。

「我怎麼了嗎？」小晶聳了聳肩，「我也喜歡阿堯啊！」

「為什麼要這樣……搞得好像妳是、妳很隨便……」小可愛揪緊了身上的衣服。

「拜託，妳有比我好到哪裡去嗎？妳在院長那邊是當聖女喔？」小晶嗤之以鼻，「我們誰也別裝啦，我們都已經是骯髒的人了。」

「閉嘴！閉嘴閉嘴！」小可愛雙手掩耳，激動的尖叫起來，「啊啊啊啊啊——」

女孩的尖叫聲在洞穴裡有放大效果，格外的刺耳，但小晶卻自顧自的哼起歌來，一邊撥弄著火堆，對她來說，沒有什麼需要假裝的。

厲心棠只感受到絕望，小晶根本沒有對未來的勾勒，她對於現在的每一刻都沒有興趣，過一天算一天，沒有憧憬也沒有願望；小可愛也變了一個人，她尖叫著大哭後又倒下去，悶頭繼續哭。

不一會兒毅風回來了，他臉上卻浮現難得的微笑，他們抓到兔子了。

阿堯熟練的拎著兔子出去宰殺，穿著深色外套的長毛走了進來，他摘到了一大串香蕉。

「不錯耶！晚上可以飽餐一頓了！」小晶讚許著長毛，「有你眞可靠！」

「嘿！」長毛搔了搔頭，有點不好意思。

這是厲心棠第一次瞧清楚長毛的模樣，他臉上身上都長著長長的毛髮，跟巴巴那種刻意留長頭髮蓋住臉是不一樣的！長毛的毛是從皮膚上生長出來的！他略駝背，但看得出來身形很高大，手長腳長，速度飛快，這跟……小狼好像。

最後進來的是巴巴，他一進來就盯著小晶。

「有話用說的，巴巴。」小晶直接回應。

巴巴停下腳步，抬手一指——厲心棠瞬間被一股力量拉離小晶身體，天旋地轉的感覺彷彿自己被扔進洗衣機中，接著又疾速下墜，啪的眼前一陣通亮。

她意識很混亂，但附上的身體卻相當穩健的扣住樹幹，三兩下就攀了上去，一層接一層，雖然不俐落，但還是爬到了高處；厲心棠認得自己這雙手，她還是在小晶身上。

天色非常昏暗，還是深藍色的，看上去即將日出了。

她在爬樹，爬得很高很高，到了某處後終於停下，然後遠望著某個方向……啊，有個人影在樹林裡移動，手裡拿著燈，小晶舔了舔唇，泛起一抹愉悅的笑容。

「跟喜歡的人做果然不一樣，唉，謝謝你了！阿堯。」她對著遠方移動的小光點說著，同時送上了飛吻。

啊……厲心棠有點害羞，他們兩個已經、嗯……感謝沒有讓她「感同身受」這部分……所以遠處那個離開的人影是阿堯嗎？他真的打算回去孤兒院殺掉老師們！

還在思考，厲心棠意識到小晶正忙著將自己的粉色圍巾繫在樹下，這瞬間，厲心棠終於感覺到不對勁了——她是吊死的！她真的是！

她是自殺！

「有些事是無法改變的。」小晶在樹上打了個死結，「也不是每個人都能自由。」

等等……等等！厲心棠看著樹的高度，從這邊吊著頸子跳下去的話，小晶不是吊死的，她是頸骨斷裂而亡的吧！

但小晶真的毫不恐懼，她動作行雲流水的將繩圈套進自己頸子上，連一點遲疑或是戲劇化的看看天空，回想一下人生都沒有，直接就跳出去了——不行啊！

『你們這些大人，爲什麼一直不放過我們？』

咦？在飛出去的剎那，厲心棠聽見了上方傳來的聲音，她伸手想要抓住沿路的樹枝，她不是小晶！她不會死的，她才不會死！

啪！

有人的手握住了她的手，直接向前一扯，在頸子扯斷前，厲心棠一秒脫離小晶的身體，她都來不及觀察，耳邊就傳來的頸骨斷裂的聲響，喀噠。

「啊——」倒抽一口氣的往前撲，紮實的貼在某個人的胸前。

「輕一點，我不想多斷一根肋骨。」闕擎即刻掌心護住她的頭，重新把她推了回去。

咦？厲心棠呆呆的坐在床上，見到不該出現在這裡的人緩緩走到圓桌旁，將一個香爐擱上，開始焚香。

「我……」

「我一進來妳就被一個吊死女鬼掐著頸子壓在床上，披肩早就滑掉了。」闕擎點燃了線香，「這驅鬼用的。」

她自己把披肩弄掉嗎？因爲進入了小晶的身體，只怕跟著她的行動一起動作，所以不自覺就把披肩弄掉了。

「有點厲害啊，我都裹著這條披肩了，但還是能中招。」厲心棠摸了摸頭子，「那個叫小晶的上吊自殺了。」

哦，小晶嗎？闕擎聽著，在心中把名單上又劃掉一條，仰頭看向樓中樓的二樓。

「老師不是跟妳來嗎？」

「他本來說要畫畫，結果畫到一半突然跑了……我覺得他想起了什麼。」厲心棠指指上方，「畢竟山上就是孤兒院舊址。」

闕擎拉開椅子坐下，桌上放了兩袋食物，他是眞的餓死了！一一將碗蓋掀開，香味四溢，厲心棠抓著披肩爬下床，拉開椅子坐到他對面，趴在桌上一雙眼睛眨巴眨巴的望著他。

「妳不是吃飽了嗎？」闕擎沒好氣的說著，「另一袋我有買鹽酥雞，妳可以吃一點。」

「不是啦，你怎麼突然來了？還知道我在這裡？」她其實有點開心，「我一個人住這裡，其實超怕的。」

「當地所有人都有告訴妳，山上那間補給中心太陽下山後禁止上去吧？身爲跟鬼一起長大的妳，會不知道上面有問題？」

「我知道啊，但我都跑來了，難道再跑回去嗎？大哥，我來到這裡花了三個小時耶！」厲心棠認眞的瞪圓眼睛，手指比了個3，「很累很辛苦的，我再回去都幾點了！」

闕擎嘆了口氣，「所以呢，妳寧願被吊死？」

「呃……我沒料到這個。」她揚揚披肩，「你有給我這個啊。」

「應付不了他們，這邊好兄弟裡面有不尋常的人，他不需要碰到妳，只需要讓妳成爲某個人就好了。」闕擎已經抓出模式，「我想應該還有別的人可以使用，這樣看起來……他們的逃亡計畫不太成功。」

「我剛在小晶身上，一起逃出來的有毅風、那個一直被吊起來打的阿堯、精神萎靡的小可愛、一個把頭髮都蓋住臉的巴巴……叫洛洛的小男孩已經死了，剛埋起來。」厲心棠直接把剛剛寫的人名拿過來講，「啊，我看到第十個了，叫長毛的，他的臉上手上都是毛……」

「多毛症吧，他之前是被關在地牢裡的，毅風去救了他。」彼時闕擎曾在毅風身上，「我尋思著一百多年前，對罕見疾病並不瞭解，人們又喜歡以短淺的見識去排除異己，多毛症或許還加上巨大症。」

厲心棠不停的點頭，「我覺得……小狼也是耶！」

「嗄？他是狼人，ＯＫ？」

「不不不，我聽小德說過，小狼跟他是一樣的：他們都不是天生的。」厲心棠挑了眉，「小德是人類轉成吸血鬼的話，那表示小狼也是！而且我上次還到了另一所孤兒院……小狼的。」

闕擎蹙眉，「妳爲什麼會到那裡？」

「我不知道，我本來在宋瑞卉身上，記得嗎？但其實中間我絆倒時就掉到某間地下室，我在一個女孩身上，她帶著麵包去找小狼，那時的小狼很小，但已經長得高大了，全身是毛……」厲心棠回想起那畫面，難受與怒火是同時湧現的。

「被鍊著？綁著？還是被關在籠子裡？」闕擎從容的接口，換得厲心棠驚異的雙眼。

「爲什麼你……」

「妳期待大家能有什麼創意？多毛症就直接視他爲怪物了，又巨大，所以可能把他們當野獸養吧！」

「對！對！他們把小狼關在狗籠裡，但小狼會說話啊，他跟現在一樣，身上很多傷，說話還是很天。」厲心棠想起來就心疼。

這不意外，但令闕擎擔心的是：爲什麼那群惡鬼會讓厲心棠看見狼人的過去？她可以跟其中一個人共情？

狼人不但站到他們那一邊，也分享了他在孤兒院的過往嗎？還是這群鬼有什麼力量，能主動探知狼人的過去？

鬫擎起了防備之心，他沒有讓別人窺探過去的興趣啊。

他看著厲心棠低首在「小晶」兩個字劃上刪除線，還有洛洛，接著回憶著她剛剛說的話。

「我爲什麼沒有聽見宋瑞卉的名字？而且妳剛說失敗了，不過逃出的人還是很多啊。」

「出了問題，你記得三點半南牆會合的事嗎？宋瑞卉說不要等的，時間到大家就逃！」厲心棠搖了搖頭，「最小的皮皮跟宋瑞卉沒來得及出來！」

鬫擎愣了一下，這當中發生了什麼事？他印象中那個宋瑞卉非常冷靜又靈巧，難道是因爲去找最小的孩子嗎？所以說，小孩子最麻煩了，成事不足敗事有餘。

「因此逃出去的就七個，扣掉已經死的妮妮……後來又死了兩個。」鬫擎邊吃邊計算，「這活下來的有幾個人啊？」

「我看到時大家都變得既狼狽又瘦弱，他們迷路了，加上孤兒院的老師在圍捕他們，他們也不敢從大路走。」厲心棠回憶著他們之前說的話，「一百多年前的狀況，阿堯發高燒，勢必是因爲傷口感染，多半最後會敗血症，應該也活不了。」

如果阿堯再死一個的話，只剩下毅風、巴巴、長毛跟小可愛了。

「宋瑞卉如果沒逃出來，又被老師們發現的話，只怕凶多吉少……啊，妳剛剛說老師們在圍捕他們。」闞擎苦笑搖首，「都只是孩子，最大的也才十四歲，的確很艱難。」

「重點是，有人告密。」

闞擎拿著筷子的手震顫了一下，告密。

他對這兩個字非常感冒，神情丕變，厲心棠盡收眼底，但她沒多問什麼，只是靜靜的看著他，肯定的點頭。

「誰？」

「不知道，他們都知道，逃亡的事情被人告密，時間還沒到就有人告訴老師了，所以大半夜老師們就追擊，大家才會慌亂逃走。」厲心棠在小晶的身上，感受到明確的恨與不解，「當時三點半還沒到，宋瑞卉他們沒來得及。」

「她該領著小晶他們的，中間一定有錯……不過那小女孩夠精明的話，只要爬回床上，裝沒事的話說不定可以逃過一劫。」

厲心棠搖搖頭，「我不覺得耶，既然有告密者的話，他不會說出宋瑞卉嗎？她再怎樣都是首腦啊。」

唉，闞擎再大口吸了幾口麵，說得也是，這種情況下，只怕宋瑞卉會被打到半死，或是處理完對外說生病死亡就拖到亂葬崗埋了。

無父無母，誰會管她死活？連問的人都沒有，孤兒院的孩子就算知道，也不會有人敢說。

「你怎麼來了？你鎮定劑應該會睡到明天早上。」她其實很高興，晚上有人陪了。

「就是醒了，讀了訊息，想說哪個白痴明知道上面有問題，在被惡鬼盯著的前提下還住下來……好了，半夜了，妳該睡了。」

No No No。厲心棠搖搖頭，這時候她哪敢睡啊！現在是半夜兩點了，闕擎眞的是趕過來的。

「我點了驅鬼香，應該沒事，他們尚不到厲鬼程度，這種等級的香散發在空氣中，誰都不能靠近。」闕擎認眞的環顧四周，房間裡乾乾淨淨，包括「老師」如果突然要回來，也只能抱歉了。

看著那冒著裊裊煙霧的香爐，厲心棠在內心暗叫厲害。

「那我……就睡了喔！」她邊說邊打起呵欠，「我如果突然又……」

「不會。」

「小晶死得很快吧，骨頭一下就斷了。」

「我剛剛是不是不該把妳拉回來？好給妳個沉浸式體驗？」

厲心棠努著嘴，闕擎來後她放心多了，火速洗漱後便先窩上床睡覺，多的她不問，他能來陪她就已經太好了。

闕擎看著她寫下的孩子名單，當年的逃亡計畫應該是出了大差錯，他進門時看到的那個就是吊死的小晶、被毀容的妮妮、那位毅風也在……時隔一百年，他們當然都已不在人世，但那一個個都是少年模樣。

有閒情在這邊阻止他們，卻沒有對孤兒院的老師們下手，這有點本末倒置啊！

闕擎拾起剛剛被惡鬼弄滿地的紙張，沉重的看著「老師」在上頭畫的東西，如此陰暗到令人生理不適……他瞄向已睡死的厲心棠，那傢伙看不見嗎？

每一張都畫出類似照片的畫面，甚至有一張是大合照，闕擎輕易的看到一張妮妮的畫像，那張臉真的非常嚇人，不成人樣，但又在臉上畫了一個大×，旁邊寫著「妮妮」二字，下方又寫「淫蕩，火焚」。

還有個孩子叫阿宗，額頭全部不見，看起來是摔死的，下方落款寫著「阿宗」，還有「說謊」。厲心棠說什麼來的？「老師」說他可以畫出文雅君收藏的照片，他當時不在現場，所以……他在很久以前，看過文雅君的照片！

他還記得書架上的書是教育心理學，文雅君把這些「戰利品」妥善收藏，一個人坐在那洞穴裡，由冰櫃裡的女兒與孫子屍體陪伴，一張張看著那些孤兒院裡慘死的孩子嗎？

有夠變態！

再拿過下一張，啊……他認得這個大胖老師，每次趕學生進房間都是他，身材擁腫，肚子超級大，他的照片極其正常，寫著「陳老師，摔落，悼」。

再然後……闕擎找到一張畫到一半的合照，建物都畫出來了，但是學生只畫了幾個就停筆，筆觸很潦草，也很深刻，最後幾筆的都凹下去了！「老師」想起了什麼，所以驟然離開這裡嗎？

闕擎沉吟著，現在就是一群不想讓他們找到的孩子們，堅持要找到孩子們的「老師」，以及那位把他肋骨弄斷的那傢伙，會不會是地牢裡那位「長毛」啊？

如果是的話，他如今至少一百多歲了，怎麼可能？

他深深吸了口氣，斷掉的肋骨又隱隱作痛……萬一那個長毛非人非鬼的話，好像就更糟糕了。

他爲什麼要在這裡？指頭捏著擰起的眉心，這群亡靈非常排斥被尋獲，不惜攻擊他們，甚至要讓他們感受到死亡，立即罷手才是正確的，畢竟他們死了這麼多年，也沒成爲厲鬼傷害人。

但他一直追索著，恐怕也是因爲，大家都是孤兒院的孩子吧！

清秀的男老師走到他面前蹲下身，端詳了好一陣子，這位老師有雙棕色的眼睛，輕輕撫上男孩的臉龐，再撥動他遮住眼睛的前髮。

男孩下意識的逃避閃開，縮著身子別過頭，卻被老師扣著下巴正首。

「好漂亮的孩子，你叫什麼名字？」老師溫和的笑著。

男孩不說話，就只是望著地板。

「他都不說話，但不是啞巴，大概是有點創傷吧。」帶他來的男人也很無奈，「畢竟是唯一倖存者，年紀又這麼小，可能是被嚇到了。」

「心理因素嗎？眞可憐。」老師說著，指尖輕輕滑過他的臉龐，「放心好了，我們這裡很歡迎心理受傷的孩子。」

男孩始終低垂著頭，不想去看任何人……以及鬼。

『你死定了！哈哈哈哈！』

『到這裡來才是你的地獄！不如在外面餓死都比在這裡強！』

兩旁從天花板到身邊，十數個亡靈在尖笑著，簡直像是「列隊歡迎」他。

『進來了誰都別想走，嘻嘻……嘻嘻嘻——』地板上伸出一雙手，驀地抓住了男孩的腳。

老師感受到他的遲疑，回首一瞥。

「別擔心，跟老師來就是了。」他用著溫柔的語調，「在這裡有溫暖的床、有東西吃，還有許許多多的朋友。」

男孩擰著眉試圖抽起腳時，那雙連指尖都磨出骨頭來的手才緩緩鬆開。

『快……逃……』地面浮出的半張臉幽怨的說，『快……點……逃……』

老師再度略施力的握緊男孩的手，帶著他走上階梯，進入了那高大的孤兒院大門。

鮮血從天花板啪噠啪噠的滴落，落在他白淨的小臉上，昂起頭，他看著大量鮮血從柱子上、牆上滑下，悲傷的哭泣聲與尖叫聲迴盪在整間孤兒院，屋樑上垂垂吊著數不清的小小身體。

他們一個個低著頭，雙眼瞪直的看著他。

『快……逃！』

男孩面無表情的收了眼神，他覺得，該逃的人永遠不會是他。

百鬼夜行
第十章
沉睡的箱子

補給中心七點就開了，基本上若是登山健行的人早已出發，日出也是五點多的事，七點開門著實是有點晚了！但前一晚厲心棠很晚才睡，闕擎更是帶著傷，所以他們兩個眞的是慢條斯里的拖到十點多才上山。

「老師」始終沒有回來，闕擎喊了幾次，鬼不知道飄到哪兒去了。

厲心棠發揮強項，她直接在路上攔車，搭便車上山，每次看她總是三言兩語就能跟其他人打好關係外加有說有笑，大家也都買帳，闕擎就會由衷敬佩！他可不是反諷，他深深覺得這也是一種技能，至少他就做不到。

「導覽？」櫃檯小哥笑彎了眼，「同學，我們這裡是購物點、補給站耶！」

「但我想參觀內部，我想知道這裡的歷史，這裡一開始不是度假中心的吧？」厲心棠很誠懇的再次強調，「或是就讓我整棟逛一遍？」

小哥哥覺得她很奇怪，笑著搖頭，打算找主管來處理一下。

「不如說說爲什麼你們天黑前就要逃吧？爲什麼沒人在這裡待到天黑？」闕擎後方走上，開門見山，「這山上鬧鬼吧。」

這話一出，全場鴉雀無聲，就連原本排在厲心棠身後，一堆結帳的客人們都靜了下來。

其實大家都知道上頭不乾淨，所以太陽下山前一般露營者也不會留在山上，但怎麼個不乾淨法？沒人知道，因爲沒人敢待在這裡啊。

「怎麼了怎麼了？」紀念品區的主管趕緊過來，「兩位，我們要不要過來談？」

闕擎朝厲心棠使眼色，談話這種事她去就好了，他想找地方坐一下。

「我們就是想參觀整棟，這裡很久很久以前是間孤兒院，我們是爲了以前在這裡的孩子來尋根的。」厲心棠簡單的說明，「我想應該有個老闆或持有人吧？掌管你們這裡所有事務的……」

主管先是困惑，聽見孤兒院時哦了一聲，思考一會兒後點點頭。

「請稍等我一下，這裡的確過去是孤兒院……哇，但那是百年前的事了！沒想到有人記得。」主管倒是挺客氣的，讓厲心棠稍後片刻便離去。

白天這裡的氣息是挺乾淨的，闕擎環顧四周默默觀察，有些久遠的靈體也只是在自己的世界中。

他記得舊的孤兒院有三樓加地下室，現在全部只剩一層樓，整棟挑高打通，上方許多有天窗，因此採光相當良好，一室通亮……闕擎仰頭朝正上方看去，正與趴在上頭的人影四目相對！

扎人的視線依舊，他早就感受到了，趴在窗子上的人也不閃不躲，臉上覆蓋毛髮的人，連趴在玻璃窗上的雙手也都有著棕色的長毛。

他是不是那個地牢裡的「長毛」無法確定，但至少知道應該是同類的人，都屬於多毛症的孩子！

天窗上的人是瞪著他的，帶著強大的怒氣，隔著天窗他都能感受到。

「闕擎！」前方的厲心棠突然喊話，他正首回神，那位主管要帶他們離開。

厲心棠下意識的朝上方看去，她看得出來闕擎神情不對勁，但往上看時卻什麼都沒有！她到闕擎身邊攙起他，試探性的瞅著。

「沒事。」他暗示不要多問，她立即朝向主管微笑。

「這位先生怎麼了嗎？」

「沒有，前幾天一個小車禍，撞傷肋骨了，就是瘀青疼。」厲心棠逕自接口，「我扶著他走，他比較不會那麼痛。」

「喔！」主管露出神祕的笑，「好甜蜜。」

「呵呵，還好啦！」厲心棠邊說，勾得闕擎更緊。

她……眞的很厲害，說得如此自然啊！

他們直到進入遊客止步的辦公室區，這裡有三分之一的地方，是作爲辦公室、倉庫以及管理室。

「先生小姐您好……哇！」

一進入員工區，有個中年男子已在那兒等候，瞧見他們時有些訝異。

「嗨。」厲心棠迅速的打量這位先生，他身上掛著的識別證顯示他是這裡的經理，「吳經理！」

「兩位好年輕啊，出乎我意料，我想著是誰會想要探究孤兒院的事呢！」吳經理即刻上前，商業交握一番。

「我們是代表人來尋根的，我們的曾祖母在孤兒院待過，我外公正在寫回憶錄，所以想把過去的事拼湊完整。」厲心棠露出天眞的笑容，「希望不會太打擾您。」

闕擎定定看著厲心棠，這也太強了吧！她怎麼可以說得這麼流暢啊？這故事什麼時候編的？

厲心棠維持燦爛的笑容，但勾著他的手用力掐了一下：很煩耶你！

「原來如此，眞剛好我這週在呢！」吳經理轉身領著他們往走廊前方走，「這裡百年前的確是孤兒院，但如你們看到的，一切都已經變了，當年的建築也早就敗壞，後來又在戰爭中被焚毀，現在的都是重蓋的了。」

「地下呢？」闕擎關切的問著。

吳經理戛然止步，詫異的回頭，「你們連地下室都知道？」

「曾祖母記憶力很好呢！」厲心棠隨便又搪塞過去。

「地下室我們後來沒有用了，畢竟一層樓也就夠了，地夠大沒問題。」吳經理帶著他們進入辦公室，辦公室就是一般的陳設，不一樣的是牆上掛了一些陳舊的照片。

闕擎忍不住上前，照片上正是那間孤兒院！灰藍色的建築外頭，有一大群孩子的合照，但老師們都不是他們見過的「老師」！在旁邊的照片則是歲月更迭，孩子與老師多有替換，但坐在正中間一位女性倒是沒有變過。

「這是戰備醫院吧！」厲心棠在另一張照片前駐足，因為照片裡有許多軍人，建物也有了變化，感覺破敗了許多。

「是的！原來是孤兒院，兩次戰爭都成為臨時醫院，到後來就乾脆改建了。」吳經理指向厲心棠左手邊的照片，那時外面已經改漆成了紅棕色，孤兒院的招牌也不見了，「但最後還是年久失修，交通不便，加上院長退休無人想接手，也就這麼空下來了。」

「院長？」闕擎一步步挪了過來，快速的瀏覽著照片，「是孤兒院中間那名女子嗎？我看每張照片都有她。」

來到最後一張，她已經白髮蒼蒼。

「對，她剛好也就是我曾祖母。」吳經理有點自豪的看著照片裡的女人，「她也曾是這所孤兒院的一員，後來承擔照顧孩子的責任、最後變成院長，還——」

吳經理走到第一次變戰備醫院的照片裡，指向院長身邊的軍人，厲心棠這才發現，他們是手挽著手的。

「她在那時認識了你們曾祖父嗎？」

「正確！」吳經理說得眉開眼笑，「那時他們就在這裡結婚的，戰爭結束後我曾祖父平安歸來，他們便繼續經營。」

「很厲害啊！那……曾祖母有留下什麼紀念冊或紀錄嗎？」闕擎很想知道這個，「例如孤兒院裡的職員或老師名單，或是有提過……」

「有是有，但沒在我手上！這些照片是我奶奶堅持要掛的，她認爲這些是這裡的歷史，不能抹滅。」吳經理聳了聳肩，「畢竟我們家的起源是來自於這裡嘛！」

厲心棠仔細看著泛黃模糊的照片，她在照片裡找不到「老師」就算了，在過去那些孩子身上時看到的老師一個都不在，甚至也沒有熟悉的學生樣貌……啊！她想起來了，小晶曾諷刺小可愛說，小可愛是在「院長」那邊遭到迫害的！

「院長是女的？不是男的嗎？」厲心棠詫異的說，雖說也有文雅君那樣令人髮指的老師，但性侵小可愛？怎麼會是女性院長呢？

「我曾祖母當然是女的啊，她當了好幾十年……呃，不過在她之前的確是男性院長，所以你們是哪一屆的啊？」吳經理邊說，一邊搔了搔頭，「不過跟我說我也不知道……」

「等等！」目不轉睛盯著照片的闕擎，突然嚴肅的蹙眉。

他那聲等等音調令人有點緊張，辦公室內氣氛降了幾度。

「是？」吳經理嚥了口口水。

「你曾祖母姓宋嗎？」闕擎突然回頭，認眞的看著吳經理。

什麼！厲心棠一個震顫，重新看向了照片——她在宋瑞卉身上時，唯有一次對著窗戶玻璃看過樣貌，但她沒有太深的印象！

「呃，不是。」吳經理尷尬的說著，「先生，你突然好嚴肅，嚇死我了。」

「……不、不姓宋啊！」厲心棠有略鬆了口氣。

「不是！她姓李！你們瞧！」吳經理走到戰備醫院剛成立的照片處，指向下面一行小字，「看到沒？李瑞卉，就是我的曾祖母。」

好像有什麼東西在他們腦子裡炸開了。

李瑞卉？這跟宋瑞卉的名字也太像了吧？像到誰都以爲只是改了一個姓氏，雀斑女孩還是那個雀斑女孩啊！

厲心棠與闕擎面面相覷：宋瑞卉沒逃出去，留下來後不但活得好好的，甚至還接手成了育幼院的院長！

好厲害的女生！

「她怎麼成爲院長的啊？好強喔！」厲心棠立即看向吳經理，「大家都一樣是孤兒院的孩子，她居然可以變院長？」

「這個啊……就是待久了嘛！她待久了、長大了，又一直有幫忙院內的事務，後來好像就自然而然接手。」吳經理自己說得都困惑了，「其實問得對耶！那原來的持有者這麼大方送她喔？連土地都……」

厲心棠滿腦子想的是：有人在逃跑那天，舉發了孩子們的逃跑計畫，所以事情在三點半前爆發了！

這件事導致孩子們兵荒馬亂的逃離，更因爲宋瑞卉自己立下的規矩，誰也不敢等，最後沒人知道院內發生的事情，都無人知曉宋瑞卉或是皮皮怎麼了。

「如果，告密的就是她呢？」闕擎突然開口，凝視著厲心棠，「她立了大功，得以成爲老師們的左右手，以她的機智可以備受喜愛，甚至找機會接手孤兒院……」

「她才十歲！十歲的孩子不會有這麼深的城府的！」

呵……闕擎忍不住笑了，他露出難見的笑容，還是一種諷刺般的大笑，笑得令厲心棠火冒三丈，吳經理錯愕非常。

「闕擎！你笑什麼!?」

「呵呵……抱歉抱歉！妳不知道在這種環境下生存的十歲孩子，跟妳以爲的十歲孩子是不一樣的。」闕擎邊笑邊搖頭，「妳如果知道我十歲前都遇過了什……」

他的話突然止住，這不是任何人需要知道的事。

人爲了求生，什麼事都做得出來的。

「我想知道李瑞卉之前的院長叫什麼名字？還有，那屆有學生或同學名冊嗎？」闕擎沒忘記剛剛要求的資料，轉向吳經理。

「呃……我現在覺得兩位有點奇怪！」吳經理卻遲疑了，隨之下了逐客令，「我想是不是先請兩位到外面去？」

這是闕擎預料到最糟的情況，但他沒有想要緩和，軟的不行的話，那就來硬的吧！

「我們在幫你解決晚上不能待在這裡的麻煩。」厲心棠竟一步上前，誠意的看著吳經理，「我們知道這裡曾發生什麼事，才會如此不安寧。」

吳經理吃驚的看著厲心棠，詫異不已，「你們……知道？」

「晚上待不得對吧？但如果這塊地方晚上也能平安，不但可以吸引更多人潮，還能有更多節目，大家都不需要這麼戰戰兢兢。」厲心棠眨著那雙黑白分明的大眼，「只要讓那些孩子安息……」

「但是，曾祖母說，他們永遠不會安息的啊！」

什麼!?闞擎顫了一下身子，看著不解且慌張的吳經理，他脫口而出的話也太眞實。

「爲什麼?宋……我是說李瑞卉有提過嗎?她何以這麼肯定?」闞擎耐著性子問。

「不知道……曾祖母不喜歡說那件事，她只是一直用悲傷的神情說，這裡就是這樣了!只要不要冒犯他們，晚上別待在這兒就不會有事。」吳經理認眞的回憶著，「啊……還說過是她對不起他們。」

「她是對不起……該死。」闞擎忽然覺得不太妙啊，宋瑞卉會這麼說，是否表示其他人眞的不知道她當年幹了什麼事?

「我猜她沒提過她做了什麼吧?」厲心棠咬著唇。

「我外婆說，畢竟環境差，很多孩子會死亡，曾祖母一直覺得對不起那些孩子吧!後來成爲醫院後，死的人更多，本來就不安寧……」吳經理不解的看著他們，「但你們給我感覺……好像不是這麼回事?」

家屬不知道，這很正常。這種事情一般人都會當成祕密帶進墳墓裡，誰會對外說呢?她回頭看向闞擎，該怎麼辦?

「的確沒那麼容易，我們認爲這裡的不安寧，關係著你曾祖母當年的同學，過去出過很嚴重的事，只是她沒說。」闞擎主動上前，「你只要告訴我，有沒有名冊，或是孤兒院過去的資料？」

吳經理遲疑再三，他覺得這兩個陌生人突然到訪很奇怪，但是已經很少人知道這裡一百多年前曾是孤兒院的事，而且彷彿真的很理解曾祖母，加上這個漂亮的女孩看上去好真切，一直讓他覺得……她可以信。

沒有理由，就是覺得可以信。

「我很想給你，但沒人知道在哪裡，那些東西是曾祖母親自處理的。」吳經理實話實說，「她從不讓人碰孤兒院的資料，聽說她在離世前，把一切都燒了。」

燒乾淨，自己帶著祕密進入墳墓，非常合理。

「地下室呢？」

「地下室？」吳經理下意識的往腳底下看去，「我們沒有使用地下室啊，剛說過了，我們現在一層樓就已經足夠了，所以地下室完全沒有開放。」

「嗯。」厲心棠微微一笑，所以，他們想看一下地下室。

吳經理一時意會不過來，皺著眉思考半天，最後繞進辦公桌裡尋找著東西，翻箱倒篋一圈後，又跑到鐵櫃裡找，一邊找一邊碎碎唸著：我記得放在這裡啊。

闕擎悄悄的上前偷瞄，卻在某個開啟的抽屜中看見了意外的東西。

「這個！」他不好探身，越過桌子指向抽屜，厲心棠即刻上前，「那把鑰匙是開哪裡的？」

鑰匙？厲心棠在雜物堆裡即刻拎起一把生灰的鑰匙，這在裡面擱太久了，拿起來時抽屜底下還有一層灰印咧！

「啊？那個……不知道，以前孤兒院的吧？當時這裡很多扇門！」吳經理隨便一瞥，「但因爲都有紀念價值，所以我們都放在一起——啊對！我想起來了！」

他急匆匆的離開辦公室，厲心棠立即趁機翻找那堆滿雜物的抽屜裡，把所有像鑰匙的東西全部都給挖了出來，收進口袋裡。

人影從窗外疾速掠過，那黑影再快還是有感覺，厲心棠與闕擎同時警覺的向外看去，沒看到人，但鐵定有人盯著，正常人才不會有那種速度。

跟蹤跟得很緊啊。

「找到了！」幾分鐘後，吳經理一臉興奮的拿著一個生鏽的鐵盒進來，「應該是這個！我放到避難緊急用品區去了。」

「避難？喔！以備不時之需嗎？」闕擎笑了起來，「其實不錯，如果遇到什麼天災的話，地下室的確比這木屋穩固。」

「是不是？」吳經理把盒子交給他們，「地下室……有什麼嗎？」

闕擎即刻拿過，不讓吳經理有反悔的機會，「有你不該知道的東西。」

這話讓辦公室裡的溫度降低了幾度，吳經理覺得他應該要陪這兩位陌生人下去，地下室他從沒下去過，爸爸就說了那裡沒什麼，只要記得不時要去轉轉門鎖、確定鑰匙還能開就好了。

上一次他去看地下室，已經是……兩年？三年前的事了。

說白了，他也根本不敢一個人下去。

「疏散吧。」厲心棠突然語出驚人，「關閉補給中心，把人員都疏散。」

「咦？」吳經理驚愕的看向厲心棠，臉色刷白，「什麼意思……等等，你們想幹嘛？」

「我們在幫你解決麻煩的事情，就有可能把晚上的不安寧提早到白天發生——」闕擎婉轉的暗示，「我建議，不要有人在這個範圍內。」

吳經理半晌說不出話，一雙腳開始不自覺的發抖，連帶那肥肥的肚腩也跟著震動起來。

「盡快喔！」厲心棠邊說，一邊走來攙過闕擎，朝著門外走去，「啊，地下室往哪邊走？」

吳經理回頭看著他們，臉色已經蒼白，他趕緊到座位邊收拾自己的東西，衝出去交代員工進行疏散與關閉，然後再折返。

「我帶你們去，就只帶你們到……接近的地方。」

「會給你時間逃的。」闕擎瞇起眼睛笑著說，但這樣一點兒都不會令人心安啊！

聽著廣播聲起，厲心棠都能感受到外頭的騷動，他們兩個就默默坐在辦公室裡等待；闕擎接過了他看見的那把鑰匙，鑰匙業已生鏽，但這形狀他不會忘記，這是……大胖老師身上掛著的那一把。

鎖住皮皮躲藏的小箱子的鑰匙。

十分鐘後，吳經理滿身大汗的回來，帶領他們前往地下室；由於建物是全新的，方位跟過去孤兒院截然不同；即使他們兩個曾在宋瑞卉或是毅風身上，方向感如今也不管用。

現在就是一棟挑高小木屋，一樓幾乎全打通，而地下室也在辦公室這邊，一路走到底，他們進入了監控室裡，監控室的員工正準備下班，他不解的看著吳經理帶他們兩人進去。

「經理，怎麼回事？」中年男人問著。

「沒事，你快走吧！」吳經理緊張得滿頭都是冷汗。

「但是……」男子深吸了一口氣，「該不會是要下去吧？」

他指向了一個檔案櫃。

吳經理點了點頭。

「不行不行，那下頭不乾淨的！」男子即刻阻止，「我們現在這樣相安無事就好，沒事眞的就不要……」

「你知道？」厲心棠訝異的看著中年男子。

「我在這裡工作幾年了，我當然知道！反正不會影響我們，你們別下去啊！」中年男子立即勸阻。

「事情總是得處理！一味逃避不是辦法，快走吧。」闕擎看著那保安，他身上沒有沾染到什麼氣息，的確是相安無事的狀態。

吳經理上前，推動著那個其實不重的檔案櫃，只移動幾寸就可以瞧見門縫，那後面就有一道門，而且還是當年在孤兒院裡時的門，一模一樣！完全沒有修改……是了，所以鑰匙才會是同一把啊！

所以？闕擎試圖想像一下，這兒應該就是當年的儲藏室或廚房了吧！

「交給我們就可以了。」厲心棠接手，催促吳經理跟保安速速離開，「你們快走，尤其容易有感應的人，千萬別待。」

再疑惑再不安，他們還是匆匆離去，吳經理看起來有點臃腫，但跑起來倒是挺快的，一馬當先還跑贏了保安！

「剛剛保安的話也是有點道理，如果大家一直都這麼相安無事的話，我們做這些事是不是在破壞某種平衡？」

看著整扇門出現在眼前時，厲心棠突然若有所思。

「從他們進精神療養院，附身在無辜者身上，意圖要傷害他人時，就已經率先破壞平衡了。」闕擎冷冷的看著她。

他醫院的患者幾乎都是純淨的靈魂，他多年來購買、設計這麼多結界跟封印，他們還強硬突破上身，少跟他講平衡！

他在坎坷的童年學到最重要的事就是：弱肉強食，誰敢欺侮絕對不能退縮，人犯一尺，他必回敬一丈！

就算那個妮妮很悲慘，無辜的被毀容，也不代表她去傷害另一個無辜者就是天經地義的——事實上，他一個都不打算放過。

厲心棠望著闕擎，有點無奈，她明白他的意思，對闕擎來說，先出手的是孩子們的亡靈吧！

「我來。」闕擎主動上前要接過鑰匙，他來開門，他來受著。

魍魎鬼魅他見得還少嗎？過去沒有強大法器時都能撐了，更何況現在他認識了唐家姐弟，添購了更多防身利器。

再糟糕，他還有自己會的東西能夠使用，厲心棠就不必管了，她有一堆妖魔鬼怪護著咧，跟他這種需要自立自強的人是不一樣的。

拿出鑰匙，他毫不猶豫的開啓。

轉動鑰匙時沒有任何阻礙，但推開門時就麻煩了些，一開始門卡得很緊，帶傷的闕擎根本推不了，而厲心棠上前用身體撞去，那門板應聲而碎！

「哇啊啊！」煙塵四起，整扇木門直接碎成塊，只剩下中間那橫向鐵條堅固的落上地，發出鏗鏘聲。

闕擎撥掉髮上的灰塵，多餘的話都不想說，只是無奈的搖了搖頭，逕往裡頭走去。

「你罵兩句吧！什麼臉啊！」厲心棠探頭往裡瞧，當即拉住他的衣服，「你急什麼?裡面這麼黑……也有奇怪的味道。」

闕擎自在的打開手電筒，認眞的掃了一遍，「乾淨得很。」

厲心棠趕緊跟上，他們進入一間窄小的房間，裡面眞的很暗，但完全沒有東西，當初關起來時看起來已整理過了。末端地面有扇活板門，門上又有鎖，厲心棠試了好幾把鑰匙後終於試到，喀噠一聲開啓。

『誰?』

闕擎倏地回首，嚴肅的蹙眉，他彷彿聽到了什麼。

「有人?」是小孩子的聲音。

「好像有說話聲……快點！」他催促著，這表示方向對了！

「喂，有什麼東西反應了還要下去嗎?」厲心棠緊張的拉住活板門的鐵環，

「出口這麼小，我覺得有點討厭。」

闕擎不客氣拉開她的手，她不拉他自己拉——唔！肋骨的疼表示抗議，厲心棠趕緊接手，努力的把活板門拉開了！

拉開的一瞬間，有股詭異的風傳了上來，冷冽凍人，來自根本不該有的地下室。

樓梯還在，厲心棠開始發抖，這下面全部都是未知的東西。

「怕的話在樓上等我。」闕擎二話不說，直接往樓梯下走去。

「你不怕嗎？」

「怕。」闕擎不假思索，他費很大的勁才能不讓手電筒顫抖，「但是不解決的話我更怕。」

就此罷手當然更容易些，但是那些亡靈已經沒打算收手，「老師」也有著他的執著，現在唯一的路就是把孩子們找到，搞清楚當年發生了什麼事。

以醫院來說，這裡完全沒有其他地縛靈就是反常，感覺有更大更可怕的東西鎮住這裡，或是不讓其他遊魂待在這兒似的。

厲心棠緊張的跟著，黑暗中只有手電筒的照明，牆上廢棄的油燈還在，石牆石地依舊，些許食物經過幾十年早就敗壞了，地底只有老鼠跟各種大小強到處亂竄，彷彿也因爲他們的到來感到驚慌。

儲藏室的架子都已經崩壞，闕擎卻筆直加速的走向地下室裡另一間小房間裡，又是一道鐵門，開啓這道時亦花了不少時間，因爲鏽蝕得太嚴重了！使不上力的闕擎感到非常不妙，他總覺得有股無形的壓力存在，他看過去沒看到什麼惡鬼，但汗毛卻根根直豎。

感覺有更可怕的東西，存在於這裡。

咚、匡！好不容易鐵門終於推開了，這間推開時有股異味飄出，厲心棠下意識掩了鼻。

「這裡……好臭啊！」她手電筒一掃去，滿滿老鼠屎，老鼠們還在驚慌逃竄咧。

這間非常小坪數，也都已經是地下動物的據點了，不過角落堆了幾個箱子，厲心棠喜出望外的奔過去，一樣是木箱，但妙的是沒有被啃掉，應該是做過處理。

隨便一撬就裂了，厲心棠搬出裡頭的卷宗，雖然許多紙都有蛀洞，但還是能看個大概的！

「這應該就是資料了！宋瑞卉果然沒有燒掉！她把這些資料塵封在這裡！」她喜出望外的揚著本子看向闕擎，卻發現身後沒有人。

闕擎人蹲在角落，輕易以刀尖殼開一片木板地，下頭竟有個沒上鎖的活板門。

「那什麼？」厲心棠愣愣的問，他爲什麼知道地板下還有個門？「有這麼多層地下室嗎？」

「把我們要的檔案找出來。」闞擎沒回答，只是交代，「要快！」

厲心棠一百個疑問，但首先是先找出想要的資料！

而角落的闞擎左手壓住抗拒的發抖右手，他心跳得好快，他希望不要在……希望下面是空的，什麼都沒有！

但是如果文件箱在這一層的話，他怕宋瑞卉當年也不知道這下方還有一個小的儲藏窖——唰！一點兒都不沉重的地板拉了開，令人不安的氣味傳了上來，他小心的撐著地板通過窄小的洞口，一邊在心中祈願，一邊打開了手電筒。

那只箱子，還在那裡。

只有那個箱子，在這個隱藏的地窖裡，這裡甚至沒有任何老鼠或蟑螂的身影。

他心沉了下去，這眞的是最糟的情況。

頸子上掛著那柄鑰匙，他甚至連開都不需要開了，裡面是什麼，他應該知道，但是——他非開不可。

他咬著手電筒蹲到了箱子上，一塵不染的箱子代表著這裡是連空氣都飄不進來的地方，詭異的味道他很熟悉，但又摻和了點年代感，他取下胸前的鑰匙，謹慎的插了進去。

喀噠。

喉頭緊窒，闕擎做了一個深呼吸後，唰地打開了蓋子！

『誰？救我！』

小小的木乃伊就趴在那裡頭，他側著的臉剛好向著闕擎，張大著嘴，雙眼緊閉，痛苦的皺著五官，貪婪的呼吸最後的空氣。

「不——」

一陣吼叫，突然來自於遠方，嚇得厲心棠滑掉手裡剛拿出的卷宗！東西全滑落在地，她緊張的邊回頭看向門口，慌張的蹲地收拾，不忘大喊闕擎的名字！

「拉我上去！」

厲心棠把東西朝背包裡猛塞，跑到地窖洞口，拉住闕擎的雙手協助他爬上來，剛剛的叫聲來自於更上方，而且聽見了沒？沉重的奔跑聲正咚咚咚的朝著他們的方向來！

「快走！」

他們趕緊往上奔跑，才剛衝出監控室，就在走廊的另一端與撞門而入的龐大身影不期而遇。

狼人看著他們，滿臉怒容，「爲什麼？你們就是不肯罷休嗎？」

「小狼？」厲心棠望著他，根本滿頭問號。

「爲什麼要喚醒他！」狼人氣急敗壞的吼著，只是還沒來得及反應，天空的玻璃外突然殺進另一道黑影，撞破了玻璃，啪的直接滾落到他們與狼人之間。

是那一個全身長毛的不速之客！

「你是長毛嗎？」闕擎打量著他，問出了心中疑問。

長毛根本沒在聽他說話，拱著身子，對他們齜牙裂嘴的，但同時又回頭注意著狼人的動向。

「他是長毛？」厲心棠在內心飛快的盤算算數，年紀這麼大身手還能這麼靈活……不對啊！

她努力看著毛髮下的肌膚，怎麼看都不像是老人家啊。

突然間屋子一個震盪，像地震似的，燈光驟時全暗，但這是個採光良好的小木屋，光線暗去不影響他們。

糟了！闕擎背脊瞬間發涼，他猛然回頭望去，看著那身後明明是道牆，明明是死路，但爲什麼有這麼可怕的殺氣!?

「走……走！」他推著厲心棠的背，情況不對！「用跑的！」

厲心棠趕緊朝前奔，但不忘回頭看著，連她都知道有什麼東西要來了，好龐大的壓力……凶惡的、殘暴的，現在連空氣中都飄著血腥味了！

幾乎就在瞬間，有個血紅色的身影從牆的另一邊衝出來了！

速度快到根本難以招架，但闕擎早有準備，一回身就朝著後方直接灑出一大把鹽。

『啊——』紅影啪的彈開，但吼聲的怒氣值是加倍的！

厲心棠是很想往前走，但是長毛卻卡在路中間，忿怒的瞪著他們。

「借過！」她問著長毛，「借我們過啊，天曉得那是什麼！」

長毛堅定的搖了搖頭，舉起手指來，責難式的指著他們。

「負責。」

「負什麼責……我們就只是在找人而已！」厲心棠驚恐的回頭，那感覺又來了！「小狼！帶我們出去！」

狼人站在原地，不動聲色，眉頭緊鎖的看著他們。

厲心棠驚愕不已，完全不敢相信，小狼不但站在他們那邊，還想眼睜睜看著他們受死？

「我只能救妳一個！」狼人握緊雙拳，朝她走來。

厲心棠二話不說即刻挽住了闕擎，「一起。」

「不可能！當初說好了，只有不能動妳而已！」狼人低吼咆哮，「那個小子要自己負責！」

哼！歛緊下顎，被遺棄也不是第一次了，世上沒有哪個人對另一個人是有義務的，只是狼人頭腦簡單就是簡單，他根本不會分辨剛剛出現的東西是什麼！

『誰——是誰——』

伴隨著吼聲，那抹血紅的影子驀地從厲心棠正左邊的牆衝出來了——她尖叫著雙手交叉面前，左手無名指上的蕾絲戒指旋即展開了一個球體，不僅順利的阻隔了對方的攻擊，還連帶著把她連同闕擎一起震進吳經理的辦公室裡！

闕擎不得不靠著厲心棠的保護，因爲剛剛那種狀況，他也是措手不及的。

他們一路滑退，闕擎煞住步伐抱住厲心棠，抵住了兩個人狼狽倒下的窘境，與此同時，也才能看清楚眼前的傢伙是誰。

是個高大的怪物，不同凡響的高大，他超過兩公尺高，跟狼人有得比，體型極端不成比例的魁梧，手腳都非常長逼近蜘蛛感，腿部也是，老實說看上去像是一種異形怪物。

頭還是維持原來的大小，但他全身上下長滿一公尺長的尖刺，又活像個刺蝟，十根指頭全是大刀，所以隨便一揮就能傷人。

「看到沒有！厲心棠的護身只有在眞的危在旦夕時才會有效，剛剛這怪物是眞的要殺掉她的！」闕擎指向了紅色怪物，「這不是鬼，狼人，現場教學——這是墮魔！」

墮魔！厲心棠心臟一緊，人類自願成魔，出賣所有的一切，就為了變成魔物。

所以，他是誰？

『誰瞧不起我？誰！』那魔物哪喊著，雙手分向兩邊揮刀，狼人與長毛疾速躲避，『我殺了你們，我全部都殺！』

「阿堯！」翻進辦公室裡的長毛緊張的大喊著，「阿堯！」

長毛說話的確語焉不詳，聽起來很像是長期沒說話導致聲帶肌肉的退化，但是「阿堯」兩個字不需要咬字，隨便發音都能聽得懂八成。

但是，阿堯？

怪物頭上那個小小的腦袋，有著青澀的容貌，但是肌膚都呈現皮開肉綻的姿態，是那個阿堯嗎？墮魔望著長毛，一點猶豫都沒有，揮著鐮刀大手就殺過去了！

「該死！」狼人二話不說，攔腰抱起厲心棠，竟直接從剛剛長毛跳進來的天窗奔出去了。

咦？厲心棠手一鬆，看著還在原地的闕擎，放聲尖叫，「闕擎——放我下來，帶走闕擎！」

狼人根本沒有在管，抱著厲心棠直接往樹林裡奔去。

闕擎看著鐮刀掃向長毛，長毛俐落翻滾閃躲，然後阿堯朝他這邊瞪過來了。

「我可以幫他！」他突然衝著要翻出去的長毛大喊。

不過長毛早一步就已經伸出了手，扛起闕擎上肩，跟著跳了出去！

紅色的阿堯並沒有追出來，而是忿而回身，走回了屋子裡。

『混帳該死的老師！你們在哪裡？都給我滾出來！看我怎麼收拾你們，都出來——』

被扛在長毛肩頭的闕擎慶幸早上出發前打了局部麻醉，否則胸部被扛著的他，斷骨接合處鐵定又斷開，豈不痛死？

但隨著長毛往林子裡奔去，他跑的是一段非露營區，樹木刮得闕擎渾身都痛，他還得伸手擋住臉，才能避免樹枝反彈打上他的臉。

「我們要去哪裡……等等！」闕擎看著更遠處的動靜，「厲心棠！離開狼人！我們不能跟著他們跑，我們——」

長毛一秒拋下了闕擎——咦？

他立即滾落，直接朝陡坡往下滑了下去！

「哇啊啊啊——」

結果耳邊聽見的，是厲心棠的尖叫聲。

喝！厲心棠彈坐而起，嚇得一身冷汗，她驚恐的看著黑暗的世界，回首一瞧，卻意識到自己在野外。

身邊男孩同時狠狠抽口氣的睜眼，望著滿天星斗，手裡緊抓被子。

「……又做惡夢了嗎？」男孩轉向右手邊，看著坐起的女孩。

女孩轉了過來，點了點頭，再重新鑽回被子裡躺好，她枯瘦的臉龐看著他，滿臉淚痕。

「我夢到小晶了，夢到她在樹上跟我招手。」

「那只是夢，或是……她在守護著我們。」毅風安慰著。

撫著女孩的頭，像照顧妹妹一樣拍了拍，但毅風心裡卻想著，選擇上吊自殺的小晶，是不是過得比他們好太多了。

唉。整理了一下思緒，感受著絕望的闕擎明白自己又回到了毅風身上，半探起身查看周遭，他們睡在一棵蓊鬱的大樹下，他右手邊是小可愛，左手邊是長毛，隔幾個人距離是巴巴，只剩四個人，人數折損得很嚴重啊。

一旁窩在被子裡的小可愛看著毅風，厲心棠能感受到她的愛慕之情，但對於小小的女孩來說，僅限於喜歡而已。

睡不著，小可愛起身走出大樹下，她是第一個發現小晶的人，她知道那晚小晶跟阿堯的事，天亮了他們卻沒有回來讓她很不安，走出洞外沒多久，看見了樹上綁著的絲巾，那條粉紅色的絲巾是妮妮的……下方，就吊著頸骨折斷的小晶。

阿堯消失無蹤，毅風哥說，他應該是回孤兒院去了。

但這是十幾天前的事了，事情完全沒有變化，阿堯沒有回來，孤兒院也沒燒掉，他們一樣困在山裡，已經好幾天只吃樹果跟喝水了！他們也沒有想要積極尋找出路，過一天算一天，有時她甚至懷念起院裡的被子……不，但她打死都不想回去！

「很痛苦嗎？」溫和的聲音自背後傳來，是巴巴。

「我吵到你了嗎？」小可愛有點歉意，她明明刻意放輕腳步了。

巴巴搖搖頭，陪著小可愛往下方走去，他們在這裡待好久了，已經能在黑暗中自然行走而不受傷。

「大家都很痛苦，也不想再走出去了。」巴巴悶悶的說，「除了長毛。」

「他每天都很開心，他喜歡森林。」小可愛微笑著，「只要不被關著他都好吧！」

巴巴回頭，他們小小的身體只有矮矮的視線，這裡已經看不見那高大的孤兒院，也沒有駭人的老師了。

「妳有想過，妳出去後想去哪裡？做什麼嗎？」巴巴突然靈魂詢問。

小可愛微怔，她停下腳步，不再圓嘟嘟的臉頰現在乾癟削瘦，過去散發著光芒的雙眼現在已黯淡無光，她望著看不見五官的巴巴，他問了一個她不知道怎麼回答的問題。

「我們沒有地方可以去的……是，以前的遠景是大家都還在的時候，但現在我們剩什麼？」小可愛依舊笑著，但淚水卻撲簌簌的掉落，「妮妮死後毅風就死了，出去後他也沒辦法帶我們，瑞卉說不定也已經死掉了，大家都不在了……爲什麼我還活著？」

小可愛哭了起來，她痛苦絕望的掩面蹲下身去，強烈的絕望感襲捲著，連厲心棠都可以眞切的受到小可愛的悲傷。

巴巴蹲下來，靜靜的摸著她的頭。

「如果有機會，妳想要什麼樣的未來？」他輕聲的問著。

「我只想要大家都在一起，跟以前一樣。」小可愛哭腫的雙眼從指縫中看著他，「沒有院長、沒有老師，快快樂樂的在一起……跟小時候一樣！」

妮妮還跟毅風一起玩，宋瑞卉依然用小小的身體安排大家做事，阿堯皮了點但是個很熱心的人，小晶還能那麼古靈精怪，不必被罵，不必被打，不必去老師房間裡……單純的在一起生活就好了。

沒有親人的他們，彼此就是親人，只要在一起，他們都能活下去。

巴巴收回了手，突然抬頭看著星星，淚水悄悄的滑下。

「大家的願望都一樣啊……」

不遠處的樹下，站著遠觀一切的毅風，他自然擔心突然離開的小可愛，他現在幾乎都無法入眠，深怕一覺醒來，又有人已不在。

「回不去了，小可愛。」他走向前，「從我們決定逃離那刻起，就回不去了。」

小可愛聽見他的聲音回首，淚眼汪汪的她，再瘦還是像個娃娃般。

「不，是從妮妮出事後開始，什麼就都回不去了。」她哽咽的看著他。

或許他們不該逃的，毅風的未來本來有妮妮的，妮妮自焚後他就已經成了行屍走肉，活下來不過是種承諾，就像現在，他也是因爲這個承諾才撐著的。

「妳想再回去嗎？」毅風凝視著她，小可愛立即面露懼色。

她瘋狂的搖頭，她不想再回去院裡，不想每天被院長「教育」，就算吃飽穿暖，她也不想再過那種生活了！

毅風一聲長嘆，他不想再回到孤兒院，但也不想離開這裡，他的世界早就沒有了，沒有未來，沒有憧憬，挖著一個一個小夥伴的墳，除了絕望外他不知道該剩下什麼。

「要不要，我們找個地方……等著妮妮或小晶她們來接我們？」毅風提出了悲傷的建議。

小可愛沒有激烈的反應，「說不定來的是瑞卉或是阿堯。」

兩個人相視後輕笑，看來大家都不反對。

「那巴巴，你帶著長毛出去吧。」毅風認眞的看著他，「你要扛起責任，不能再這麼內向了，想活著就是要努力，要面對他人。」

巴巴搖了搖頭，「我不想分開。」

小可愛上前，環抱住巴巴，用力的擁抱住他。

「沒關係的，我跟毅風都不想離開了！你跟長毛好好帶著我們的希望過生活吧！」

巴巴低頭看著小可愛，淚水啪噠啪噠的落上她的臉頰，愉快與痛苦的時光充滿回憶，而回憶裡都是大家，這怎麼可能割捨得下？

「我知道一個……很棒的地方！大家都能聚在一起。」巴巴小小聲的說著，「大概……都可以在一起。」

毅風詫異的看著他，立即拉回小可愛，「不行，你有你的人生。」

巴巴深吸了一口氣，搖了搖頭，飄動的頭髮露出他難得的笑容，「你們就是我的人生。」

他朝毅風伸出了手，男孩猶豫再三開始搭上，三個人手牽著手，什麼都沒帶，朝著山林深處走去；他們沒有叫醒在樹下酣睡的長毛，因爲即使飽受折磨，他卻是他們之中唯一一個眞正想活下去的人。

在毅風意識裡的闞擎完全搞不清楚這是要幹嘛？這三個孩子是要去哪裡？他更不相信有什麼地方是大家都能在一起的！

厲心棠則是提高了防備，依照之前的經驗，該不會孩子們選擇了自殺，然後又是讓她跟著一同意識死去吧？

不知何時，眼前變得模糊不清，濃霧遍布，但光線卻亮了起來，他們穿過了濃濃重霧後，瞬間來到一片綠意盎然的草地上，草地上滿是怒放的鮮花，翩然起舞的蝴蝶，不遠處有著吃草的牛羊……往上瞧，山坡上頭有間大而舒適的房子。

「好慢啊你們！」小晶隻手扠腰，跑到路上朝他們大喊，頸間的粉色絲巾仍在，隨風飄揚的。

「小可愛！」皮皮開心的衝了過來，直接撲進了她的懷裡！

小可愛錯愕非常，厲心棠也絕對是，這哪門子的世外桃源，而且那些已經死亡的人竟然氣色這麼好的都在這裡？

「慢來的要多做點事喔！」身後傳來驚人的聲音，「你想要的風車，阿堯已經在搭建了。」

毅風不可思議的回頭，看著他朝思暮想的美少女，穿著她最愛的綠色衣裙，正採完水果走上前。

「妮妮！」他欣喜若狂的衝向她，抱起了女孩，眼淚卻不自主的模糊了視線。

碧草如茵的山坡，夢想中的房子，大家能自給自足的環境，每個人都快樂健康的存在著，每個人……小可愛跟著皮皮他們去看新家，環顧四周，美好的新家中，有個女孩正在裡頭打掃。

「有夠慢！我們人手嚴重不足耶！」

「瑞卉！」

多美好的生活啊，太美好了。

美好到根本都是虛假的，但是可以聞到花的香氣、感受到風的吹拂、淚水的溫度，還有柔軟的唇。

闕擎透過毅風的雙眸睜眼，他蜷在某棵樹旁，已經毫無氣力，連翻身都沒辦法，眼前躺著的是小可愛，她闔著眼，嘴角帶著笑容，看上去亦是奄奄一息。

他知道是誰讓他們「感同身受」了，這群孩子中的能力者就是那個沉默的巴巴，他使用了自己的能力，讓所有小夥伴都沉浸在幻想的美夢當中，直到死去爲止！

但那才不是他的美夢，他不會因此被影響！

『那你想要什麼？』

巴巴的聲音突然自後方傳來，闞擎吃力的想回身，卻瞬間抽離了毅風的身體，下一秒又摔進了某人的身體裡，才一進去，就是劇痛！

「看看我抓到了誰！」有個男人極暴力的拽著他的頭髮，直接往後拖。

「放開我！好痛！」他雙腳拼命的踢著，腳上全是傷痕，腿上亦沾滿了泥土！「老師對不起！對不起！」

「聽到沒有！這小子第一次道歉耶！」揪著他頭髮的老師一路往三樓扯，「餓了厚！出去才知道這裡的好吧！」

一群老師焦急的趕來，「只有他一個嗎？其他孩子呢？」

他在阿堯身上，看見許多之前都沒見過的老師，而現在這群老師中，他也瞧見了文老師。

「就他一個，好像只有他跑回來，我搜了四周沒看到別人！」這個老師鬆手時，將他用力摜在地上，狠狠踢了一腳。

可惡！感受到劇疼的闞擎彎了身子，這個阿堯身上已經到處是傷了，隨便碰到哪兒都痛，這一腳讓他覺得內臟都要吐出來了。

「對……對不起……」阿堯嘴上示弱，但其實內心只有恨而已。

「知道道歉了？說，其他人呢？」周老師抓起他的頭髮，左右開弓又是幾巴掌。

「壯，你先不要一直打他，讓他說話。」一位老師嘖了一聲。

「馬的！我看到他就有氣！你們知道大胖老師爲了找你們摔死了嗎？嗄？這條命你怎麼賠？」

哈……哈哈哈！阿堯在心裡狂笑著，原來已經死了一個老師了嗎？太好了，眞的太棒了！

學生們恐懼的聚集著，而遠遠的有人趕了過來，邊跑過來邊喊著，「小可愛呢？小可愛在嗎？」

咦？闞擎狐疑皺眉，他很想抬頭，但是阿堯現在卻是低垂著頭，暗暗從衣服內掏出了藏著的小刀。

「就只有他一個！」周老師蹲在旁邊，使勁拍了他的頭，「說！其他人在哪裡？小晶呢？」

電光石火間，阿堯出刀，直接刺進了周老師的咽喉裡。

「咕！」他愣住了，都還沒感覺到痛，就看著阿堯把刀子從他喉嚨裡抽出來，親眼看著自己的頸部噴出了好長一道鮮血。

「啊啊啊啊！」阿堯沒有半點遲疑，他跳了起來，又一刀往就近的另一位老師身上捅去！

只是該位老師是站著的，所以刀子沒捅到要害，但阿堯像發狂一般，根本不顧一切的見人就捅！紅刀子進、也是紅刀子出，他忿恨的轉頭，一刀就劃傷了文老師。

「壓住他！快點壓住他！」

老師們人多勢眾，他立即被人從後方拽住衣服後壓倒在地，阿堯虛弱的身體試圖掙扎，但根本沒有作用，但至少他看見了坐臥在地上的周老師，他雙眼瞠大，坐在自己的血泊當中，看起來已經沒救了。

「哈哈……哈哈哈！」阿堯大聲的笑著，「都去死！你們這些老師都應該全部去死！」

老師們死死的踩住他，將刀子抽走，然後拳打腳踢樣樣都來，現在的他脆弱得任人宰割，鮮血從口中吐了出來，他試圖起身但根本沒有氣力，看著尖叫逃離的同學們中，有一個身影卻巍然不動的站在那兒。

阿堯漸暗的雙眼裡帶著點喜悅，幸好……對，幸好她沒事……

「小可愛呢？」一雙手抓起了他的衣領，衝著他大吼，「你要死也要先告訴我他們去了哪裡！」

阿堯其實已經看不見了，眼界已然黑，耳邊聽著急切的問題卻再也無法回答，他眞的很累，非常非常疲憊了……這地獄般的孤兒院雖然令人討厭，但唯一讓他懷念的，還是二樓房間裡那張又硬又冰冷的床了。

心跳聲漸漸平緩，連闕擎也眞的覺得好累了，如果能這樣睡去的話，好像不失爲一件幸福的事。

『不行！』

有人從背後一推，闕擎整個人往前踉蹌，好不容易止住了步伐，卻發現自己身在五重霧中……眞的是只有霧氣，灰色的世界，濃厚的霧氣，他撫著身上各處，阿堯眞的傷得很重，他現在全身從上到下，由內到外都很痛！

現在這又在哪裡了？

『你是誰？』霧裡傳來聲音，尋不清聲音的方向，有點像上帝發聲的感覺，『爲什麼我看不到你的過去？』

百鬼夜行
第十一章
守護者們

淚水自臉龐滑下時，厲心棠看見了鏡子裡的自己！她是個中年女人，臉上滿是風霜，盤起的頭髮都有許多花白，看上去既嚴肅又疲憊，手上的厚繭似曾相識，還有手腕上的紅繩！

女人昂起頭，頸子上卻有非常可怕的疤痕，像是被動物抓傷過般的怵目驚心，她自一旁取下絲巾，俐落的繫上頸子。

「院長，他們到了。」門口傳來了呼喚聲。

「好的，我立即下去。」

佳淑在鏡子裡練習專業微笑，起身後厲心棠便能看見她穿著深灰色的套裝，非常正式威嚴的向外頭走去。

這是陌生的地方，不是妮妮他們所在的孤兒院，但走廊上也有許多孩子正在玩耍，佳淑一路朝會客室前進，中途先拐彎繞到隔壁的小房間，小房間裡有位正在玩玩具的可愛男孩，看起來才三、四歲大，跟洋娃娃似的，有混外國血統。

「他都準備好了嗎？」佳淑問著裡面的一位男人。

「都準備好了，對不對，志維？」男人蹲了下來，「志維就要有新的爸爸媽媽了！」

「嗯！」男孩不確定懂或不懂，但有個家，他卻是很期待的，「麗麗跟我一起去嗎？」

男人的笑有點僵硬，搖了搖頭，「麗麗要去別的地方喔！她……也會有疼她的爸爸媽媽。」

男孩難掩失望，他看向了佳淑，想問爲什麼。

「新的家只能有一個新的孩子，親愛的。」佳淑摸摸他稚嫩的臉蛋，「麗麗有另外的家了。」

「那……以後還可以一起玩嗎？」孩子天眞的問。

佳淑只是笑著不作回答，親吻了孩子的額頭後，朝男子頷首後便走出。

一個小時後，男孩抱著他的髒髒小熊，坐上名貴的車，朝著佳淑使勁揮手，朝著一堆送行的小朋友們道別。

「再見！要回來玩喔！」

「志維！再見！」

孩子們好羨慕，一直有人被新的爸爸媽媽領養，不知道自己什麼時候才能有個家？在確定看不見車影後，老師們帶著所有孩子回屋裡去。

待孩子都進屋後，佳淑即刻嚴肅的換了副臉孔，走向地下室。

「尙，麗麗呢？」

「早餐喝完牛奶後就睡了，我劑量加得不輕，一時半會兒醒不來。」尙跟在她身後，「我計算，最少也得四個小時後才會醒來。」

走進地下室，擔架上躺著一個花樣年華的少女，但正沉沉睡著。

女孩是躺在袋中的，佳淑與尚俐落的開始動手拉起拉鍊，這簡直像裝屍袋一般，接著他們推著擔架，往地下室另一端的走廊前去，那兒有道對外的直接入口。

最後尚在那邊等待，佳淑則回到地面上去接待下一組客人，客人一進門沒有多餘廢話，將好幾袋錢擱到桌上讓她清點，佳淑清點完畢後，便領著客人到了戶外地下室的門旁。

打開門，擔架上就躺著他們要的貨物。

由尚交代使用麻醉劑的劑量、麗麗的年齡與身體狀況後，擔架推近已準備好車子裡，再於車內將黑色袋子拖進車內。

過程非常安靜且迅速俐落，買家關上車門，佳淑與尚深深一鞠躬，送著座車遠去。

「還在幹這種事嗎？」

聲音陡然從上方傳來，嚇得兩人回頭，在垂直的二樓牆面上，盤踞著一個無視於地心引力的高大男人，粗獷風格、滿臉的落腮鬍——小狼！

厲心棠認得出，那是小狼！

布魯斯輕鬆躍下，尚第一時間是衝到佳淑面前，試圖護著她。

「你保護不了她的。」布魯斯冷冷的說著，「你們知道我是什麼。」

佳淑嘆口氣，搭上尙的肩頭，讓他挪挪。

「你還是沒變，一樣的年輕跟帥氣。」佳淑撫上臉龐，「我們兩個都老這麼多了。」

布魯斯看著他們，再轉頭看向遠去的車子。

「你們打算什麼時候罷手？」

「布魯斯，這不是你該管的。」佳淑的聲音非常沙啞，因爲頸子的傷，傷了聲帶，「我們很多年前就溝通過……」

「我們沒有溝通過！我們溝通過的是我先跑，然後回來救你們！」布魯斯怒吼出聲。

「你溝通什麼！上一次你來，直接就差點要了佳淑的命！」尙氣急敗壞的大吼。

「那是因爲你們先販賣孩子！」

「夠了夠了！」佳淑立刻擋在他們中間，「不要在這邊喊！孩子會聽見的！」

「妳怕什麼！我就是要讓他們知道——」布魯斯氣得仰天就要大吼，「孩子們，你們知道被領養的孩子，都是——」

啪！火辣辣的一巴掌揮在布魯斯臉上，厲心棠完全感覺得到這位佳淑超強悍的耶！踮起腳尖跳起來都要揍小狼！

「你能保證，下一個接手的人就會善待他們嗎？」她仰首，毫不畏懼的瞪著他。

屋內走出幾位聽見動靜、憂心忡忡的老師們，佳淑回身向他們交代控制好孩子們，接著筆直的朝著最外圍的雕花鐵門走去，尙趕緊追上，後方的布魯斯胸膛起伏劇烈，最後還是不爽的跟上前去。

那扇雕花大門厲心棠見過，這是在沙鎭那棟廢棄的建物裡，被扔在地上的門……那間是小狼以前的孤兒院？

「妳賣孩子！你們在賣孩子啊！」布魯斯一出大門就怒吼，「這麼多年了，爲什麼還不停手？」

「把孩子賣到富裕家庭去有什麼不好？而把重病的孩子賣給需要器官的人，賣掉的資金可以養活這裡更多的孩子。」佳淑凌厲的瞪著他，「布魯斯，我敢說現在這間孤兒院裡的每個孩子，都過得比我們當年還要更好！」

「被賣掉怎麼能叫好？重病的話……他或許寧願死在孤兒院裡，也不願意……」

「這話你有臉說？那你當年幹嘛逃？」尙嘲諷的笑著，「你一逃就是二十年，你怎麼沒寧願死在那個狗籠裡？」

青筋暴露，布魯斯的頭顱略微變形，但他疾速的控制情緒，差那麼一點點就要變身了。

「說什麼回來救我們？你一走二十年……我們還眞的等你嗎？我們不自救的話，說不定早就死了。」佳淑緊握住尙的手，「我們也因此明白，唯有成爲這個體系中的一份子，我們才能幫到更多跟我們一樣的孤兒！」

布魯斯的呼吸變得急促，他搖著頭，碩大的拳頭緊握，「我不懂！我不懂這麼複雜的事！」

啊……厲心棠心疼不已，原來小狼頭腦簡單是先天的啊！

「換了人可能繼續虐待孩子，繼續找漂亮的女孩玩弄，但現在孩子在我們的照顧下，至少大家能吃飽不挨凍，也沒有人會隨便被虐待！」尙挺直腰桿說著，「我們有我們的經營模式，在我們能力有限的範圍內，讓每個孩子至少在這裡時是幸福的！」

誰也不知道剛剛離開的志維，到富豪家裡會不會眞的幸福？但至少在院裡的時光是溫暖的。

「他們能過得比我們好，當年我們多少人從生到死，都是悲涼的？」佳淑昂起頭，「我從未後悔我做過的事！你可以再一次變成狼，可以再次傷害我、甚至把我咬死，但你能幫那些孩子嗎？」

分別後第一次的見面，是布魯斯興高采烈的奔回孤兒院，卻恰巧看見了人販交易，爲首的就是佳淑與尙，他們成爲了孤兒院的院長，也成了販賣孩子的人。他簡直不敢相信，講沒三句話，就失控變身，利爪撕開了佳淑的頸側。

他又花了好幾年控制野性，今天才敢再過來，卻又看見了交易。

「布魯斯，不要站在高點說話，這近三十年來，你什麼都沒有做。」尙苦笑著，「你連我們兩個都救不了，你覺得你能爲那些孩子做些什麼？」

他能爲孩子做些什麼？

天曉得，他什麼都做不了啊！

佳淑早就知道，布魯斯不同於一般人，但她沒有想過他會是狼人，多年前撿回一命後她並沒有退縮，她反而感嘆生命有限，希望能做得更多。

「你跟我們從來不是一類人，回你的原野去吧。」佳淑說著，將手上的紅繩脫下，「不要再回來了。」

尙跟著脫下了藍色細繩手環，一同扔到了布魯斯的面前。

「你能過得很好的，這點我們從未懷疑過。」

他們依舊手牽著手，到頭來相伴的還是只有同是人類的他們，一道走回孤兒院裡，厲心棠趁機看著外頭的牌子，寫著「幸福孤兒院」幾個大字。

布魯斯看著同伴的背影，看著偌大的建築，淚水緩緩落下，他最後只是用力的以拳擊地，最終轉身與同伴背道，奔向了樹林裡。

厲心棠感覺到墜落，整個人重重摔到地上！膝蓋跟手肘都撞得很疼，但她還是保持高度警覺，即刻躍起，觀察四周……四周是……天哪！

身後是破敗的木屋，遠處已經頹廢的風車，山坡下的動物棚子已經敗壞，而她所站的庭院裡更是廢墟一片……這裡，是她在小可愛身上時看見的，他們死前看到的地方！

『我是不是說過，不許找我們？』屋子裡走出了美麗的妮妮，如生前一樣標緻。

『你們爲什麼非得這樣做？』這個聲音是屋頂上傳來的，豔麗的小晶用食指捲著自己頸子上的粉色圍巾，盈滿殺氣的看著她。

她在他們世界裡啊……厲心棠留意到山坡下也站著洛洛，而小可愛則站在那個小小木柵欄的門口，卻一臉惶恐莫名的神態。

「這不是眞的世界，巴巴，你出來吧。」厲心棠平靜的說著，「你能保護大家到什麼時候？」

小木屋再度開啓，少年從裡頭走了出來，但不是那個以髮覆面的少年，而是清秀的毅風。

『我們在這裡很開心，正常的生活。』他帶著責難的語氣說道，『你們爲什麼要破壞這一切！』

「因爲我想知道你們發生了什麼事……是，我現在知道了！但你們已經……」她不知道該不該說出，他們已經死了的實情。

『不是每件事都需要說破的，妳這自以爲是的婊子！』小晶怒不可遏的站起來，『爲什麼每次都弄不死妳啊！連我上吊都不能幹掉妳！』

她知道。

厲心棠詫異的發現，小晶自己知道自己已經死了！

「你們知道這是假的，也知道自己已經死了？」厲心棠打了個寒顫，「我的天哪！你們在保護誰？」

『我們……眞的死了……』身後的小可愛卻相當驚愕。

最先出擊的就是妮妮，毅風也沒手軟，小可愛現在才明白自己已死嗎？但是她現在站在門口像是想擋住她的去路。一、二、三、四、五……現存幾個人？

『爲什麼要去開那個箱子？』毅風繼續質問，『是你們讓一切都難以收拾！』

「箱子？」厲心棠聽不懂他們在說什麼，只知道這些亡者的殺氣越來越重了，「是說我拿了文件嗎？還是？」

『你們打開了皮皮在的箱子。』妮妮看起來很平靜，但雙拳卻忿怒得發抖，『是、你、們、讓他們知道他死了！所以阿堯才會跟著醒來！』」

「等等等等！不是我喔，我開的那箱是文件，並沒有……皮皮？」箱子裡有那個最小的男孩嗎？

闕擎之前到神祕的地窖裡去了！她這時也終於發現，在這個廢棄的夢之莊園裡，只有她一個！

「闕擎呢？」

『巴巴會處理他的。』上方的小晶勾著殘忍的笑容，『我們還是要讓一切回到正軌。』

正軌？厲心棠嗤之以鼻，這群孩子懂什麼叫正軌嗎？

哭聲漸近，小男孩跑了過來，『皮皮呢？皮皮不見了！』

小可愛轉身攔下他，緊緊的抱住了洛洛，『我們……我們會找到他的！你不要急！』

小可愛依舊惶恐不安的看向院子裡的眾人，她不知道該怎麼辦，因爲夢突然醒了，讓她一時難以承受。

『皮皮！』洛洛哭喊著，八歲的孩子什麼都不懂。

厲心棠繃著身子，深深吸了一口氣，「正軌就是時間已經過了幾十年了，你們的時光也該重新走動了。」

『不，你們兩個是孤兒院裡的壞老師！我們會聯手把你們趕出這裡！』毅風的臉開始變得猙獰，『我們需要讓大家知道，一切都是老師的錯，你們闖入了我們的生活，只有把你們殺掉，一切才能恢復原狀！』

『巴巴會把不好的東西都扔掉的！』妮妮的臉也一秒化成了那張被硫酸毀掉的面容，抬手指向了她，『老師找到我們了！不能讓老師離開！』

『啊啊——』屋頂的上的小晶直接從上方撲下，她自然也已經是那可怕的吊死鬼模樣。

厲心棠飛快的向後跳上石桌，俐落的閃開，毫不猶豫的轉身朝著小可愛的方向衝去！

『小可愛！』妮妮尖吼著，刹地筆直追來。

或許是死時帶著的怨氣較大，她的戾氣真的比其他人都重得多，相對的能力也強大許多！

厲心棠一把搶過小可愛旁邊的乾草叉，順勢將她跟洛洛推開，揮動著乾草叉一旋身就刺進了衝來的妮妮體內。

『妮妮！』毅風驚愕的吼著，旋即也衝了上來。

厲心棠咬著牙，伸腳踢下妮妮，順道用力把乾草叉給拔了出來，先向右揮向小晶，再伏低身子掃過毅風的腳，毫不費力的用幾秒的時間，一下子撂倒三位惡鬼。

「既然你們要讓我成為老師，那我就必須成為你們世界的一份子對吧？」厲心棠早就敏銳的想到這一層了，她睨著跪坐地上、撫著腹部出血、吃驚萬分的妮妮，「所以，我們之間就不會有分別了，對吧？」

孩子就是孩子，還是太天真了點！

或許她現在是人類之姿，但是他們對彼此的傷害是平等的！

厲心棠運用乾草叉拉開距離，她再差也是從小在「百鬼夜行」長大的孩子，『我殺了妳！』小晶再度躍起，凶惡瘋狂的往她身上招呼。

但小晶的攻勢凌厲，手持著粉色圍巾終於繞住了她的頸子！啊！

厲心棠轉瞬間被壓倒在地，小晶坐在她身上將絲巾纏繞，她趕緊把手擱在頸部，阻止了絲巾的綁死。

大家對她的體能訓練可從來沒有放鬆過！

「對我這麼狠……怎麼不把那些氣力、拿去對付真的傷害妳的老師們呢？」厲心棠咬著牙大喊，「那些玩弄妳的老師們，妳一個都沒有對付對吧？」

小晶的手顫抖，她充血的雙目盈滿忿怒，『閉嘴閉嘴！妳懂什麼——妳懂什麼！』

『嗚哇——哇哇哇——』恐懼的哭聲傳來，原來是洛洛嚇得把臉埋進小可愛的肚子裡，哭個不停。

『閉嘴！』小晶遷怒，狠狠的往門口瞪去。

而木柵門邊的小可愛竟也渾身發抖，淚水撲簌簌的落下。

『爲……爲什麼？』

爲什麼要這樣？

她在這裡生活得好好的，剛剛她才去洗衣服而已，突然間河水變紅，天空變色，樹木草地都枯萎，洛洛尖叫著皮皮消失了，而她再回頭時，他們住的屋子、殺風的風車都已腐朽破敗……她突然聞不到味道，感受不到風，剩下的只有冰冷與絕望。

那個，很久很久以前，他們躲在樹林裡時的飢餓與絕望。

接著警鐘響起，那是警告大家：孤兒院的老師找過來了，外敵入侵，他們必須齊心協力。

可是，小可愛看著自己的手臂，乾枯的手上帶著腐爛的痕跡，她的指甲上還長出了葉子，洛洛也不是活人的姿態，她很快的想起來……他們，好像已經死了。

妮妮撲上前，將厲心棠的手往下抽，讓絲巾得以束緊她的頸子。

呃……厲心棠痛苦的拱起身子，闕擎——闕擎——

孩子渾身是血的走在寬敞的走廊上，這眞的一點兒都不誇張，他全身覆滿血液，彷彿剛剛洗了場血之澡，走出的每一步都會有血滴落在地板上，但卻沒有一滴是他自己的血。

廊上到處都是散佈的屍體，牆上濺滿弧狀的血痕，還挺美麗的。

男孩右手油罐裡的油倒光了，隨手把桶子往一旁扔去。

罐子鏗鏘的彈跳著，落在了一個男人的身邊，男人下身赤裸，引以爲豪的器官已經被自己切除，喉嚨亦被自己切開，正癱坐在地上。

男孩走到男人面前，面無表情的聳了聳肩，『抱歉，我不喜歡你想照、顧我的方式。』

他踏過血液向前，步步朝著孤兒院外走去，手裡的打火機喀嚓一聲點燃，接著便是照亮夜空的熊熊大火。男孩抬頭看著火燄吞噬漆黑的夜，這幢又高又大的建築物，彷彿可以把他吃掉的大屋子，終究是要燒成灰燼的。

大火中，一位長髮蓋臉的少年震驚的走了出來，他仰頭看著包圍在自己身邊的火燄，完全的不可思議。

『這是你待過的孤兒院嗎？』

黑髮小男孩走近了少年，在火光的跳躍下，少年看見的是男孩木然的臉龐；他蹲下身，輕輕撥開男孩的前髮，如此清秀漂亮的男孩，有張貴族般的臉蛋，神祕氣質，但是這孩子的眼裡，幾乎沒有任何情感波動。

『你怎麼可能……做得到這些事？』少年皺眉。

小男孩伸出染滿血的小小手掌，輕輕捧著少年的雙頰，嘴角難得上揚了幾度。

「孩子，你太嫩了。」

什麼？巴巴急著想要抽身，但他身體完全動彈不得，火舌疾速燒上他的身體，烤乾了他的肌膚。

『不不——啊啊啊——哇——』

磅！

小木屋的門被推開，從裡頭衝出一個渾身冒煙的少年，這動靜驚嚇了院子裡的所有人，連帶正要勒斷厲心棠頸子的小晶都分了心。

『巴巴！』毅風最快發現狀況，趕緊衝了過去。

就這空檔，厲心棠雙手上前抓住小晶，一個翻滾把她壓到地上，賓主易位，同時右手已經抓過剛剛掉落的叉子，朝著小晶的頸子狠狠刺了進去。

她是鬼她是鬼！她說服著自己！

『呀──』叉子刺穿了小晶的頸子，把她固定在了地上。

「咳……咳咳……」厲心棠這才無力的向後滾開，撫著疼痛的頸子猛咳嗽！

而另一個身影，也從小木屋裡走了出來。

「眞不錯的地方啊……」闕擎打量著四周，和角落裡的孩子，「原來你們都在這裡啊。」

「闕擎！」厲心棠用沙啞的聲音喊著。

「孩子都在這裡了嗎？」

「他們……想要把我們當成入侵者，當成那些老師，殺掉。」厲心棠緊張的抓著他，「再重新構築他們的世界。」

哼，這樣嗎？巴巴要用自己的能力，讓不明白的孩子以爲他們只是殺掉了兩個老師，就爲了保護他們生存的地方？

「鬧夠了沒？」闕擎回身就對孩子們搖頭，「你們已經死了！全部都死了！想永遠活在幻象裡無所謂，但沒必要對我們下手！」

『……不行！』巴巴由毅風撐著走過來，『你們不會放棄尋找我們的！都是因爲你打開了箱子，皮皮才會突然發現他已經死了！你不知道他會有多害怕！』

「並不會。」闕擎冷靜的看著他們，「那孩子還小，恐懼也只是一時的，他很快就會前往他該去的地方。」

「……對，他如果沒什麼執念，很容易跟著引導離開的！讓他恐懼的是因爲、因爲你造成的假象。」厲心棠喉頭緊窒的說著，「這裡一切都是假的。」

『我花了很大的功夫才讓阿堯也平靜生活在孤兒院裡，但皮皮一死，亡魂出現在孤兒院裡，就讓所有一切都崩塌了。』巴巴又氣又惱，『我們沒有傷害任何人，你們爲什麼……』

「誰說沒有？你們傷害了我的……朋友。」闕擎冷冷的看著妮妮，「妳附身了吧？想要殺人吧？」

妮妮猙獰的回懟，『是你們先過了界！你們妄想破壞我們的世界！』

「那是因爲有人苦苦在尋找你們，有位老師發現學生不見，找了幾十年了。」

闕擎二話不說，把厲心棠推了出去，「妳接的CASE，妳說話。」

「咦？可是……」她慌了，還沒確定「老師」的身分啊。

『老師？』毅風瞇起了眼，『那些老師如果會找我們的話……都沒安好心。』

『不要跟他們廢話了，放他們回去，他們也是會找到我們的！我們就想待在這裡而已！』躺在地上的小晶掙扎著，乾草叉叉得很深，將她固定在地上了，『他們就是要帶我們回去的壞老師，把他們趕出去——啊啊啊啊！』

小晶使勁大吼，硬生生把自己頭子從乾草叉下扯裂，才能脫身……那畫面太可怕，厲心棠渾身起了雞皮疙瘩。

『對！必須恢復我們的生活，殺掉他們，讓其他人認爲他們是老師就好了。』

妮妮也重新整理情緒。

「欸，你們不好奇——找你們的老師是誰嗎？」闕擎突然整個人回過身，看向了小可愛。

咦？小可愛愕然的接收到注目禮，瞬間彷彿明白了一切……『不……不會！不會的！』

就在分神的這瞬間，妮妮已經殺了過來。

厲心棠使勁推開闕擎，旋過身打算先接受第一擊——但一道黑影更快，刹地直接撞開妮妮，直接擋在了厲心棠面前。

闕擎被推得實在慘，撞上一旁已腐敗的木頭圍籬，直接倒地，還被木板割傷了身體！他不顧疼的先撐著身子，看見擋在厲心棠身前的竟是陌生人？他原以爲該是那位小狼先生會護著厲心棠的，結果……嚴格說起來，新護花使者也不是太陌生啦！

長毛！巴巴嚇得臉色蒼白，身邊的妮妮一秒恢復成動人的姿態，毅風成爲乾淨帥氣的少年，連小晶都趕緊讓自己變成正常的酷女孩！

小可愛跟洛洛呆然的變回圓滾滾模樣，但兩人看起來沒什麼自覺。

不過……這淒涼的場景，巴巴好像力有不及啊。

『長毛！快走開，那個是老師！』巴巴焦急的大喊，『你怕的話躲進屋子裡，沒有關係的！』

長毛搖搖頭。厲心棠愣在原地，那個長毛真的護著她？但那幾個孩子的表情怎麼這麼驚慌失措啊？

『他為什麼會醒來？』毅風低語問巴巴，他們已經亂成一鍋了。

闕擎正吃疼的看著自己被割出裂口的手臂，但也沒錯過到這詭異的現象，他保持警戒的與長毛拉開距離，看見他，就會想到自己斷掉的肋骨。

「我跟她是朋友，你知道吧？」他試圖解釋。

長毛轉過來，看著他的眼神還是帶著忿怒的……冤枉啊。

「我說過不許動棠棠的！你們真的一再踩線。」粗啞的聲音也傳來了，布魯斯輕易的躍進了庭院裡，怒目掃視著這些孩子們。

『你應該要幫我們的！』一見到布魯斯，巴巴不悅的吼著。

厲心棠火冒三丈，看這狀況，小狼真的跟巴巴他們溝通過！

「我拿走照片，掩蓋了你們可能的行蹤，但他們就是找到了，這我有什麼辦法！」狼人轉而看向闕擎，「你小子，為什麼會知道孤兒院在哪裡？又為什麼知道箱子裡還有一個孩子？」

「你拿走照片前，我就先看到照片上孤兒院的名字了。」厲心棠說這話時非常不高興，是瞪著狼人的，「但箱子裡我眞的不知道是什麼！」

厲心棠也不明白的看向闕擎。

「是皮皮，一個很小的男孩。你們逃亡那天晚上，他躲進廚房一口箱子裡，被大胖老師看見，大胖老師則故意把他鎖進箱子裡，放進地窖，或許本來只是想嚇嚇他……但他沒想到當天就因爲去尋找你們而摔死了！」闕擎用力深呼吸，因爲他到現在還記得被悶死的感覺，「但其實大胖老師有沒有摔死都沒差，因爲皮皮被關進去沒多久就窒息身亡了。」

這過程他這麼清楚，正是因爲巴巴讓他感同身受了！闕擎接著望向巴巴，「所以你知道吧？因爲他讓我成爲皮皮，想讓我掙扎，直到窒息而亡——」

「山洞的時候嗎？」厲心棠立即領會，「那時你在皮皮身上！」

是的，不一樣的是，皮皮就塞在那箱子裡百餘年，而他有厲心棠做急救。

但闕擎這席話，卻讓妮妮等人不可思議的看向了巴巴。

『你早知道皮皮死了？我們逃出來那天他就死了？』毅風不可思議，『你從來沒有提過！我以爲他就是洛洛想出來的幻象！』

小晶更加悵然，『我以爲……他還在孤兒院裡……至少瑞卉會照顧他。』

「說到宋瑞卉——」闕擎準備公布答案。

「不要說！」這一聲吼叫，居然同時來自厲心棠與長毛。

他們倆面面相覷，幾分錯愕，幾分交心。

巴巴渾身都在顫抖，他現在覺得一切都失控了！跟他想的完全不一樣，憂心、忿怒與悲傷同時湧上，他原本希望的是把這兩個人殺掉，讓不知道自己死亡的夥伴們認爲他們是老師，大家殺掉後埋屍，一切就能回到原本的生活。

至於皮皮，那個大哥哥說得沒錯，他現在已經找不到皮皮的靈魂了！開箱的瞬間，皮皮也已經去往該去的地方了。

『長毛，進屋去好嗎？』巴巴溫和的朝他伸手，『沒事的，都交給我們。』

長毛望著他們，再度搖了搖頭，喉間呼嚕嚕的。

『長毛，我陪你！』妮妮露出溫柔的笑容。

「夠了！他什麼都知道。」狼人走向了他們，「那個臉都看不見的，我不管你叫什麼，幻象對他沒有用，不是每個人都愛做夢，長毛一開始就什麼都知道。」

什麼都知道？巴巴詫異的看著長毛，踉蹌的往前，想要一個答案。

長毛遲疑了幾秒，最終點了點頭。

『不……不——爲什麼啊!?』巴巴突然崩潰般的抱頭大喊，『我這樣努力的守著這一切！』

毅風在風中化爲原本枯瘦的姿態，不可思議的往前走了幾步，『你一開始就知道？但爲什麼不說？』

長毛低頭不語，有點沮喪，有點害怕。

「不要嚇他！你們這種陣仗是在溝通嗎？」闕擎突然擋到了長毛面前，「從他保護厲心棠的舉動看來，就知道他腦子比你們清楚多了。」

「吼——」

長毛突然繃起身子，不爽的在闕擎後頭低吼，厲心棠趕緊抓住他的外套，這個長毛好像很不爽闕擎耶！長毛回頭看著厲心棠，神情是瞬間柔和的，毛堆裡的眼睛帶著悲傷，淚水正在匯集。

「我都知道……你們不想醒來！所以我一直守著、守著你們。」長毛嗚咽的說話，依舊聽不太清晰，「不希望被找到，所以我去找他！」

手指比向了闕擎，噢，該死，他的肋骨就是這樣斷的。

『但我們是不想讓你知道……是我們想守護你啊！』毅風才是不敢相信，『我們希望你永遠無憂無慮的跟我們在一起，而不是會變成、變成……』

變成怪物。

噢！闕擎突然懂了！他回頭看向長毛，再正首看著孩子們，最後轉向了狼人。

這群孩子知道長毛不是人！

第十二章 反抗的選擇

「難道他不是多毛症跟巨大症？而是眞的狼人嗎？」闕擎覺得相當詫異，他跟厲心棠還以爲是罕見疾病！

「不是，我才是那個多毛症跟巨大症的人。」布魯斯低沉的說，憐惜的望著低頭的長毛，「他是眞正具有狼人血統的半人狼。」

「半人狼……你父母其中有一位狼人？那可能當年出事了，你才會變成孤兒，畢竟狼人族是群居的，不可能丟下幼崽！」厲心棠望著布魯斯，這些都是他教的，「青少年時期有可能會開始變身，長毛他幾歲了？」

「應該有過徵兆，所以他們知道。」闕擎看著巴巴，「你們發現他眞的可能不是人對吧？所以讓他跟你們的幻象生活在一起，以保護他。」

巴巴絞著雙手，他已經處在恐懼震驚的緊張中，難以出聲；他一直都是這樣的人，以前只有宋瑞卉能跟他溝通，現在則是毅風。

『沒事的，沒事的……你緩點。』毅風溫柔的抓著他雙臂，叫妮妮安撫他坐下。

闕擎實在很想吐嘈，這群小鬼不但已經死透了，其中還有是凶惡的亡靈，現在搞得自己跟人類一樣……他們似乎自己都搞不清楚自己是什麼了。

『我們在巴巴的帶領下，過著我們夢想的生活，我知道我們已經死了，很順利的找回了大家，這裡沒有時空限制，大家都能過得很好！』毅風越過中間的數人，看向了木柵門邊的小可愛他們，『小可愛跟洛洛不明白也沒關係，只要跟著我們就好，阿堯只能生活在原本的孤兒院，巴巴就讓他自在的在那原址生活，至於皮皮……我找不到，但巴巴說只要我們能想像跟他在一起，皮皮就能跟著我們。』

事實卻是，巴巴早就發現皮皮已經身故，讓他一起進入他勾勒的幻境中，直到……闕擎嘆口氣，直到他開了箱子。

「我只是想知道，當年老師們也沒有放孩子出來而已，出發點不是破壞。」闕擎誠懇的說。

如果沒有，也該讓皮皮歸於塵土。

『我們是在睡夢中來到這裡的，大家都很安詳，但是……長毛卻突然闖了進來。』毅風說到此時，相當緊張，『巴巴說他不可能進來的，因爲這裡並不是眞實的世界，而且長毛是活著的！這間接證實了瑞卉之前提過，她看過長毛的頭變成野獸的事。』

果然見過！厲心棠輕柔的將手擱在長毛肩上，希望他不要情緒過度激動。

「應該是青春期時身體的變化，遇到月圓，他也控制不住自己。」布魯斯點了點頭，「我在族裡看過，許多少年狼都是這樣。」

『我那天跟宋瑞卉在一起，我們偷偷溜下去給他送麵包，長毛發著燒很難受又一直掙扎，結果老師們反而把他綁死在鍊子上！』小晶對長毛是有點畏懼的，『他的嘴突然變得很長，像是狼一樣……後來是瑞卉拿水潑他，他才恢復。』

仔細回想，那晚自窗外灑下的月光，的確是月圓之夜啊。

『我們都有猜到是狼人，也對應了長毛的體型跟毛髮，但他是那麼天眞，誰都不想讓他受到傷害……再回去孤兒院只會更悽慘，如果被別人抓到說不定眞的會被賣到馬戲團！』

聽到馬戲團三個字時，布魯斯手微微一顫。

「所以你們乾脆把想像做足，讓長毛跟你們待在一起，這樣他就不會受到欺負了。」闕擎有些無奈，「但你們沒想到，他一直沒有死，反而活到了現在。」

孩子們一陣沉默，這的確超乎他們想像，因爲大家都是在巴巴的幻境中走向死亡，接著便來到這美好的地方，原本以爲長毛只是會多活幾個月而已。

『他眞的不是人也沒關係，我們都在一起就好。』巴巴囁嚅的說，『所以我們不想被找到！我們不只爲了自己，我們也是在守著皮皮、守著長毛！』

他這樣努力的撐著，就是爲了大家！

「可是……我都知道。」長毛努力的說著，「我不想他們找到……你們，因爲大家要在一起……」

嗯，簡單來說，便是這群孩子們希望永遠生活在幸福的幻境裡，也爲了保護長毛永遠不要變身或是被欺凌；而長毛也早知道這一切都是幻覺，但他卻爲了保護其他小夥伴們的夢，堅持到現在。

互相守護著彼此，就是不能被找到，而欲尋獲他們的厲心棠與闕擎，就成了眾矢之的。

「我們不是故意的，我們就只是……因爲有個老師眞的在找你們。」厲心棠相當心梗，她猶豫著該不該說，「而且也會擔心你們是否出事。」

「最好！你這小子看得見鬼，那天在山上時，你應該早就看過那個醜八怪女孩了吧！早知道她死了吧？」布魯斯說話超級不懂得修飾，直接指向妮妮。

哇塞！闕擎瞠目結舌，有人這麼說話的嗎？「是他做人身攻擊喔！我可沒有！」

「小狼！」連厲心棠都忍不住出聲喝止。

布魯斯一臉莫名其妙，那張臉看得不嚇人嗎？比他變身後還可怕好嗎！

「我的確知道你們死了，但生要見人、死要見屍，就像厲心棠說的，我們會想知道你們當年發生什麼事。」闕擎淺笑著，「你們之間的羈絆很感人，但那不是屬於我的，所以……我不覺得我應該在乎。」

長毛即刻怒火中燒，咬牙切齒的瞪著闕擎，連妮妮也都開始忿怒的低吼。

『你果然是故意的——！』

「我是眞不知道你們之間的事，但我的確非找到你們不可。」闕擎倒是乾脆，「受人之託，終人之事——老師！你在嗎？」

老師——你在嗎——

這句呼喚像是具回音一樣，震進的是每個人的心裡，小可愛恐懼的抱著洛洛往院子裡跑，筆直朝妮妮身邊跑去，長毛戒備的環顧四周。

「這麼緊張嗎？」布魯斯搔搔頭，看這些屁孩的表情多驚恐。

『如果你說已經幾十年了，老師們……應該都不在了吧？』毅風果然年紀最長，腦子清楚多了，『找我們的是——』

「他什麼都不記得了，滿腦子只記得有孩子失蹤了，想要尋找你們！他連自己名字都忘記，但是卻能記得你們十個孩子。」厲心棠趕緊鼓勵著，「你們過去眞的過得很苦，但總有對你們好的老師吧？」

對他們好的？小晶笑出了嘲諷！

『哈哈哈哈！只要不對我們差的，其實都能算好了。』小晶尖叫著，『我跟小可愛在受苦時，大家都知道，沒有一個人出來幫我！沒有一個人阻止他們！』

小可愛掩住雙耳，『閉嘴閉嘴！我都忘記了！那些我都忘記了！』

可憐的女孩蹲下來哭喊著，豆大的淚珠拼命的掉，小小的身軀承受了什麼厲心棠都知道，但她對她們的痛苦是無能爲力。

「小可愛！」

欣喜的聲音驀地出現，闞擎回身看向終於出現的「老師」，他就站在這屋子的木柵門口，望著裡面的一眾孩子們，雙眼激動得閃閃發光。

孩子們！都在！都在啊！

不對啊！「老師」與孩子們有一個庭院的距離，分距兩端，但是門口的「老師」是喜出望外的，院裡的孩子卻個個臉色慘白，連像妮妮那種可怕的臉都能看出她的僵硬。

『不不不——我不要！』小可愛歇斯底里的尖叫，直接躲到了毅風身後去！

『救命！救救我！我不要再過去了，我不要再去找院長了！』

「院長？你是孤兒院的院長？」厲心棠詫異的看向「老師」。

他根本沒在聽，而是焦急的步入庭院，想要看看這些孩子們。

「你們怎麼不見了，老師找你們找得好辛……」

『你不要過來！變態！』小晶把剛剛插過她身體的乾草叉舉起，對著「老師」，『太噁心了，我看著你就想吐！』

長毛轉身就擋住「老師」的去向，怒不可遏的低吼著，已呈備戰姿態！布魯斯幾乎只留意著長毛，他的手似乎開始在轉化，毛漸漸變長。

「冷靜點，長毛，冷靜……」他跳下柵欄，試圖讓長毛靜下心，「沒事的，老子還在。」

布魯斯不希望長毛變身，而孩子們懼怕「老師」，但「老師」卻滿心擔憂，厲心棠分析眼前的狀況，太詭異了！耳邊還有小可愛不停的尖叫聲，她看見「老師」時，比看見鬼還可怕……呃，雖然她自己也是鬼啦！

不過，小可愛在孤兒院時，是某個老師的禁臠對吧？

「你就是那個死戀童癖？侵犯小可愛的變態？」厲心棠走向了「老師」。

所以，她在妮妮身上自焚時，那個從孤兒院裡衝出來的怪物，就是「老師」！因爲他生前就是個人身惡魔了！

「什麼？妳在說什麼？我不是！我沒有！」「老師」立即反駁，「我是他們的老師，我是在找他們妳忘了嗎？我擔心他們的安危……」

孩子們不懂戀童癖這個名詞，但是他們懂得侵犯二字，小晶跟小可愛是一樣的天涯淪落人，握著乾草叉的手極緊，青筋都要跳出乾癟的皮膚了。

『你沒有？你敢說你沒有？整個孤兒院就是你們的遊樂場！你們把我們當成妓女一樣！』小晶咬著牙，渾身散出戾氣，『我們給老師們玩弄，小可愛專屬於你，漂亮一點的送給外面的什麼大人物玩，妮妮——』

妮妮愣住了，她飛快搖頭，抓著毅風的手，『我沒有，我從來沒有被……』

『妳這麼漂亮怎麼可能沒有用！妳是最特別的禮物，等著妳滿十四歲，要送給那些有錢人的！』小晶什麼都知道，『所以文老師毀掉妳的臉時，院長才會這麼生氣！』」

啊……闕擎懂了。

「老師」在潛意識時說的話，他提過妮妮很重要，也提過其他男人討厭毅風，當時他就覺得用詞眞怪，孤兒院都是少年男孩，不是男孩們討厭毅風，而是「男人們」。

妮妮與毅風顯得相當震驚，但「老師」卻是最吃驚的人，他完全不能接受！「妳認錯了！我不是，我只是擔心你們而已，我也不是什麼……院長？」「老師」擺著手，「我這種人怎麼可能是院長！」

他忘得眞的很徹底。

「你眞的是。」闕擎慢悠悠的，說著他所見所聞，「我最後，是在阿堯身上的。」

巴巴倏而抬頭，緊張的趨前一步，厲心棠察覺到他的驚愕。

「阿堯……為什麼，這裡沒有阿堯。」「老師」還在找人，「還有宋瑞卉呢？洛洛，你弟弟呢？」

「阿堯刻意讓自己被找到，一位……周老師吧！很壯，有點像健美先生，拖著他進孤兒院，對他拳打腳踢，我想也是日常虐打他的人。」闕擎繼續說著，瞧瞧那幾個孩子困惑的眼神，他們好像不知道阿堯的最後，「阿堯假意示弱，讓周老師接近他後，一刀就割了對方的喉嚨……接著就瘋狂的亂殺，啊，文老師的手也被割開很長的傷口。」

厲心棠記得，照片裡的文老師，手背上有道明顯的刀疤，原來是阿堯做的啊！

「周老師？」「老師」蹙起眉，很認真的在回憶。

「但阿堯那時已經奄奄一息了，傷口感染太嚴重，以現代醫學來說應該是敗血症了！他在拳打腳踢中倒下時，有人緊張的衝過來，滿口都問著：小可愛呢？小可愛在哪裡？」

喝！殺風背後的小可愛，痛苦的揪緊他的衣服。

闕擎走到「老師」面前，仔仔細細的端詳了那張臉，看起來虛弱了些、狼狽了點，但就是這張臉。

「阿堯死前看見的就是你，周圍的人喊著院長，而你一心一意都在小可愛身上。」闕擎認眞的朝「老師」頷首，「院長，就是你。」

「我不是！」「老師」激動的反駁，「我怎麼可能會是戀童……」

話梗住了，「老師」腦海裡，閃過撫摸小可愛的畫面。

不是嗎？

一心一意都在小可愛身上。

小可愛聽著，只覺得過去那些回憶都湧現了，她被侵犯的每一天、每一刻，擺脫不掉的院長，她不想當院長的乖學生，不想當那個乖孩子——爲什麼連死了，都要在這個他們的家園，看見那個噁心的男人！

『啊啊啊……啊啊啊啊——』小可愛崩潰得慘叫起來，『我不要了！我什麼都不要了！拜託你讓我忘記一切吧，巴巴！』

他做不到的，闕擎看著一旁的木屋開始崩落，連天空都裂出了洞，那個巴巴的能力可以創造幻境，是因爲這些孩子們能想像出來美好，他再讓他們一起分享感受，所以也能讓他們與過去同步，感受著他們的喜怒哀樂、痛苦甚至死亡，但沒辦法讓人遺忘。

小可愛絕望了，她想抽離這個曾經美好的世界，所以這個世界開始崩解了。

「現實很痛苦，但逃避不是辦法，我知道你們會覺得這是空話，自己窩在快樂的世界不好嗎？」闕擎看著慌亂的巴巴，他也難以補救，「我也是過來人，逃避後再回到的現實，那才更可怕。」

其實他最想說的，他不在乎這群孩子窩在快樂的世界，重點是礙到他了！他們千不該萬不該，去療養院進行附身！

「老師」的出現讓所有人的信念都瓦解，恐懼、慌亂蓋過了他們美好的想像，單憑巴巴一人之力難以回天，長毛焦急的想要做些什麼，但最後卻只能回首，忿怒的看向「老師」。

「我……沒有。」他迎視著巴巴野獸般的眼神，難受的說著，「我眞的不是那樣的人！我想的是幫助孩子，幫助孤兒，教育他們！」

「院長，我可以問你一件事嗎？」厲心棠幽幽的看著他，「你覺得，你現在幾歲？」

嗯？「老師」錯愕，微怔的望著一片片瓦解的天空，他一直覺得他自己……

「我應該才二十幾吧。」

厲心棠看向闕擎，他當然搖首，阿堯最後的目光裡，院長是個中年人了，鬢角都已花白！而現在的「老師」，看起來比當時再年輕了一些。

「現在的你，擁有的是初心，但中間這幾十年，你變成可怕的人了。」厲心棠嘆息著，看向抱在一起痛哭失聲的孩子們，「讓他們極度恐懼、讓他們身處地獄的院長。」

毅風的風車化成灰，隨風飄散，小木屋的木片一片片的飛走，所有的東西都在消散中，小可愛緊閉著雙眼，依舊掩著雙耳，她不想再聽到或是看到「老師」。

小晶轉過來看向他們，血紅的淚水滑落臉龐，她瞪著「老師」，滿滿的恨意不言可喻。

『爲什麼，到死都不願意放過我們！』她咆哮尖吼，『殺了他！長毛！』

長毛下一秒，眞的朝著「老師」暴衝而去。

『不可以！』巴巴率先大喊。

厲心棠毫不猶豫，即刻撲上抱住了長毛，可她承受不了衝力，整個人瞬間被撞開！所幸布魯斯跟著出手，大手扣住了長毛的後頸，揪住他的衣服，將他提拎起來後再重重壓落地。

闕擎不客氣的推開了「老師」，「還不快走。」

他警告著，趕緊奔去探視滾得老遠、痛得捲起身子的厲心棠，長毛的力氣好大，她活像去擋一個四分衛，像撞到一堵牆似的。

「老師」完全不能接受大家眼中的自己，痛苦不解與懊悔糾纏著，但他還是聽話的趕緊離開……心裡雖不能接受，但其實他已經想起了不少事，才會從厲心棠昨夜的小木屋中離開！

他想起了各種碎片片段，孩子們被虐待、被吊打、被鞭子抽得體無完膚，還有許多男老師一起「輔導」女孩們，裡頭就有一臉怨懟的小晶，而他常聽見小可愛的聲音，說著：「老師，對不起……都是我的錯。」

那天在「百鬼夜行」裡，狼人提起的「回聲」，正是他佚失的片段，那一聲聲老師，都是小可愛求饒的聲音。

他會撫摸她，會吻著她圓嘟嘟的臉頰，腦海裡總是出現近距離的畫面，那天在小木屋裡，他畫著文老師書裡的照片時，突然閃過了小可愛哭著的模樣，但是，她一絲不掛。

他驚恐不已，十歲的小女孩，為什麼會全裸的在他面前呢？

他不敢細想，在山裡徘徊，飛到上頭那個賣很多東西的建築裡時，卻有更多可怕的記憶湧起！他不知道自己讀到了什麼，聽到齷齪的對話、令人髮指的惡行、各種交易、孩子們的哭聲與慘叫聲，直到……他剛聽見闕擎的呼喚。

「妳扶著我……這對我們不是幻覺吧？」闕擎拉起厲心棠，「我有打麻醉劑，妳撐著我沒關係。」

走過來，他看見了孩子們……恐懼又恨著他的孩子們。

「我不知道，我們剛剛是被……小狼！」厲心棠咬牙質問著單膝跪地的布魯斯，他仍壓制著狂暴中的長毛，「我們現在在哪裡？」

『在孤兒院附近而已，往上走就會回到那裡。』巴巴非常焦慮，『拜託，不要讓他變身！讓他永遠都是長毛！』

布魯斯聞言，卻突然抬首，用凌厲的眼神瞪向巴巴。

巴巴被那一瞪，嚇得後退了數步。

「你們懂什麼！他是半人狼，化身狼人是正常的，就是你們阻礙了他循序漸進的成長！」布魯斯不悅的低吼著，「關著他一百年，還想控制他，你們跟那些老師有什麼不同？」

「他們不知道他是什麼！」厲心棠倒不滿了，「保護同伴沒有錯！」

布魯斯倏地回頭，居然是忿忿瞪著厲心棠。

「那不更是自以爲是的保護嗎？」布魯斯大吼著，「有的人，根本不需要你的保護！」

他在說佳淑跟尚。

厲心棠爲他感到心痛，他們每一個人，都有著外人永遠不可能理解的過去，無論是身體的痛苦或是死亡的掙扎，或許巴巴能夠令他們「感同身受」，但心理的歷程，是誰都沒有資格說「我懂的」。

「走了。」闕擘拽著她，他現在只想找個平地，確定他不會在幻境消失後墜落。

門外的大樹到現在都沒有任何變化，他大膽猜測那可能是實體，便攙著疼到彎腰的厲心棠往那邊走去。

所有的景物都在消散中，只剩下亡靈存在，孩子們抱做一團，巴巴仰頭看著自己架構出來的世界正在瓦解，悲傷之情溢於言表；院裡的長毛發出嘶吼聲，試圖想掙脫布魯斯的壓制；闕擎緊摟著厲心棠的腰，讓她抱著自己，然後他們依靠著門口的樹，試圖抓握。

「妳疼的話就抓我。」他低語。

厲心棠不知道自己的淚水已滑落，她難受得雙手環住闕擎的頸子，伏在他肩頭低泣。

「我也看到小狼的過去了……大家都……」她咬著唇，覺得說什麼都不適合。闕擎站穩身子，向左看向院裡的孩子們，亡靈漸漸的模糊，那個巴巴果然也能透過溝通，瞭解狼人的過去，所以那孩子剛也試圖窺探他的過去，幸好他早有防備。

另一隻手輕輕安撫著厲心棠，他不會說太多安慰之語，只能借肩膀罷了。場景更換，令人有點眼花暈眩，闕擎緊握著樹枝闔上雙眼，稍事休整後再睜開時，他們已經身處在樹林中了。

陽光正好，樹林裡金燦燦的，這一區不是露營區，落葉鋪滿地面，地勢甚緩，抬起頭就能見到上頭、一點鐘方向的補給中心。

「好了，我們回來了。」他點點厲心棠。

厲心棠吸了吸鼻子，抹去淚水，環顧四周後也回頭仰望那棟嶄新的補給中心，眉頭微蹙，嚥了一口口水。

「走吧！」她幾個換氣，緊張的抖抖身子。

「走？」

「裡面還有一個要解決啊。」

啊！對啊！闕擎不情願的嘖了好幾聲，現在最凶狠的，就是那個阿堯了啊！是他把那傢伙放出來的！

行行行，他點點頭，他犯的錯他願意扛。

兩人往上走，他趕緊拿出能用的法器，佛珠護符能戴的都戴，不過那傢伙那麼狠厲的話……他還是從背包中拿出了雙鍊鎚。

「你買這麼多啊，我記得他們家東西不是很貴？」

「能保命的東西，不要嫌貴。」闕擎這是肺腑之言，便宜貨保不了命有啥用！

只是他還沒走回補給中心，卻看見一道黑影從上頭飛過，直直摔進了補給中心裡，那玻璃碎地聲音驚人！他們加快腳步但謹慎的往上奔去，果然在邊牆看見一個大洞，這種力道厲心棠一看就明白了。

「是小狼他們吧？」厲心棠靠近那破洞，往裡頭一瞧——哪還有賣場的樣子，只見到兩個人瘋狂的在裡頭扭打，裡面的東西全給砸爛了！

她焦急的要進去，闕擎卻先拉住了她，「狼人在打架時闖進去，不是明智之舉。」

對，狼人的力氣很大，而且瘋狂時根本不認人的，他們等待著那兩個身影打到裡頭去些，才趕緊從那破洞口伏低身子鑽進去。闕擎好奇的是長毛，能跟狼人扭打這麼久，果然是半人狼，但他現在是以人類姿態？還是狼人姿態呢？

兩個人找到某個櫃檯邊蹲下，終於看清楚長毛依舊是長毛，看起來布魯斯每一招都有手下留情，只是長毛看起來忿怒難當，揪著狼人一通發洩，又嘶又咬罷了。

突地一陣寒顫，闕擎下意識收緊了拳，他手裡緊握著雙鍊鎚，眼前是某個賣紀念品專櫃，櫃子上的玻璃隱約的反射著他們身後……那個龐大、又滿臉怒不可遏的阿堯！

『去死！』大掌直接拍下，闕擎立刻把厲心棠往前推，自己趕緊向後滾開，同時甩出手上的雙鍊鎚。

阿堯啪的一掌握住，那下一秒即刻痛苦的鬆開，『哇啊啊！』

眨眼間，他三根刀般的手指直接被熔斷，闕擎自個兒都瞠目結舌，這東西貴得有理啊！

「哇啊！阿堯！」厲心棠狼狽的趕緊爬起來，第一時間就往布魯斯那邊衝，「小狼！小狼！」

布魯斯與長毛同時停手，趕緊迎接衝來的厲心棠。

阿堯的怒火現在全集中在闕擎身上，他眞的覺得自己非常無辜，剛剛灑鹽的剛好是他，所以阿堯記得他吧？問題是——誰被厲鬼追不會反抗啊！

「我不是你的老師，我路人甲！」闕擎趕緊解釋，雖然知道沒有用，但他在還是利用時間退後。

『我要殺了你們所有人！全部！』阿堯連眼睛都是紅色的，墮魔的傢伙，他只能選擇這種方式保護自己，報復別人。

幾乎是移形換影的速度，這次來到闕擎身後，他法器完全來不及使，連思考都沒辦法，根本就是只能等待死亡的份！阿堯瘋狂的朝他身上亂砍，但僅一刀，他卻被無形的盾擋住。

緊繃著身子閉上眼，正在等待人生最後的闕擎，沒有感受到痛楚？接下來的第一反應，就是往前衝！逃！

天曉得身上這件外套有多貴！

『我把你們都殺了，換我們的自由！』阿堯立定躍起，二度撲向闕擎。

長毛衝向闕擎，閃身而過，一眨眼來到阿堯面前！「堯！」

阿堯的攻勢瞬間停止，血紅雙眼俯視著長毛，帶著些許的疑惑。

「堯！」長毛激動的說著，指指自己，撥開臉上的毛髮。

但下一秒，阿堯右手的刀刃，竟直接刺穿了長毛。

「哇啊！」厲心棠簡直傻了，他不認得長毛了嗎？「你瘋了嗎？他是長毛啊！」

長毛像肉串一樣，被插在三把刀子上，然後阿堯面無表情的一甩手，把長毛狠狠甩到牆上去，磅的再摔下來。

「不不不──」

布魯斯發狂的怒吼，頭變成狼首，身體比之前更高大更壯，全身被毛覆蓋，四肢都伸出了利爪，一切都在須臾剎那間，一變身完畢，他就朝著阿堯衝去了。

布魯斯一拳擊在阿堯臉上，阿堯不痛不癢的不停刺向狼人，但他閃躲得俐落，甚至跳到阿堯身上，可是阿堯身上也都是長刺，幾乎被他碰到就只有受傷的份，搞得布魯斯只能閃躲。

哇塞！墮魔與狼人，這可不是日常可以看到的好戲啊！第一排耶！

闕擎看戲正起勁，但也感到有點疼了，麻醉藥似乎在失效中，他一拐一拐的前往長毛所在，他也沒想到，阿堯已經六親不認到這種地步了。

「殺風！妮妮！你們好歹出來認個親吧！」闕擎呼喚著，「多一點人把他叫回來。」

「叫不回的。」厲心棠滑到長毛身邊，他趴在地上，鮮血橫流一地，「他懷怨很重，自願墮魔，那是一種天下都對不起他的心態，絕對是會殺到底的。」

他知道。

看著他的變幻出的形體也知道，全身長滿尖刺，如同他這個人一樣，他不僅要保護自己，同時還要殺盡他恨的人；小晶也是同樣的，她每根牙都成了三角尖刀狀，就是想隨時能撕咬人。

將長毛翻過來時，他已經奄奄一息，不停的抽搐、不停的吐著血，雙眼恐懼的看著他們兩個，顫抖的伸手想要一個安撫。

「你不行死！我看得出小狼覺得你很重要，他不惜干預人類事務也要選擇你！」厲心棠很想止血，但長毛是被三個刀刃刺穿的，身上三個二十公分以上的大洞啊，「他沒有選擇我，他選擇你啊！」

咦？是嗎？闕擎沒有想到這一層，但厲心棠說得有理，這個媽寶女照理說是集三千寵愛於一身的，首次有「百鬼夜行」的怪物選擇了外人！

闕擎啪的握住了長毛的手，試圖看著他，「你是狼人混血，應該不會這麼弱吧，堅強點，撐下去。」

長毛其實不理解什麼是半人狼，他只知道自己跟毅風他們有一點點不同而已，他只知道跟大家在一起很快樂、很幸福……跑得快又能追獵動物他很喜歡，這樣大家都能有肉吃。

在一起玩是最……最好的……闕擎感受到手裡的握力鬆了，長毛整個人突然平靜下來。

「不不——不！」

厲心棠受不了的哭了起來，長毛走了。

『阿堯！你瘋了嗎！』小晶的聲音終於傳來，『你居然殺了長毛！』

闕擎越過伏屍痛哭的厲心棠，看見亡靈們盡數現身，試圖阻止阿堯，但毅風只是碰觸到阿堯的外圍，連身體都還沒碰到，就已經痛苦難當了。

魔與鬼，還是有點差距的。

此時的布魯斯早借助其他物品的力量，拆了賣場裡的賣衣桿當武器，狠狠朝著阿堯身上戳去，但不管戳幾個洞，那傢伙的傷口都能復原。

阿堯睨著小晶，大手竟一揮，直接掃掉她，若不是小可愛眼明手快，他們就怕連魂魄都會被傷害。

「太過分了！」闕擎眼前的女孩咬牙低語，緩緩抬起頭來。

厲心棠？闕擎看著她怒不可遏的模樣，這跟平常她生氣時不一樣，她現在是……眞的、眞的非常很生氣！

但，她能幹嘛？

「厲心棠。」闕擎沒出手，只是喚著。

所以她沒理他，伸手向後，從背包後方繫著的繩子裡拽出一個口琴，抹著淚往戰場走去。

這個時候，布魯斯被阿堯一個旋身掃到，他身上的尖刺刮傷了他，直接把狼人撞飛出去，還就從厲心棠身邊飛過。

但女孩沒有止步，她拿起口琴，氣急敗壞的朝著阿堯就是痛罵。

「你被欺凌的確很可憐，但不代表這樣就可以傷害別人！世界沒有欠你！」

百鬼夜行
第十三章
墮魔

不愧是在鬼怪中長大的孩子啊……但他說眞的，她該怕吧？

口琴就口，厲心棠開始吹奏曲子，闕擎知道現在不是開演奏會的時候，反正那傢伙有蕾絲戒指護體，阿堯太過分的話，「百鬼夜行」的老闆鐵定會出手，他要在意的是……咚。

闕擎嚇得縮回手，不可思議看著眼前的屍體……他剛剛手是擱在長毛身上的，那剛剛的心跳聲是？

遲疑兩秒，在口琴聲中，他大膽的趴上了長毛被刺穿的心窩——咚咚咚咚咚！

『啊啊啊！停止！』阿堯痛苦的想捧住頭，但他雙手都是刀刃，『叫妳住手！』

他一拳砸向厲心棠，布魯斯再度如箭矢般衝過去，抱住厲心棠往旁移動；巴巴跳上一個櫃檯，他試圖與阿堯連結，多希望可以讓他的意識回到過去，某個快樂的瞬間……一定有的，在那個暗無天日的日子裡，絕對有那裡一個瞬間是——

阿堯踹翻櫃子，巴巴的靈體嚇得隱匿，他來不及啊！

角落裡的闕擎，正在見證奇蹟，看著長毛身上的傷口一一癒合不說，他的骨骼在增長，頭型也在變化，長長的嘴開始變長，牙齒開始變尖，身上的毛也越來越濃密……他知識不足，不過有個小小的問題。

如果半人狼覺醒變成狼人的話，能保有人性嗎？

『我叫妳住口！』阿堯變得更巨大了，他這一吼，竟有如聲波般的效果，將布魯斯震飛，同時震開了他抱著的厲心棠。

呀！厲心棠飛出去，試圖想翻滾落地但失敗，疼得滾了兩圈，口琴也跟著飛出！但她知道對惡鬼的扣血已經造成，所以咬牙爬起，趕緊衝過去再抓回口琴，她必須繼續吹！

但背脊發涼，汗毛直豎，她知道阿堯已經來到她身後了！

阿堯雙手高舉，就要從她的天靈蓋往下刺——

「阿堯。」

一個穩重的聲音自厲心棠正前方傳來，「老師」緩步從正門走入，昂頭看著那已經人不人鬼不鬼的阿堯。

「把手放下！你怎麼變成這個樣子？」

墮魔的阿堯高舉的手竟開始發抖，他望著門口那個人……想起了那個拿刀剜肉的過往，被潑上辣椒水的時刻，拿釘子釘他指甲縫時的笑容，還有那個用小晶要脅他的眼神。

院長！他是院長！

『啊啊啊……』墮魔瘋狂的後退，他踉蹌不穩，隨著每一個不平衡，身形隨之變小，十步之後，他幾乎回到了阿堯的模樣，『你不許靠過來！』

什麼？厲心棠緊握著口琴回頭，看著阿堯一臉凶狠的在後退……這墮魔可以連夥伴長毛、喜歡的小晶都傷害，但卻畏懼那個當初真正迫害他的人？

「阿堯，沒事的！我不會傷害你的。」「老師」誠懇溫和的說著。

『走開！你走開！』阿堯已經退無可退，『你再過來我真的會殺了你！』

「老師」依舊走到他面前，阿堯咆哮著，他幾乎恢復成亡靈狀態，但手裡還握著死前殺死周老師的刀子，猛然朝「老師」身上刺去。

『啊啊啊啊——』

但大家都知道，鬼殺鬼，可以玩幾世紀的時間吧。

阿堯的暴怒與發洩，竟是以亡者姿態，卻不是墮魔？厲心棠皺著眉頭，她不懂，她真的不明白。

「……厲心棠！哈囉！」遠遠的，闕擎在十公尺開外喊著。

他眼前的長毛已經不是之前的樣子，他現在真的就是個狼人，牙齒太尖，最可怕的是他鼻尖剛剛嗅了嗅。

而他身上，都是血。

不懂就問，狼人剛覺醒時會不會餓啊？很急，在線等。

闕擎試圖移動，不過肋骨劇痛，而他裝有麻醉劑的小包，在剛剛被扔進巴巴空間裡時掉了。

長毛倏地張開雙眼，棕色的獸眼咕嚕咕嚕轉著，他坐起身，鼻尖努了努正在嗅聞，然後在闕擎面前舔了舌。

不好，這眞的不好。

「我不想傷害你的。」闕擎認眞的看著長毛，「但如果你眞的要這麼做的話——」

肉眼不可見的速度，長毛突然變成一道幻影似的飛出去，耳邊只聽見撞擊聲，闕擎倏地往牆邊看去，長毛被踢得老遠，又被踢到挑高三樓的地方再摔下，下一秒就突然被摔到右邊的牆，來回重摔數次，終於到睡著……或是昏倒爲止。

「你幹什麼！你想殺了他嗎？死吸血鬼！」吼叫聲傳來，布魯斯衝到了長毛身邊。

而他身邊，站著一個穿著防曬外套的金髮美男子。

「他剛覺醒什麼都不知道，隨便就能吃掉棠棠的。」德古拉扶了扶墨鏡，「哎喲，你怎麼傷得這麼狼狽啊？一個墮魔都應付不了？」

「你能你去啊！」布魯斯不往的吼著，「那是魔！」

德古拉冷笑，「我也是同族啊，Puppy！」

「閉嘴！」布魯斯怒極攻心的轉頭揪住德古拉的衣領，只可惜大爺不動如山。

「好好的把小子帶回去教，別讓他出來咬人。」德古拉嚴肅的望著他，「如果他再出來傷人，我會解決他的。」

「你敢——」布魯斯齜牙裂嘴的。

但他心底明白，德古拉敢，他也一定會這麼做。

忿忿鬆開手，他彎身扛起昏迷的長毛，回頭看了厲心棠一眼。

「對不起。」

厲心棠難受得蹙眉，小狼不必跟誰說對不起的，好不容易遇到了同類，她知道同類對他的重要性。

布魯斯眨眼間就消失了，厲心棠再回頭時，發現連德古拉都已經無影無蹤，她不安的看著孩子們的亡靈再度現身，趕緊先奔到闕擎身邊去，他看起來動不了了！

「我麻醉劑的腰包掉了。」他幾乎是用氣音說著的，「很痛。」

比之前的更痛，而且他懷疑在失去痛覺時的大幅度動作跟這幾次的摔傷，也加劇了傷口惡化，麻醉一退就是報應來了。

「也太快了！」她身上根本不可能攜帶止痛藥啊，看著闕擎臉色蒼白的坐在地上，卻無能為力。

同時不安的回頭，孩子們與「老師」壁壘分明，他們隔著大概五公尺的距離，一個試圖親近解釋，另一邊卻是警戒一百分與恨意兩百分、但恐懼五百分。妳去。闕擎推推她，距離太遠了，想看就前進一些。

「阿堯墮魔就是墮魔了，他不會恢復的。」厲心棠嚴肅的說明著，「現在只是殘存的人性對老師還有恐懼，說不定等會兒人性就全消失了……到那時，連其他亡靈都會倒楣。」

……闕擎聽著有點頭疼，應付鬼魅已經很頭疼了，還墮魔，「那別離我太遠。」

至少厲心棠還有最後一層防護，必要時能護住他們兩個……如果那蕾絲戒夠力的話。

厲心棠抓過闕擎握在手裡的鎚子，低姿態的緩緩靠近，「老師」積極的解釋著一切，而且帶著滿滿的歉意。

「可是現在我的心裡……是擔憂你們的！我害怕你們在外面挨餓受凍、我擔心你們被人欺負，我一直希望能對弱勢孩子們做點事的！」「老師」激動的辯解，「我無法否認我曾做下的事，但我眞的不知道爲什麼我會這麼做！那不該是我！」

每個孩子都瞪著他，眼底帶著恐懼與控訴，在他們眼前就是院長，就是那個坐視一切發生、甚至鼓舞惡事發生的院長。

『你鼓勵老師們虐待我們！讓大家餓肚子，用集體連坐當處罰，用恐懼教育、逼我們就範！』毅風眞的回想起就是恨，『好幾個老師暴力的毆打，你不但沒阻止還支持，把長毛當動物鎖在地牢的是你，鼓勵老師毒打阿堯的也是你！』

男孩仍在顫抖，他現在是阿堯模樣，但是全身仍有無數個黑點凸起，那些就是剛剛的尖刺處，等他等等如果轉爲魔物失去意識時，就會長出尖刺……他已經在魔道上了。

斜眼瞪向「老師」時，他的身體彷彿也憶起了過去，開始綻開一道又一道的傷口。

『我就恨……我發誓有一天要殺光你們的！換我把你們倒吊起來，讓大家輪流毒打你們！』阿堯每個字都是咬牙，迸出齒縫裡說著。

『我不信你的鬼話……是你讓我們穿得漂漂亮亮，還載我們出去，當禮物送給一堆老男人。』小晶想起來也渾身發抖，『噁心死了！你不知道我們多少人都想死啊！』

妮妮撫上自己可怕的臉，她剛剛才知道原來她本來會是「特別大禮」，是文老師先毀了她的容，才沒有遭到小晶跟很多女孩的遭遇……她當然都知道，學校好幾個女孩很常被老師叫去辦公室，也很常外出，總是以爲自己幸運。

但是，她被毀容又能算幸運嗎？人生的幸與不幸是能這樣比較的嗎？

「老師」絕望悲淒的跪了下來，大部分的記憶如片段般出現在腦海裡，所以他沒有否認……只是他仍舊停留在年輕時的他，無論如何都想不透，他爲什麼會變成那樣的人？甚至還對一個十歲的女孩出手，而且獨佔著她。

小可愛啊，他發現孩子不見時，最掛心的就是她，原來因爲他是眞的對她有不尋常的情愫。

是環境改變了他？還是他的本性如此，只是欠缺一個誘發的原因？

在那個封閉的環境中，無所依靠的孩子們與擁有權力的他們，最後他享受著主宰生命的快感，就這麼墮落下去。

「對不起，我沒有辦法告訴你們，爲什麼我後來會變成那樣！但是現在的我還是那個只想幫助孩子們的老師！」「老師」自己都痛心疾首，他眞的太禽獸了！「我只能說對不起，爲過去……那個我，跟你們道歉。」

沒有人回答，孩子們依舊睨著跪在地上的「老師」，其實誰都可以感受到他的誠心，他也的確跟他們認識的院長不同，但是傷害已經造成，這不是區區道歉就能消彌的。

『小可愛決定吧。』毅風覺得，小可愛最有資格說話。

他輕輕推著小可愛上前，妮妮與小晶紛紛讓開，鼓勵她往前，去面對那個讓造成她一生地獄的男人。

小可愛怕到無法邁開步伐，她一睜眼就看見跪在地上的院長，只會想起跟他之間所有令人作嘔的一切。

「對不起，對不起！」「老師」整個人都伏上了地，痛哭失聲。

小可愛終究還是踏出了第一步，朝著「老師」走過去，厲心棠很難想像她能怎麼面對這個侵犯她的男人。

每走一步，她都會想起他的觸摸、他的親吻、他一切讓她反胃的舉動，那似乎也感染著小晶，她殺氣騰騰的，彷彿下一秒就能衝上去撕了「老師」。

小可愛終於走到了「老師」面前，「老師」昂起頭，淚流滿面，看著那該是天真可愛的女孩，現在卻是這副枯瘦且毫無靈魂的模樣，小可愛不該是這副模樣的啊！

「或許、或許我正是知道自己的錯與罪，才讓我連死後都無法安寧……忘卻我犯下的罪惡，回到我最有熱忱的時候，心心念念的都是你們，就算是鬼，我也找你們找了幾十年。」

這是有可能的，魂魄久待人世的，多半都是有所未了之事。

厲心棠往後退了一步，因為她覺得阿堯的臉變得有點可怕，連帶著連小晶也都開始出現不尋常的變化了！瞧！角落的巴巴不知道何時已經抱著洛洛遠離了夥伴們，他也察覺到了對吧？

而在闞擎眼裡，他瞧見的是從阿堯身上散發的邪氣，正逐步感染著夥伴們，一縷一縷進入他們的意識當中。

不妙啊！他咬著牙慢速移動著自己的身體，總得找個隱密一點的地方，至少別這麼明顯的曝露在亡者的視野之下。

剩下的，就只能相信孩子們的人性了……如果人性值得被相信的話。

小可愛哭了，她哭得可憐兮兮，又是那惹人憐愛的模樣，「老師」看著那臉龐，眞的有一種想抱入懷裡疼的衝動……只是他不敢確定，那是師長對孩子的疼惜，還是摻進了不純的感情？

淚眼朦朧的小可愛，竟主動伸手向前。

『院長，如果我能原諒你的話……』她極為痛苦的皺起眉，『那我該怎麼原諒我自己呢？』

後面那句，她是咆哮著的。

僅僅一秒，小可愛的五官扭成駭人可怕的模樣，一雙小手二話不說，直接挖出了「老師」的雙眼！

『不可原諒——』緊接著阿堯身上的尖刺倏地竄出，他再度變成那高大、扭曲的姿態，衝向了「老師」。

他身邊的小晶、毅風、妮妮等人，程度不等的全部化身成更加猙獰的模樣，把所有的恨意付諸實行，集體蜂湧而上，包圍住「老師」。

唯剩巴巴，他拖著洛洛逃難似的閃躲，身形變得模糊，默默的消失無蹤。

厲心棠奔回闕擎身邊，這幾秒鐘光景，連一聲慘叫都沒聽見，「老師」就活活被撕成了碎片，闕擎都能看到如人類般的肉四處飛散，靈魂碎片原本帶有的光，在幾秒內便黯淡消失了。

「快走快走！」厲心棠繞到他身後，從腋下拖著他往後，「老師被撕裂了！」

「他是鬼吧？最多靈魂受損？」

「可能更糟，因爲他們都墮魔了，我怕老師的靈魂已經不在了。」厲心棠很想找地方躲，但員工區的門離他們很遠啊。

唔……肋骨的疼讓闕擎痛徹心扉，但他不敢喊，他看著「老師」連一點渣渣都沒剩下，而站在二十公尺開外的幾個孩子都已經不是普通惡鬼，他們甚至跳過了厲鬼，選擇了跟阿堯一樣的道路。

因爲只要獲得更大的力量，就能夠無懼一切的反擊，他們單純的腦子只能想到這樣吧！

老師們都死光了，現在才想要報復，未免也太遲了吧！

「停！」闕擎反手按住厲心棠的手，她別一直往後拖，看看前面啊。

嗯？厲心棠終於抽空抬頭，就這麼與阿堯他們四目相交——孩子們全部面向他們，因爲他們是這個空間裡唯二剩下的活人，而且還是「幫助老師找到他們的人」！

『破壞一切的人……』小晶最爲光火，『都是你們毀了我們的所有！』

這也太冤枉了吧！誰會知道有一群人死了之後會身處在幻想中繼續「活」下去啊！而且還是群孩子！

「我在這裡！不必擔心！」厲心棠立刻由後環抱住了闕擎，只要真的生死關頭，叔叔給她的蕾絲戒指就能保護她的！

雖然她一點都不喜歡這種「千鈞一髮」！

小晶領頭，發狂的衝向了他們……闕擎默默按下了手機，他有種短期之間噴一堆錢的感覺。

手機裡再度放出了音樂，環抱著他的厲心棠聽著熟悉，這個是那天闕擎車子裡放的音樂，也是出自唐家姐弟品牌，專門驅鬼的特別淨化歌曲！

小晶果然戛然而止，她眼神是瞪著闕擎，但是卻痛苦得彎下身子，連手都在顫抖，身後的阿堯更是直接大吼，身子以不正常的方式扭曲，隨著手機裡播出的音樂更加激烈，他們的痛苦似乎也加劇。

毅風與妮妮到這時還是難分難捨，緊緊牽著彼此的手，可能力量比較弱，受的傷害也比較小，至少沒有阿堯那麼痛苦。

「哇……」厲心棠深深佩服，接著立即拿起手機，「我立刻打電話烙人！」

才拿起手機沒幾秒，那幾個孩子受不了似的紛紛逃離，連點殘影都沒瞧見，但是慘叫的回音仍在，迴盪在補給中心裡。

「暫停暫停！」闕擎心疼著金錢，雖然錢不見了，變成保命的音符，但他還是希望多保留一點。

厲心棠趕緊按下暫停，繼續撥打電話，這裡可是露營區啊，有這麼多人在，萬一墮魔跟惡靈到處亂竄的話，最後還是會傷及無辜的。

闕擎懶得動了，聽得厲心棠跟對方說好了時間地點後，她幫他把手機拿了回來。

「四十二秒，呼，眞有效。」他有點欣慰，他買了三分鐘，還有兩分十八秒的叩達可供使用。

「唐大姐說立刻上來，但再快也要兩個小時。」畢竟有段距離。

第一時間就打給唐家姐弟啊，闕擎淡淡笑著，厲心棠很有效率，換言之，她也沒打算放過他們。

「他們應該暫時無法活動吧！」闕擎看了高大的建物一圈，「巴巴，你在的話，稍微控制一下他們，回到過去某段愉快的時光也好。」

巴巴在嗎？厲心棠看不見，但是她搖了搖頭，「他做不到的，因爲毅風他們已經不是亡靈了。」

「墮魔這麼麻煩的嗎？」闕擎想要躺下，坐著實在太疼了。

「已經沒有人性的亡靈，再快樂的回憶也勾不起他們的共情了。」厲心棠還是對各種鬼怪頗有瞭解，「他們現在只剩下不停的壯大自己，好報復這個世界。」

她溫柔的扶著闕擎躺下，闕擎看著上方的天窗，突然發現原來巴巴跟洛洛就坐在上面，正俯瞰著他們，然後默默點點頭，像是應和著厲心棠的分析。

「選擇墮魔，才會變成沒有人性的亡靈。」闕擎嗤之以鼻的笑了聲，又犯疼了，「呵，那些孤兒院的老師們，又是選擇了什麼，才讓自己變成沒有人性的人呢？」

厲心棠咬了咬唇，她知道闕擎也待過那種地方吧，雖然她沒看過他的過去，但光是小狼跟那些孩子的歷程，她就已經覺得太可怕了！沒有家已經很難過了，結果收養的地方還成了唯一地獄，那能怎麼辦？能去哪兒？絲毫沒有退路啊！

「我覺得，反而是因爲他們讓人性毫無限制的展露耶！」厲心棠無力的說著，「他們讓各種貪婪、邪淫、惡毒的本性流露，吞噬了良善的人性……嗯。」

她邊說，一邊覺得有點脫力，還有點眩暈。

闕擎也留意到她突然變白的臉色，「妳怎麼了？有傷到嗎？」

「有點發冷……不太舒服。」她邊說，真的打了個寒顫，還有些反胃，「我……」

啪——一點預告跟前奏都沒有，厲心棠就這樣直接倒了下去。

闕擎撐不起身，他自己都自身難保了，他都已經疼到渾身冒冷汗了，這傢伙爲什麼最近身體這麼差啊？

「喂——德古拉！狼人！」他開始仰天大吼著，順便拿起手機，「你們寶貝棠棠暈倒了啦！喂——」

圓拱屋頂狀的巴巴只是看著，轉過身，眺向遠方，洛洛依在他腿邊，依然害怕的圈著他。

『巴巴，皮皮去哪裡了？』洛洛只在意了唯一關切的問題。

『他去了更遠更遠的地方。』

『咦？皮皮沒有我不行的！他、他會迷路、他會不知道怎麼辦！』洛洛這下可緊張了。

巴巴低首，輕輕撫著洛洛的捲髮，『不會的，他很好……迷路的是我們才對。』

『咦？』洛洛眨了眨眼，他不懂，『我們迷路了嗎？那要回家了嗎？家都變成灰了。』

巴巴伸手，抱住了洛洛，孩子聽話的巴到他身上，任他緊緊抱著。

『走吧，我們早該離開的。』他輕嘆口氣，朝著很遠的某方看去，『路在哪裡呢？我看不清了，瑞卉。』

他知道宋瑞卉做了什麼，更知道她一直都在。

否則那個黑髮哥哥不會知道阿堯的最後，不會知道是大胖老師上的鎖，那是連他都不知道的事。

屋頂上方突然延伸出一條青草小徑，跟以前通往孤兒院後面山坡上的路一模一樣，放眼望去，那棵巨大的樹仍在山丘頂上，以前大家會坐在下方野餐。

那曾是他們最快樂的時光，老師們會帶他們在那裡玩耍、奔跑、玩遊戲，沒有人被毒打、沒有人被覬覦，小可愛跟小晶也都還很小的時候。

『走吧。』巴巴抱著洛洛起身，踏上了那青草小徑，『我們回家。』

＊

「老師」生前，的確是孤兒院的院長，他全名叫張振輔，在孤兒院當了十七年的院長，很難想像這期間殘害了多少孩子。他的下一任就是宋瑞卉，一個原本就是孤兒院裡的孩子，她用盡手段站上了院長的位子，並且逐年收集證據，一一逼走了各個老師。

她沒有選擇告發，而是採用威逼，交換條件的獲取她想要的東西。

文雅君就是第一個被逼走的，但是離開的老師們一樣投身教育事業，而且多數都得善終，至少沒有任何一個被怨魂纏身，因為孩子們對他們的恐懼已植到骨子裡，連死後都不敢復仇。

張振輔比較不一樣，他深受愧疚纏身，與其說他對孩子們有歉意，不如說是戀童癖的喜好讓他痛苦！即使他在外還是個優秀老師，但總深怕被人發現這一點，又必須壓抑著對孩童的喜好，再加上宋瑞卉始終沒有放過他，三不五時就會去拜訪他、或寄出照片，或寫信細數他所有的罪狀，年復一年的對他精神折磨。

宋瑞卉爬得很快，她不僅是孤兒院的院長，後來還跟戰爭英雄結婚，甚至經營了醫院，一路打通關都是靠著要脅當初染指孤兒院女孩們的高官，以獲得特殊權利，等他想要料理她時，她已經是背景比他還硬的人了。

那個小小的雀斑女孩，有一天竟走上比他們還狠的路線，手腕比他們還凌厲，在厲心棠翻找出的那箱文件中，有著她的懺悔錄；她當年的逃亡計畫中，一開始就沒有她，她是要藉由告發讓自己能變成老師們的信任的學生，像年長學長姐們一樣受到重用。

她相信毅風可以帶著大家出去，相信他們可以過著很好的日子，所以她幾乎確定大家都到南牆那邊後，在近三點半前告發了一切，如此大家能逃走，她也能有功——只是她也太天眞，她沒有想到夥伴們沒有人走出那片森林。

她留意到這點，是在很多年後見到了長毛。

新雞舍的雞隻一直被偷，大家試圖圍捕未果，她守了好幾夜終於等到了竊賊，結果竟是長毛！從長毛抗拒的眼神中她似乎明白了什麼，她只問長毛一句：大家好嗎？

長毛悲傷的神情道盡了一切，絕決離開，那瞬間宋瑞卉便明白：出事了！

她沒有去追，而是每週固定在他們雞舍附近的石頭堆裡擺放食物，每次長毛都會叼走，她一直一直這麼做，即使戰爭時期也會努力的生出食物……一直到食物再也沒被拿走爲止。

當子孫開始開發山林，卻傳來夜晚不安寧的消息時，她也瞭然於胸，但她不後悔自己的選擇，朋友們會出事，眞的是她始料未及！

最後她確實的保下了所有孩子，爾後有許多優秀的孩子，都出自於她經營下的孤兒院。

而身心受到折磨的張振輔，甚至到晚年開始回憶過去的一切，獲獎時自己比誰都心虛，動輒想起小可愛的天眞模樣，一邊覺得自己變態噁心，一邊又難以克制慾望。

「他後來精神錯亂，總是嚷著要去找孩子，在山裡失足摔落而亡。」章警官語重心長的說著，「享年六十七歲。」

「還當到校長啊，眞厲害。」厲心棠覺得人生就是諷刺，那些孤兒院的老師們，出去後個個都過得很好耶。

「是啊，後來提早退休，就是因爲精神不好……他的兒子後來也證實，離世那幾年他眞的已經精神不正常了，總是在說孩子不見了，要快點找。」章警官喘著氣，往前方看去，「到了沒？」

厲心棠趕緊低首看著自己手上的地圖，「快到了……如果闕擎說得沒錯的話。」

「他最近多災多難啊，肋骨斷四根可不是小事，還差點刺穿肺臟！」章警官有些憂心，「你們法器什麼都要準備好，或是少碰這種事……算了，有時也不是你們自己能決定的。」

厲心棠苦笑著，章警官眞的懂，不愧是擅長處理詭異案件的警官。

「我聽得到好嗎？我才是眞的不能自行決定的那個！」視訊那頭，闕擎沒好氣的躺在病床上抱怨，「厲心棠妳眞的都沒事了嗎？」

「沒事啊，我睡一覺起來就好了！你都問幾次了！」她嘴上抱怨，心裡卻有點開心，「我今天結束後，就會去看醫生，認真檢查一次。」

「嗯。」這還差不多。

以前不是沒遇過糟糕事，被厲鬼傷到也有，但厲心棠從來沒有這樣虛脫過，還直接暈倒，這傢伙從來不是體弱型的人啊！

厲心棠舉著手機，好讓闕擎清楚看著山林裡的一切，這裡不是正常路徑，但並不危險，道路都相當好走平緩，只是感覺從來沒人來過似的，地上長滿草，從未有足跡，搜救人員都得先用登山杖敲打，避免踩空。

「停！」闕擎突然喊著，「妳手機裡正前方那棵樹……對，那棵。」

厲心棠隨便轉著手機，其實那棵樹不是在他們行進方向的前方，而是左側的下坡處。

章警官要大家暫停，厲心棠左轉而去，有些坡度，樹木茂密到枝葉相連，完全沒給人走路的地方。

「我過不去……你看，樹又矮又密。」

「穿過去，妳就知道了。」闕擎肯定的說著。

厲心棠深吸了一口氣，回頭看一眼章警官，他即刻蹙眉上前，看著厲心棠動手撥開樹枝，伏低身子穿破一堆蜘蛛網後，一路走到裡面……噠。

她踩到了某個東西。

抬腳一看，是一隻右手手骨。

「對不起！我不是故意的！」她嚇得腳舉起，看著被她踩碎的右掌骨頭，然後——

眼前的地上，是兩具被草與藤蔓緊緊包裹的屍骨，藤蔓穿過了他們的身體，從各處生長漫延，緊緊纏繞，也緊緊相連。

後面枝葉聲劈啪，章警官費了番工夫也鑽了過來。

毅風、小可愛……厲心棠放低鏡頭，好讓闕擎看清楚坐在一棵大樹下的屍體，意外的骨頭完全沒斷，照理說應該斷掉的頸部，現在卻被藤蔓好好的纏繞著，依舊呈現那坐姿。

長長的黑髮覆面，髮絲也與藤蔓交纏，藤蔓是先穿過他的身體，再延伸到躺臥在地的毅風與小可愛，這就是巴巴，連結一切的人；厲心棠循著藤蔓尋找，沿路只有這裡有藤蔓，她順著朝遠方望去，是否跟著藤蔓走，也就能找到小晶跟洛洛的屍骨？

「這邊！找到了——」章警官回首大喊。

「我等等順著藤蔓去找剩下的兩個人。」厲心棠將鏡頭轉向自己，「你好好休息，謝謝你。」

「剩下的人，記得處理乾淨。」他挑了眉，暗示著墮魔的孩子們。

厲心棠緊繃的深呼吸，點了點頭。

關上視訊，闕擎幽幽望向窗外，在他們被尋獲前，美夢就已經破碎了。

雖是無心之失，但他並不會後悔。

宋瑞卉死後一直沒有離開，她用她的方式留在這個世界，守著巴巴等人；是她把他拉離毅風身上，來到大胖老師視角，才能看見大胖老師鎖死箱子，把箱子放在地窖，這樣才能達到開箱，以粉碎孩子們的幻境，面對現實的目的。

也是她讓他看見阿堯死前的最後時刻，看清楚「老師」的真面目。

許多次的千鈞一髮，多少也有她的助力讓他得以閃躲。

雖然經歷了這麼多，但對他而言，那群孩子跟他毫無關係，而院裡的病人才是無辜。

他才不管什麼逃避，他只知道，他們動到他的人了！

哼。

尾聲

厲心棠風塵僕僕的回到「百鬼夜行」時，已經是凌晨了，拉彌亞送走最後一批客人，店裡的亡魂開始清掃環境；鑰匙還沒插入鑰匙孔，側門已被打開，迎接她的是闕擎。

「阿天！不要鬧喔！」厲心棠沒好氣的進入，「闕擎看到會生氣的！」

「我以爲妳看到這張臉會開心耶！」連說話聲音都一模一樣。

「阿、天！」厲心棠停下腳步，不高興的瞪著。

哼！闕擎的身影掠過她往前走，進到舞池中時，已經變成了一個女子的模樣，婀娜多姿，嬌豔欲滴，不過走路有點醜。

「你要扮成女人先把走路學好！」吧台裡的尼歐實在看不下去，「高跟鞋不是那麼好穿的！」

「我回來了！」從甬道走出的厲心棠慣例說著，眞是累死了，「食物救援！」

拉彌亞回首輕笑，朝著一旁那個臉色蠟黃的員工彈了指，去端餐。

疲憊的爬上高腳椅，眼前倒是一亮，吧台裡有兩個美男子正在擦拭杯子，一個是性格風的尼歐，一個當然是俊美的德古拉。

「你回來上班啦？」

「還沒，過來幫個忙，先複習一下。」德古拉看向尼歐，「尼歐得心應手，我還能再放幾天假。」

德古拉邊說，一邊在搖著調酒杯，吧台上擺了三個酒杯，只見他行雲流水般的調酒，最後呈現在面前的是棕色、紅色與黃色的怪色調調酒。

「這什麼？好怪？」厲心棠趴在桌上瞅著。

德古拉擺上最後裝飾，是剪紙的獠牙。

厲心棠抽了口氣，緩緩坐直身子，鼻間聞到特殊氣味，重重的腳步聲從樓梯上傳來，她朝左盯著牆面，終於見著高大的身影轉身走出。

小狼！

厲心棠沒有日常熱情的打招呼，不過略坐直身子，默默看著他，布魯斯也沒有平時的囂張活潑，一樣穿著工裝褲，對在場的眾人擠著笑容，大屁股挪上了高腳椅。

「你還進得來喔？」厲心棠正首，看著自己擱在桌面上的手，「我以爲你被除名了。」

布魯斯看著她，有點心酸，以前棠棠總是會開心的大喊小狼，然後撲過來的。

「當然進得來，總是要接受懲處。」德古拉涼涼的說，「我一點都不想說：我早說過了。」

「你現在不是說了嗎？」布魯斯扯了嘴角，「哼，我做了選擇，我明白。」

「長毛在你那邊嗎？」厲心棠問著那個被拎走的半人狼。

「嗯，我打算帶他回去找族人，而且……也得好好訓練他吧！」布魯斯說著有點困擾，「他沒有按部就班的成長，驟然覺醒會比較殘暴血腥，一直想咬人想吃肉，也難以控制變身，很難顧。」

拉彌亞笑著從後方走來，「好像突然變父親了喔，布魯斯！顧小孩不容易呢！」

「一百多歲的小孩！呼！」布魯斯相當無奈。

厲心棠很想抱抱他、安慰他，但是她現在知道小狼是觸犯「百鬼夜行」禁令的人，不能給予太多的柔軟，因為這樣會像是在支持他、或是心疼他。

「你能制得住他嗎？我說……」厲心棠保守的問著，「你那天說你其實是罕病兒，他才是真的有狼人血統的人。」

「可以！可以！罕病是當年還是人類的時候了！我都三百多歲了，棠棠！」

布魯斯拍拍胸脯，「我接受過洗禮，早就是貨眞價實的狼人了！」

肝癌死亡的亡靈此時爲厲心棠送上佳餚，東西不必豐盛，就一盤鹽酥雞加上漢堡薯條，就是宵夜最佳美味了！送上時，肝癌鬼還望著德古拉背後的酒櫃，透露著渴望。

「生前都喝死你了，死後還要喝嗎？」尼歐無奈的笑笑，「去擦桌子。」

肝癌鬼嘆息，拖著身子回到舞池中打掃。

德古拉爲厲心棠倒了杯可樂擱在旁邊，「我記得我跟妳說過，我跟狼人都不是天生的。」

嗯嗯，厲心棠咬著漢堡，她記得呢！「原來也要洗禮，跟你當初幫克洛伊施咒一樣！」

「差不多，狼人是詛咒吧！我自願承受詛咒，成爲長生又嗜血的獸人——不過我是人類時，也已經是半人半獸的樣子了！」布魯斯無所謂的聳聳肩，「成爲狼人後，還更能保護自己呢！」

那個月圓，救走他的就是狼人，他被帶到狼人群中生活，沒有人虐待他會把他視爲怪物，因爲大家都差不多，高大且毛髮豐盛，沒有誰是特別的；他們知道他是人類，但與一般人不一樣，但對狼人而言，他們平時也是人樣，只是可變身成狼！

所以後來，他自願接受所謂的「詛咒」，成爲狼人。

「結果不管是罕病兒或是半人狼，隔了幾百年，都還是被鍊子鍊住，當成怪物般虐待。」厲心棠想到就覺得悲哀，「所以我一點都不覺得阿堯的反應激烈，因爲不武裝自己，只會被欺凌。」

「正解，這就是我自願成爲狼人的原因。」即便一輩子是半獸狀態，茹毛飲血也甘之如飴。

厲心棠透過巴巴，知道布魯斯幼時的事，但她隻字不提，很多事她知道就好，佳淑與尙的事或許給了小狼打擊，但數百年下來，他應該有不同的想法了。

「老大給你多久時間？」德古拉突然切進重點。

布魯斯粗重的深呼吸，「一年，等我把長毛訓練好，補足一切後，我就得回來接受懲罰。」

什麼懲罰？厲心棠差點脫口而出，但她忍下了。

犯禁令是事實，叔叔不會有任何通融的，自小在「百鬼夜行」長大的她，必須明白。

「沙鎭山上的地我會處理，你放心，一年後差不多會進入招標階段，到時你也回來了。」拉彌亞突然想到什麼事。

「沙鎭……啊！那間超舊的廢墟——」厲心棠沒敢說她知道那是小狼小時候待的地方，「那地是你的？不是說產權人在國外？」

「喔……對，佳淑留給我的！」布魯斯搔了搔頭，「我應該也想做類似的機構吧，至少先清掉那棟破爛，這部分先麻煩妳了，拉彌亞！我再想想要做什麼！」

佳淑跟尙，最後把那棟地權產權留給布魯斯了，哇喔！

「沒問題，但我醜話說在前頭，一年後你最好乖乖回來，逃是不明智喔，布魯斯。」拉彌亞繞到他的左手邊去，吧台的角落，「拜託不要增加我的工作量。」

「眞的！」德古拉跟著附和，還嘖了一聲，「我記得她也不是很愛吃狼肉。」

哼！布魯斯從鼻孔哼氣，一副懶得理他們的模樣，看著桌上的三杯調酒，「給我的嗎？」

「爲你特調的，狼人。」德古拉將酒推到他面前，再遞一杯給拉彌亞，最後自己取了一杯。

布魯斯沉默數秒，自嘲般的笑了笑，舉起杯子後看向厲心棠。

她趕緊拿起可樂，四個人輕輕擊了杯，清脆聲響，大家一飲而盡；唯有厲心棠端著可樂，心情複雜不已，看著布魯斯離開了吧台，朝著側門走去。

下次再見，至少是一年後了吧！然後他回來，就必須接受不知名的懲罰。

「小狼！」

在布魯斯要進入甬道前，厲心棠還是喊了出聲。

布魯斯心裡暗叫YES，回頭時掩不住笑。

「你保重喔！」厲心棠的高腳椅轉向他，由衷的說。

「放心！我一年後一定回來看妳！」布魯斯豎起大姆指，「我希望那時店裡沒有該死的吸血鬼了。」

「哼。」德古拉挑了眉，想太多。

足音沉重離去，連甬道頂端的亡靈都唱起送別歌曲，直到側門關了上。

唉……厲心棠長吁了口氣，抓起一把薯條就吃。

生命中各種事情都會發生，相聚離散隨時發生，但現在她肚子還是很餓，人還是很累，日子還是得繼續過下去。

「拉彌亞，墮魔由我們接手了對吧？」嘴裡塞滿食物的她，回頭問著在檢查環境的經理。

唐家姐姐說了，墮魔她是勉強收了，但她不想處理，「百鬼夜行」也沒拒絕，全都扔過來了。

拉彌亞微怔，棠棠問這個做什麼？「是。」

「我可以參與嗎？」她認眞的問著，「還是我要問叔叔？」

場內一片靜默，氣氛有點低氣壓，因爲那群孩子選擇墮魔就已經註定了不會恢復人類，而被抓到後的處理……不一定會被魔類接受，通常都不會有好結果。

「棠棠，妳吃飽就去睡覺吧！這幾天太累了，更何況妳還暈倒過。」德古拉溫柔的開口。

唉，厲心棠又轉了椅子面對吧台，「小德，我眞的不是孩子了，我知道事情的嚴重性，我不會任性的！我必須知道，店裡是怎麼處理墮魔的。」

說不定未來某一天，是她要處理那些東西。

那天她吹奏了雅姐教她的特殊曲子，對魔物具有殺傷力，過去她只會旋律無法發揮功效，雅姐說是因爲她沒有「保護」的信念。

但是那天成功了，因爲她忿怒傷心，而且是眞的想保護自己、保護其他的人。

孩子們的選擇就該自己負責，只是想想那麼小的孩子們，最後都寧願選擇捨棄人性，也不難想像老師們當年爲什麼會變成那樣。

良善的人性，好像總是很容易被捨棄。

所以佳淑、尙跟宋瑞卉，某方面而言她實在也不知道該說他們錯還是對了。

德古拉隔著她與拉彌亞交換眼神，同時訊息聲響起，來自厲心棠的手機。

「下來吧。」

「叔叔說可以！」她開心的跳下椅子，揚著手機，「叫我下去呢……下去？」

這裡有地下室嗎？厲心棠覺得困惑。

拉彌亞凝視她的神情複雜，但最後卻揚起了意味深長的笑容！她頷了首，走向了內場。

「跟我來。」

厲心棠趕緊抹抹嘴，認眞的跟上。

她是眞心珍惜擁有的一切的！如果當年沒被叔叔撿到，她不敢奢望自己會過得多好，看著妮妮或是小狼他們的過往，還有闕擎絕口不提的黑暗，她都會覺得自己非常幸運。

正是因爲這份幸運，她不能拖誰的後腿，她就是「百鬼夜行」的一份子，必須學習成長；闕擎說的，她是鬼寶，但她不想成爲那樣的人，她希望成爲每個人的助力。

她從不知的隱密的電梯向下，拉彌亞正背對著她，筆直的站著。

「妳準備好了嗎？」

厲心棠看著電梯門緩緩開啓，用力做了一個深呼吸。

「準備好了。」

「闕先生，準備好了。」

廣播傳來，闕擎點點頭表示聽見了。

低溫的手術房靜謐安詳，手術檯上躺著沉睡且被綁住的男人，外頭的醫護正在忙碌與刷手，穿著防護服的闕擎移動輪椅，來到操作面版前，關掉了監控與錄影。

輪椅移動手術檯前，他看著男人。

「我知道你聽得見我，但動不了，也離不開！」他沉穩的開口，「這眞的是你逼我的，好好的日子不過，一定要搞到這地步！你也別想掙扎，所有束帶上都是封印跟法器，甚至連手術刀都是……噢，血袋裡的血也都處理過，總之，你不要想玩花招，那是不可能的。」

闕擎略湊近了男人，他依舊是平靜的睡著。

「再見。」

有那麼一秒鐘，男人的睫毛微微顫動了一下，彷彿最後掙扎。

闕擎重新恢復了監控，退到一旁，手術小組進入，手術燈啪的開啓，大家準備妥當。

護理長看向闕擎，他微微闔上雙眼示意。

「S手術，即將開始。」

後記

哈囉！吸血鬼之後接狼人，可能有人以為會有兩大族battle的故事，No No No，一鬼一故事，既然要講狼人，就是專心講小狼的故事。

其實如果看到最後，這本真正的狼人是長毛，他跟小狼一樣都是在孤兒院裡長大的，一個在三百多前，一個在近一百年前，在這個世界中都是尚未開發的年代，民智未開，所以對於特殊的人，都會視為怪物對待。

其實不只是多毛症，或是巨大症等等，我覺得在過去那個大家都不懂的時代，只要「不一樣」就很危險，所有罕病兒都會被嚴重歧視甚至欺侮……嗯，呵呵，我知道你們在想什麼：

即使是現在，二〇二二年，這件事依然沒有斷絕。

輕視、別樣看待、訕笑、欺負，依舊存在，別說罕病兒了，只要你「不一樣」，就容易落入特別的對待，甚至霸凌裡。

人性說複雜，但其實也很簡單，習慣排除異己，只要與自己不同，就容易用自以為高尚的觀點去排除對方，這樣想法的人有不少，「團結」起來後力量更大，接著進入群體霸凌；而特殊者往往少數，在沒有妨礙到誰的前提下，卻仍舊會遭受到排擠的命運，說不定我們在無形中都做過一樣的事。

長毛或小狼就是這種眼光下的產物，更慘一點，因為他們無父無母、無依無靠，生死也不會有人關心與過問，孤兒院裡的大人彷彿擁有無上權力，進而引發人性之惡。

現在的育幼院比較沒那麼糟的情況了，但我也只是說比較，真實發生什麼事我們也不甚清楚；絕對有好的，但也不能說沒有壞的，舉個最普通的例子，電影《無聲》都看過嗎？那還不是育幼院喔！

沒有被攤在陽光底下的黑暗，其實更多。

這次是正港的「感同身受」，以前在某個電影裡看過催眠片段，類似如果大腦覺得死了，你就眞的死了！巴巴的能力就是帶人回到過去的某人身上，體驗他的疼痛與生死，順利的話，就能解決厲心棠或闕擎，讓幻境永不滅。

所以因著這樣的能力，帶出了失蹤孩子的過去、小狼的過去，還有闕擎的一小部分——但闕擎的部分沒有被窺探到喔，只是他自己的回憶。

這本故事裡想講的有很多，除了「異己」、「權力」、「沒有經歷過沒資格評斷」、「自衛的反撲」以及「什麼叫眞正的幫助」。

眞正有效的幫助是什麼？是回去復仇、殺死對方才叫拯救？還是解散孤兒院？或是成為體系中的一份子？我先說，這件事沒有肯定的答案，我寫出來的發展也不代表那就是對的，我只是敘述了該角色做的選擇，或許你認為那是錯的，Well，那就是不對的，絕對有更好的方式；你覺得這是萬難中的選擇，那也ＯＫ，只是有沒有可能不需要這麼做也能達到目的？

凡事均有一體兩面，事無絕對，人生很難的。

至於最後為什麼被虐待的孩子們都沒有去報復？恐懼植到骨子裡真的會這樣連面對自己的仇人都不敢下手嗎？

這關乎個性，也沒有一定的走向，我設定的是這些都是小小孩開始就被恐懼把控與洗腦，所以不敢去反抗；這也是我親眼看過許多成人的表現，其實很多人自幼受虐、甚至是長大後遭受不公與傷害，但他們多半寧願選擇遷怒或傷害親近的人，而不是去反擊。

最後，很有趣的一個問題：如果你身在巴巴與你自己締造的美好幻境中，你想不想離開？

一個人一味的逃避現實，該不該喚醒他呢？

沒有正確答案的問題，其實很有思考與討論的空間。

現在是五月初，《狼人》這本便是書展書，月底到六月初是二〇二二的國際書展，但今天病例是四萬多例……我們來猜猜，這次書展的見面會，我們見得到面嗎？讓我們期待吧！

最後，感謝購買本書的您，購書才是對作者最實質且直接的支持，沒有您們的購書，作者便無法繼續書寫，萬分感謝、銘感五內！謝謝！

願世界疫情快點結束，寰宇安寧。

笭菁

境外之城 135

百鬼夜行卷8：狼人

國家圖書館出版品預行編目資料

百鬼夜行卷 8：狼人 / 笭菁著　一初版一台北市：
奇幻基地出版；
家庭傳媒城邦分公司發行；2022.6（民 111.6）
面：　公分 .--（境外之城：135）
ISBN 978-626-7094-54-9（平裝）

863.57　　111006819

本書中文繁體字版由作者笭菁授權奇幻基地在全球獨家出版、發行。

ISBN 978-626-7094-54-9

Printed in Taiwan.

※ 本故事內容純屬虛構，如有雷同，純屬巧合。

城邦讀書花園
www.cite.com.tw

作　　者／笭菁
企畫選書人／張世國
責 任 編 輯／張世國
發　行　人／何飛鵬
副 總 編 輯／王雪莉
業 務 經 理／李振東
行 銷 企 劃／陳姿億
資深版權專員／許儀盈
版權行政暨數位業務專員／陳玉鈴
法 律 顧 問／元禾法律事務所　王子文律師
出版／奇幻基地出版
城邦文化事業股份有限公司
台北市 104 民生東路二段 141 號 8 樓
電話：(02)25007008　傳真：(02)25027676
網址：www.ffoundation.com.tw
e-mail：ffoundation@cite.com.tw
發行／英屬蓋曼群島商家庭傳媒股份有限公司城邦分公司
台北市 104 民生東路二段 141 號11 樓
書虫客服服務專線：(02)25007718・(02)25007719
24 小時傳真服務：(02)25170999・(02)25001991
服務時間：週一至週五09:30-12:00・13:30-17:00
郵撥帳號：19863813　戶名：書虫股份有限公司
讀者服務信箱 E-mail：service@readingclub.com.tw
歡迎光臨城邦讀書花園 網址：www.cite.com.tw
香港發行所／城邦（香港）出版集團有限公司
香港灣仔駱克道 193 號東超商業中心 1 樓
電話：(852) 2508-6231 傳真：(852) 2578-9337
馬新發行所／城邦（馬新）出版集團
【Cite(M)Sdn. Bhd.(458372U)】
11, Jalan 30D/146, Desa Tasik,
Sungai Besi, 57000 Kuala Lumpur, Malaysia.
電話：(603) 90578822　傳真：(603) 90576622

封面插畫／Blaze Wu
封面版型設計／Snow Vega
排　　版／邵麗如
印　　刷／高典印刷有限公司
■2022 年（民 111）5月31日初版一刷

售價／340元

廣　告　回　函
北區郵政管理登記證
台北廣字第000791號
郵資已付，免貼郵票

104 台北市民生東路二段141號11樓

英屬蓋曼群島商家庭傳媒股份有限公司城邦分公司 收

請沿虛線對摺，謝謝

每個人都有一本奇幻文學的啓蒙書

奇幻基地粉絲團：http://www.facebook.com/ffoundation

書號：1H0135　　書名：百鬼夜行卷8：狼人

請於此處用膠水黏貼

讀者回函卡

謝謝您購買我們出版的書籍！請費心填寫此回函卡，我們將不定期寄上城邦集團最新的出版訊息。亦可掃描 QR CODE，填寫電子版回函卡

姓名：＿＿＿＿＿＿＿＿＿＿

性別：□男　□女

生日：西元＿＿＿＿年＿＿＿＿月＿＿＿＿日

地址：＿＿＿＿＿＿＿＿＿＿

聯絡電話：＿＿＿＿＿＿＿＿　傳真：＿＿＿＿＿＿＿＿

E-mail：＿＿＿＿＿＿＿＿＿＿

職業：□ 1. 學生 □ 2. 軍公教 □ 3. 服務 □ 4. 金融 □ 5. 製造 □ 6. 資訊
□ 7. 傳播 □ 8. 自由業 □ 9. 農漁牧 □ 10. 家管 □ 11. 退休
□ 12. 其他＿＿＿＿＿＿＿＿

您從何種方式得知本書消息？

□ 1. 書店 □ 2. 網路 □ 3. 報紙 □ 4. 雜誌 □ 5. 廣播 □ 6. 電視
□ 7. 親友推薦 □ 8. 其他＿＿＿＿＿＿＿＿

您通常以何種方式購書？

□ 1. 書店 □ 2. 網路 □ 3. 傳真訂購 □ 4. 郵局劃撥 □ 5. 其他＿＿＿

您喜歡閱讀哪些類別的書籍？

□ 1. 財經商業 □ 2. 自然科學 □ 3. 歷史 □ 4. 法律 □ 5. 文學
□ 6. 休閒旅遊 □ 7. 小說 □ 8. 人物傳記 □ 9. 生活、勵志
□ 10. 其他＿＿＿＿＿＿＿＿

請於此處用膠水黏貼